U0045983

大瓷商（上）

南飛雁 著

高寶書版集團

戲非戲　DN144

大瓷商（上）

作　　者：南飛雁
編　　輯：余純菁
出 版 者：英屬維京群島商高寶國際有限公司台灣分公司
Global Group Holdings, Ltd.
地　　址：台北市內湖區洲子街88號3樓
網　　址：gobooks.com.tw
電　　話：(02) 27992788
E-mail：readers@gobooks.com.tw（讀者服務部）
pr@gobooks.com.tw（公關諮詢部）
電　　傳：出版部(02) 27990909　行銷部（02）27993088
郵政劃撥：19394552
戶　　名：英屬維京群島商高寶國際有限公司台灣分公司
發　　行：希代多媒體書版股份有限公司/Printed in Taiwan
初版日期：2010年8月

國家圖書館出版品預行編目資料

大瓷商（上）/南飛雁著. -- 初版. -- 臺北市：高寶國際出版：希代多媒體發行, 2010.08
面；　公分. --（戲非戲；DN144）

ISBN 978-986-185-485-4（平裝）

857.7　　　　99010340

目錄

引子

恭親王遇刺的那個晚上，天字號庫房的太監頭頭嚴四剛泡了腳，一個小太監殷勤地給他刮著老繭。嚴四舒舒服服地在躺椅上伸了伸懶腰，忽然覺得哪兒不對勁。他轉著脖子，一眼瞥見了旁邊那個鼻青臉腫的老太監，便冷笑道：「老王八蛋，瞧你還炫耀不？」

老太監以前是伺候曹妃的，先帝咸豐一死，懿貴妃當上皇太后，跟著曹妃的人都倒了楣。老太監仗著原先得寵，根本不把嚴四放在眼裡。這可叫嚴四氣炸了。大清朝天字號庫房在紫禁城東華門裡傳心殿東側，在這裡存放的都是大清歷朝歷代的奏摺、朱批和皇室檔案，說起來冠冕堂皇，實際上卻是紫禁城裡品級最低的場所，連御馬坊的人都看不起嚴四他們。庫房呈「凸」字型，存的又都是死氣沉沉的東西，嘴巴缺德的人就稱這裡是「棺材鋪」。今天下午，老太監剛被貶到這鳥不拉屎的地方，心情自然不好，嘴上更沒個節制，一口一個「棺材鋪」地罵著。嚴四看管天字號庫房五六年了，年年升遷無望，脾氣本來就暴烈，老太監這副驕縱的模樣能不讓他氣惱嗎？一聲令下，幾個小太監把老太監按倒在地，揍了一頓，打得他呼天搶地。

想到這兒，嚴四得意地瞇上了眼，嘴裡嘟囔著：「輕點！別給老子打出血來！」

話音未落，一個聲音從他們身後的黑暗處響起：「是嚴四嗎？」

這聲音不高不低，有著一種天潢貴胄特有的傲慢和威嚴。嚴四脖子一縮，看也不看就跪下去，光著兩隻腳，磕頭如搗蒜，「恭王爺吉祥！」

恭親王奕訢從黑暗中慢慢走出，他穿著杏黃色四團五爪龍褂，頭上戴著纓帽，幾顆東珠在黑暗中熠熠生輝。奕訢一雙鷹眼盯著庫房大門，道：「掌燈，本王要查驗庫房。」

幾個小太監早把老太監拉遠了，嚴四回身喝道：「兔崽子們，愣著幹什麼，還不快去辦！」

天字號庫房平時少有大官來，這裡的太監們沒幾個見過世面的，都被突如其來的恭親王嚇住了，一個個跪在地上一動不敢動，聽見嚴四的喝斥才站了起來，前後張羅著。奕訢一語不發地走進庫房，一股陳腐的氣息撲面而來。奕訢皺眉，不自覺抬手摀鼻，嚴四早有準備，恰到好處地遞過去一塊溼毛巾。奕訢受用地哼了一聲，道：「打開天字一號。」

嚴四見這個馬屁拍得恰到好處，心中暗自得意，便拉長了嗓子道：「遵恭親王令旨，天字一號，開鎖嘍——」

三個小太監上前，將三把細長的銅鑰匙插進鎖孔，一起轉動。鎖簧跳動，居然震起了一片灰塵。嚴四湊近，殷勤道：「王爺，委屈您上前瞧瞧？」

天字號庫房除了正門，連一個窗戶都沒有。十幾根牛油大蠟發出的光亮透過迷霧般的塵幕，顯得朦朦朧朧，每個人的臉都在這片迷離的光線中若隱若現，庫房裡瀰漫著一種說不出來的詭異氣息。奕訢屏住呼吸，用手驅趕著瀰漫的灰塵，走上前去，舉起一隻手打開櫃子。嚴四將燈燭湊近，照亮了奕訢眼前三尺見方的空間。奕訢順著光線，瞇著眼看過去。忽然，他的手一哆嗦，溼毛巾居然脫手墜地。奕訢的眼睛瞪圓了，裡面閃爍著死一般的神色。

嚴四和小太監們個個面無血色，他們彷彿看見了比鬼還可怕的東西。

嚴四兩腿一軟，撲通跪倒在厚厚的灰塵裡，哀號道：「天呀，這、這怎麼可能！」

奕訢剛才的王爺氣度瞬間消失不見，他氣急敗壞地轉身道：「來人，庫房的所有太監都給我拿下，一個也不許跑了！不把主犯審出來就全都砍了！」

太監們何嘗見過這樣的場面，一個個癱軟在地。大內侍衛們上前，抓小雞似的把他們拎起來。嚴四猛然回過神來，爬到奕訢身邊抱住他的雙腿，苦苦哀求道：「王爺聖明！小的實在是冤枉啊！」

奕訢冷笑道：「毀了禹王九鼎，將來皇上登基親政的時候，拿什麼給天下百姓看？你想謀反嗎？」

嚴四嚇得魂不附體，語無倫次道：「小的、小的真的是冤枉啊，看守庫房五年了，這個天字一號我還是頭一回打開啊！」

奕訢一腳踢開他，「等死吧你！」正說著，一個小太監趁侍衛走神的瞬間，從懷裡掏出一把匕首，冷不防地刺向奕訢。黑暗中匕首刃上迸出一道雪亮的光，像是漆黑的天幕中驟然刺穿天際的閃電。奕訢距離小太監不過兩步，倉促之間來不及躲開，就在侍衛們驚叫的瞬間，匕首已經刺進了奕訢的肩頭，鮮血頓時迸射出來。這一刺幾乎耗盡了小太監全部的體力，久經訓練的侍衛們哪裡還讓他有第二次機會，一腳踢在心窩上，小太監立時口吐鮮血栽倒於地。奕訢生長在紫禁城裡，自幼錦衣玉食，哪裡受過這等刀傷？頃刻之間半個身子都疼得麻木了。奕訢撫著肩頭，忍痛叫道：「留活口！」小太監吐了口血，變了腔的聲音尖叫道：「奴才為鄭親王報仇！」

奕訢的眼中閃著刀子般的寒光，一把拔出匕首，噹啷一聲擲在地上。侍衛們手忙腳亂地給奕訢包紮傷口，侍衛頭目看見傷口不斷湧出鮮血，鬆口氣道：「好險，刀上沒淬毒。」奕訢沒理會他，冷笑道：「果然是端華的人，這九鼎是你毀的嗎？」

兩個侍衛反剪著小太監的雙臂，高高地抬起，小太監匍匐在地，不顧一切想要直起腰來。庫房裡忽而靜寂，只有小太監渾身的骨骼咯吱作響，誰都看得出小太監是拚著骨折也要站起來。兩個侍衛當然不肯示弱，用力揪住小太監的胳膊僵持著。近在咫尺的奕訢聽見一聲脆響，小太監的一條左臂給生生地拉了下來。兩個侍衛一時嚇呆了，他們沒有想到這個弱不禁風的小太監居然如此剛烈，寧可骨折也不肯彎腰，兩個侍衛驚得鬆了手。小太監順勢掙扎起來，左臂像一根枯枝般在肩頭無助地晃蕩著，他淒厲地叫道：「你們狼狽爲奸，陷害鄭親王，你們不得好死！鄭親王遺命，九鼎神器是皇室的象徵，不能落入你們手裡！」

兩個時辰之後，奕訢腳步有些踉蹌地走出了西太后的寢宮，傷口還在隱隱作痛。剛才與西太后的那場談話彷佛秋天的一片枯葉，飄然落下，寂然腐朽，湮沒於黃土之間。大清的宮廷裡，這樣的祕密談話宛如紫禁城的琉璃瓦，多不勝數，但在今後的數十年間，它的的確確改變了一個地方以及生活在這片土地上的人們。

當奕訢邁出紫禁城的時候，一彎弦月高掛蒼穹，第二天黎明的氣息已悄然醞釀。奕訢心裡在盤算著給河南巡撫的那封密信，他彷佛看到了遙遙千里之外，那個叫神垕的古鎮。

*

西元一九八六年，歷經千年的神垕古鎮有了很大的變化。在窯神廟旁，一個破舊的祠堂裡，來了一群衣著不同於本地人的中年男女。祠堂的主人是三戶人家，在陪同來客的鎮長解釋下，他們才明白這是本鎮第一批返鄉的臺胞。領頭的一個中年人自稱叫盧思垕，他很有禮貌地提出，他的爺爺盧豫江一家曾在這裡居住過，這裡也是他爺爺的兄長盧豫川和盧豫海度過人生最後一段時光的地方，如今他們兄妹幾個特意從世界各地趕來故地重遊，不知現在的主人能不能滿足他們的願望。

三位住戶的男主人們商量了一陣，他們知道這個祠堂原本就叫盧家祠堂，既然來客是這個祠堂的前住戶，又不是來爭房產的，當然有權利參觀一下故居了，何況還有鎮長陪同。男主人們憨厚而熱情地笑了，答應領他們在祠堂裡四處走走。來客們又提出讓陪同的人迴避一下，他們似乎還有一些事情要做。在鎮長的勸說下，男主人們把各自的妻子和調皮的孩子叫到一旁，讓來客們隨意在祠堂裡參觀。幾個來客很快就走進了後院，很久沒有出來。男主人們終於有些擔心了，他們悄悄來到後院門口，然而眼前的情景讓所有人都驚呆了。

這些來客都跪倒在一堵好像被烈火燃燒過的矮牆邊，撫著上面星星點點的黧黑印記，旁若無人地哭泣著……

所有人默默地看著他們，沒有一個人發出一點聲響。他們不知道這些西裝革履的人為何而哭，但他們能明白，這堵矮牆邊，一定發生過一些讓人難以忘懷的故事……

壹

若為庸耕，何富貴也

在盧維章的記憶裡，咸豐十一年的那個冬天格外清冷。

盧維章出生在道光十九年，今年剛滿二十，方臉濃眉，個子比哥哥盧維義還高出了一頭多。鄉下人開他們兄弟倆的玩笑，說是紅薯地裡長出了南瓜。盧維義這輩子最喜歡聽的就是有人說他的兄弟比他強，不但絲毫不以爲意，每每聽到這樣損人的話還笑咪咪的，比說話的人還高興。可要是給盧維章聽見了，非得動拳頭不可。盧維義此刻就走在前面，見盧維章的腳步慢了下來，回頭笑道：「老二，快點走，別誤了董家發賞物的時辰。」盧維章加快腳步，追上了哥哥。盧維義又低聲說：「老二，是不是爲了恩科的事？你放心，你嫂子那兒給你攢著盤纏呢。」

剛才經過老街的時候，兄弟倆看見了鄉學門口張貼的告示，上面說在京城要舉行新皇帝登基大典，特意賞了一次恩科，讓鎮上的秀才們互相轉告，準時去開封府考試。要是在以前，盧維章肯定會歡呼雀躍一番，可現在的盧維章滿腦子都是妻子和孩子。他妻子王氏再一個月就要生產了，前些天請來一個遊方郎中把脈。中午吃飯時，大嫂還特意借來兩個雞蛋炒了。那個六十多歲的老郎中目光賊亮，筷子上的功夫也很了得，不多時一盤韭菜炒雞蛋挑得只剩下些韭菜，把旁邊的姪子盧豫川饞得兩眼噙淚。老郎中吃得滿嘴油乎乎的，搖頭晃腦講了半天誰也聽不懂的醫道，最後撂下一句「說不定會早產」就揚長而去。這可嚇壞了盧維章和盧維義。鄉下女人最怕的就是頭胎早產，妻子身子骨本來就弱，家裡又請不起大夫，真早產了怕是凶多吉少，這附近鄉里一屍兩命的慘事還少嗎？盧維章朝董家圓知堂走去，心裡亂成一團，種種思緒彷彿一鍋煮爛的麵條，撈都撈不起來。

董家圓知堂大門外，已經來了不少人，都是來看熱鬧領賞物的。董家是神垕鎮首富，老東家董振魁今年五十歲大壽，大房太太董楊氏又懷了身孕，分娩之期就在今晚。董家雙喜臨門，早放話出去，凡是來道賀的鄉親們，不分男女老少，一律能領到麵、肉、油各兩斤，意爲六六大順。僅此一條，已足見董家圓知堂的財大氣粗。剛過戌時，圓知堂裡鼓樂喧天，特意從湖南醴陵縣重金買來的煙花騰空而起，什麼雙龍戲珠、彩霞滿天、百鳥朝鳳，把黑壓壓的天幕染得奼紫嫣紅，雖不是過年，卻比過年還熱鬧百倍。不一會兒，圓知堂外就聚集了差不多半個神垕鎮的人，如同沸水一般喧譁起來，三條長桌前，霎時排起了長龍。

盧家兄弟來得早，盧維章看見盧維義直奔派發麵和肉的長桌而去，想喊住他已經遲了，只得苦笑一聲，擠進排隊領油的人群裡。盧維章早有準備，一個自家窯裡燒出來的小罐就抓在手上。董家的人個個換了身新衣裝，笑容滿面地張羅著派發賞物，每發出去一份，就在來人的手背上點一記硃砂。盧維章領齊了三份賞物，提著罐子離開了人群，再想找哥哥的時候，已經覓不見他的身影。

盧維章在不遠處的一棵樹下百無聊賴地等著，周圍有不少領了賞物看熱鬧的人，七嘴八舌地議論著董家的排場。盧維章湊在人群裡聽著，模樣很專注，卻也不插話，只是淡淡地笑著。這時，一輛黑色大馬車在圓知堂門口悄悄停下，車夫的衣服上寫著「開封府東關仁和車行」，一看就知道是省城來賀喜的達官貴人。領頭的夥計挑起門簾，一個上了年紀的男人從車裡出來，滿臉喜色。夥計高聲喊道：「日昇昌票號汴號大掌櫃李鴻才給董大東家道喜！」圓知堂門裡早有人迎了出來，與李鴻才互相施禮，將他請進了圓知堂。一個夥計模樣的年輕人張大了嘴：「我的媽喲，日昇昌票號的汴號大掌櫃啊！我在開封府早就聽說過日昇昌，那可是咱大清國最大的票號，光一個汴號，本金就不下一百萬兩銀子！不上萬兩銀子的買賣人家根本不做！爲什麼？沒賺頭，利太少！」

「看不出有什麼特別的啊？瞧他那模樣，和我們家那個老不死的屠戶姨夫差不多……」

「人家是大掌櫃，頂著七釐的身股[1]呢。什麼是身股你知道嗎？」

1 晉商普遍推行的人力股制度，也稱「人身股」或「頂生意」。頂身股制確切的出現年代已不可考，但在明末清初已廣為盛行。通常來說，商號（企業）的主要員工（並非全部員工）可以頂零點幾釐到幾釐，以至一股的股份。一般是大掌櫃（總經理）頂一股或九釐，二掌櫃（副總經理）頂八、七釐，會計主任頂五、四釐，一般員工可頂三、四釐或一、二釐。

「那誰不知道，人家晉商都講究身股，無論是夥計還是掌櫃，都有一份！」

「算你多少懂點，可你知道嗎，人家日昇昌汴號大掌櫃每年的紅利，不下一萬兩銀子！」

「吹牛吧你，我說最近幾天鎮裡牛肉跌價了呢，原來都是給你吹死的……」

好幾個人哄笑起來。盧維章輕輕一笑，繼續聽他們你來我往地吹牛。說話間兩隊佩刀的綠營兵快步跑來，在圓知堂門口肅立兩側，而後，一頂轎子在圓知堂門口停下。來的是個銀頂黃蓋皂帷的八抬官轎，抬轎的都是戴著纓帽穿兵服的綠營兵。圍觀的人們都不說話了，伸長脖子朝轎子看過去。一個五短身材、面色白皙的中年官員彎著身子鑽出轎子，他穿著九蟒五爪的官袍，上繡做工精緻的錦雞圖樣，告訴人們他是位道道地地的二品大員。一個士兵朗聲叫道：「進士及第，欽命河南布政使勒憲勒大人給董大東家道喜！」

人群中爆發出一陣驚呼。清承明制，在豫省沒有設總督，布政使在清朝專管一省財賦、民政和人事，是地位僅次於巡撫的高官。豫省不比晉省，自古以來都有重農抑商的傳統，從「士農工商」的排位可知，商賈中人敬陪末座，向來被官場瞧不起。沒想到不過是神垕鎮一個大商之家添了個兒子，居然驚動了開封府裡的藩臺大人，還親自來道賀。圓知堂大管家老詹早得到消息，在門外候著，此刻笑容滿面地迎上來，納頭跪倒在勒憲面前。勒憲上去扶起了老詹，兩人像是老朋友般，一路說笑著走進圓知堂。看熱鬧的人們這才發出一片唏嘘之聲。一個中年人嘆道：「瞧見沒，這就是董家的排場！任你是二品大員，接到咱神垕人的帖子，也得乖乖地來道賀……」

「你知道什麼，豫商裡就一個康百萬，一個懷幫，再來就是咱神垕鎮的瓷商了。就咱一個鎮，每年的賦稅銀子占了全省的四分之一！人家董家又是神垕的首富，藩臺大人又怎樣，不也指望著咱繳銀子納稅嗎？不來才怪！」

人們的議論聲又響了起來，吹牛的吹牛，不服的不服，熱鬧得像是鎮上趕大集。盧維章靜靜地聽著他們議論，兩隻眼睛卻盯著不遠處悄悄過來的一頂青布小轎。在圓知堂外停轎場裡，各式各樣的轎子馬車琳瑯滿目。清代等級制度森嚴，三品以上的大官可乘銀頂黃蓋皂帷的轎，在京城內只能用四人抬，出京方可用八人抬；四品以下的地方官只准乘錫頂四人抬的小轎；一般地主豪紳就算再有錢，也只能坐黑油齊頭平頂皂帷的轎子[2]。停轎場裡光是八抬的大轎就有四五頂，四抬的轎子更是黑壓壓一片。跟這些大轎相比，眼前這頂青布齊頭的兩抬小轎顯得很寒酸，看熱鬧的人也沒把它放在眼裡。等到一個頂多二十來歲、員外打扮的年輕人彎腰鑽出轎子的時候，盧維章騰地站了起來，兩

2　參見《清史稿・志八十・輿服四》。

隻眼睛驀地迸射出光芒，脫口而出道：「真的來了！」

旁邊一個年輕人奇怪道：「盧秀才，你說的是誰？」

盧維章沒有答話，繼續熱切地追蹤著那個年輕人的身影。年輕人並不著急於讓手下人通報，在圓知堂外饒有興致地踱步，看著摩肩接踵領賞物的人們，不住地點頭微笑，背在身後的手裡，一把灑金箋的竹扇輕輕搖著。有人哂笑道：「這個破落戶真是好笑，大冬天的拿了把扇子，沒什麼毛病吧？」周圍一陣附和的笑聲。盧維章兩眼中的亮光漸漸暗淡下去，他看了看手裡寶貝般的一塊肉和一小袋麵，又看見手背上三點大紅色的硃砂，臉上萌動著自慚形穢的神色。他將手裡的東西扔在地上，長嘆一聲道：「若爲庸耕，何富貴也！」[3]

說話間，圓知堂正門、儀門都開了，董家大少爺董克溫和老相公遲千里急匆匆迎了出來，臉上都帶著興奮的笑意。董克溫老遠就拱手朝年輕人施禮，高聲道：「康兄光臨寒舍，蓬蓽生輝啊！」

年輕人微笑還禮，還沒等他說話，跟在董克溫後面的老詹就高聲喊道：「鞏縣康店康鴻猷大東家給董大東家道喜！」話音未落，一旁伺候的幾個小廝就放起了迎客的煙花

3　出自《史記・卷四十八・陳涉世家》：陳涉少時，嘗與人傭耕，輟耕之壟上，悵恨久之，曰：「苟富貴，無相忘。」傭者笑而應曰：「若為庸耕，何富貴也？」陳涉太息曰：「嗟乎，燕雀安知鴻鵠之志哉！」

和鞭炮，劈里啪啦的爆竹聲裡，兩道煙火騰空而起，在人們的頭頂上綻開千萬條光芒。

老詹剛才那句話在人聲鼎沸的圓知堂門外並不十分響亮，可「鞏縣康店康鴻猷」這七個字卻如同七聲悶雷，震得人們耳朵裡嗡嗡直響。康鴻猷跟遲千里見了禮，就攜了董克溫的手，一邊朝圓知堂走去，一邊笑道：「拿這排場迎接我一個鄉野粗人，有些過了吧？叔父身子骨可好？大半年沒見了，上次在康店見了一面，至今受益無窮啊。」董克溫陪笑道：「勞康大東家惦記，家父身子骨還好，此刻正在書房等候。」董克溫比康鴻猷看起來顯老，臉頰深深地凹陷進去，因爲長年皺眉沉思，額頭之間有一道深深的皺紋。兩人雖是攜手並行，但董克溫舉止間帶著恭敬，康鴻猷卻是瀟灑隨意中透著巨商的豪氣和神采。臨近花甲之年的老相公遲千里含笑跟在後面，表情比董克溫還要謙卑。這個排場確實非比尋常，大少爺董克溫是圓知堂董家老窯的少東家，而遲千里給董家領東做老相公快三十年了，全權主持生意，地位僅在董振魁父子之下。普天之下當得起這樣排場的布衣人家，除了鞏縣康店的康百萬，還能有誰？當時在圓知堂門外領賞物的、發賞物的、各位貴賓帶來的轎夫走卒不下千人，卻陡然寂靜得如同子夜的深谷，眾人無不一臉呆愣的表情，眼巴巴地看著他們兩個人的身影消失在圓知堂深處。

鞏縣康店康百萬，這個名號在明清兩代響徹大江南北，是豫商當之無愧的領袖家族，也是民間供奉的三大活財神之一。康家自明朝中葉開始發跡，到如今已經穩穩當當地富了快三百年，傳承數代而不衰。大清嘉慶年間，朝廷用了十年時間，在川、鄂、陝、豫、甘五省鎮壓白蓮教起義，耗軍費達白銀兩億多兩，康鴻猷的祖父康應魁執掌下的康家供應了整整十年的軍需物資，兩三千萬兩銀子就這麼賺到了手裡。康鴻猷繼承祖業幾年來，把康家經營得如日中天，船行大江南北，生意做到了日本東京、南洋爪哇，人稱「頭枕涇陽西安，腳踏臨沂濟南，馬行千里不食別家草，人行千里都是康家田」，足見康家的豪富驚人。日昇昌的汴號大掌櫃來道喜，董家只派了個管事的相公來迎接，就是堂堂豫省的藩臺大人勒憲來了，也只是由大管家老詹接待，而康鴻猷僅僅是乘了一頂青布小轎前來，裝束也是尋常員外打扮，卻能讓董家的大少爺和老相公連袂相迎，就差老爺子董振魁親自來迎接了！盧維章身邊一個鬢髮皆白的老人激動得渾身哆嗦，白花花的鬍鬚顫抖著，連聲道：「天大的面子，這是天大的面子！」

「老秉叔，您說這話是什麼意思？」

「康百萬是誰？整個大清國有幾個康百萬？他能來咱神垕，這就是咱神垕人的面子，這面子是董振魁老東家給咱掙來的！董家老窯這三十年來幹得不差，人家康百萬都敬著董家三分呢，這不是天大的面子嗎？」

「這話說得對。就拿西幫晉商那些票號來說吧，乾隆爺年間在咱們河南一家分號都沒有，自從有了康家、董家這樣的大商家，西幫的票號一個接一個在河南設分號。他日昇昌不是有錢嗎？比得過康家？別說是日昇昌，就是什麼大德通、蔚豐厚、天成亨、合盛元、志成信，哪個票號不盯著康家和董家？這就是咱神垕人的面子，咱河南人的面子……」

盧維章坐在地上，周圍眾人沸沸揚揚的議論聲一句也聽不進去了，一顆心突突地跳著，再難以平靜下來。跟一般讀書人不同，盧維章除四書五經、八股文章之外，最喜歡的就是《商賈要略》、《銀譜》、《常氏家乘》和《富家札記》之類的經商典籍，張口閉口都是古往今來商界精英人物的事蹟。為了這事，盧維義常責怪他不務正業。可盧維章天生就愛商道，讀書之餘還甘願替董家跑碼頭送貨，更是屢屢遭到鎮上讀書人的嘲笑和譏諷。圓知堂董家老窯以燒造日用粗瓷聞名天下，與江西景德鎮白家阜安堂並稱「瓷業南北兩崑崙」，董家老窯一半多的瓷器都靠康家送到全國各地，盧維章也是因為這個才有機會到康店，遠遠地見過康鴻猷一面。今天能在家門口見到這位豫商領袖，而且距離如此之近，倒是盧維章沒有想到的。想來那康鴻猷也不過二十多歲，可人家過的是什麼日子？做的是什麼生意？晉商叫嚷貨通天下不過是本朝開國之後的事情，可人家康家明末年間就做到貨通天下了，一個豫商領袖的名號穩穩地坐了幾百年，這才是男人幹的事業！反觀自己空有滿腔商賈大計的抱負，卻連妻子頭胎生產的補品都買不起，巴巴地來領這幾斤麵油的賞物救急，又是何等落魄，何等不堪！

盧維義從人群裡擠了出來，手裡提著東西，衝盧維章歡天喜地道：「老二，我領出來了，你的呢？」

盧維章呆呆地坐在地上，聽見大哥的聲音，好半天才收攏起海闊天空的心緒，站起身強笑道：「早領了，在這兒。」

盧維義納悶地看著他，奇道：「咱倆同時去領賞，你這身子骨還不如我結實，怎地卻比我還先領出來？」

盧維章隨意一笑，「這沒什麼，哥哥請看——」他指著人頭攢動的場面，兩條濃眉一抖一抖的，「董家的麵、肉和油分三處分發，麵和肉是稱好的，而油則須自己拿東西盛，所以麵和肉發得快，而油發得慢。咱倆來得早，那時人並不多，我就先去領油，而哥哥你先去領肉，你我幾乎同時領到了東西，但我再去領肉和麵時就快了許多，而哥哥你卻排了半天的隊才領到油，這便有快慢之分了。」

盧維義慢慢思忖，忽而笑道：「細想起來，還真是這個道理。」

盧維章眼裡發亮，滔滔不絕道：「領賞而已，仔細琢磨一番，倒也符合商道。大凡生意，有時不是以大吃小，而是以快吃慢！哥哥，若你我兄弟二人去做同一樁生意，你慢而我快，饒是你身強體壯，卻也輸贏立現……」

盧維義臉上的表情有些呆滯了。他實在不明白這個弟弟為什麼一張嘴就是經商，就是生意，這是讀書人該關心的事嗎？盧維義的笑容沉寂下去，他默默地撿起弟弟扔在地上的東西，一言不發地轉身走開。盧維章正講得興致勃勃，轉身卻發現哥哥早已走遠了，當下明白原委，滿臉的興奮像一件失手落地的瓷盤，頃刻間摔得粉碎。盧維章長嘆一聲，大步追了上去。

董家圓知堂就在乾鳴山北坡腳下，盧維章趕上盧維義的時候，兩人已經走上了山路。一條蜿蜒的小路在月光下顯得格外清冷，圓知堂門口的喧囂聲逐漸淡去，耳畔只剩下風聲不絕。

盧維義的腳步慢了下來，兄弟二人並肩夜行。腳下的路突然陡了，兩旁低矮的樹叢裡一派寂靜，秋蟲早已絕跡，夜風穿過之處，送來一片樹葉蕭瑟聲。盧維章的心怦怦地跳著，放棄科舉考試的念頭由來已久，去年的鄉試落榜，讀了十幾年書連個舉人都沒考上，僅僅是因爲沒銀子打點主考官！眼看著一同進學的人都上了桂榜[4]，中了舉人，自己的文章學養並不落於人後，卻只能看著人家趾高氣揚，原本滾燙的功名心思也就冷了下來。幾個不眠之夜的艱難抉擇之後，盧維章終於下定決心放棄科舉。可這一番肺腑之言，他卻不知該如何向大哥傾吐。十幾年來，大哥殫精竭慮給自己攢銀子讀書，說不考

4 明清兩代鄉試每三年一次，逢子、午、卯、酉年舉行。考試的試場稱為貢院。考期在秋季八月，故又稱秋闈。放榜之時，正值桂花飄香，故又稱桂榜。

就不考了，大哥會答應嗎？

良久，盧維義打破了沉默，道：「老二，你是不是打算不考了？」

「是。」盧維章鼓足了勇氣答道。

「可是爹媽的遺願，你忘了嗎？」

「爹媽遺願，永生不忘，不敢忘！可我這些年屢敗屢戰，已看透了科舉，看透了官場。縱然我考上功名，無非是做官，如今這官場裡，做官就是做貪官。老百姓流傳一副對聯『豫省有官皆墨吏，百姓無罪也入監』！做了官，幹喪盡天良的醜事，取民脂民膏成就自家富貴，難道這就是爹媽的遺願嗎？」

盧維義站住腳步。此刻，兄弟二人已經到了乾鳴山的山頂，翻過山，就是林裡的瓷窯和工棚，也就是他們終日忙碌的地方。僅僅隔了一座乾鳴山，南坡的寂靜與北坡的喧囂對比如此鮮明，宛如晝夜之別。

盧維義嘆口氣，言詞間帶了悲聲，「老二，我明白你的心思。」他抬頭看了看弟弟，「老二，你若是放棄了科舉，這十幾年寒窗受的苦、受的委屈，不就白費了嗎？」

「怎能說是白費？這些年我一面讀書，一面走南闖北爲董家送貨，這就是讀萬卷書，行萬里路！哥哥，我問你一句，如今是什麼年號？」

「咸豐啊。」

「再過幾天呢？」

「再過幾天，就是同治元年啊，衙門的告示都貼到鎮裡了。」

「我再問哥哥一句，當今聖上年紀多大？」

「這個，我就不知道了。」

「可我知道！告訴哥哥，當今聖上只有六歲！我聽驛站裡的老伙夫講，也看過朝廷的官報，如今京城裡，管事的是不到三十歲的恭親王。眼下，南邊幾個富庶省分的督撫正全力圍剿長毛，可洋務之風已在暗中醞釀，據我看，長毛的大勢已去，不出三五年必被平定！一旦天下太平了，百廢待舉，朝廷裡有支持辦洋務的恭親王，地方上有著手辦洋務的封疆大吏，這天下大勢，已和往常迥然不同了！再者，商幫興起已成定局，晉商以絲茶莊起家，以票號業聚財，重錢不重官，學而優則商，從小就教孩子賺錢；徽商則依靠販鹽、綢緞生意坐大，重官不重錢，賺錢爲做官，從小就教孩子做官。唯獨豫商傳承千年，自成一體，官商之間縱橫自如，卻一直在晉商、徽商甚至粵商、浙商的風頭之下。依我看，豫商興起就在今朝，若抓不住辦洋務這個機會，那才是遺憾千古的恨事！」

盧維義在神垕土生土長，燒了一輩子的窯，對洋務、生意之類的字眼一竅不通，聽得懵懵懂懂，道：「老二，什麼是洋務？」

盧維章朗聲笑了，耐心道：「舉個簡單的例子，一個大家子，老爺子死了，大少爺掌權，家裡有各方親戚不服，外面有仇家尋釁，你說，這大少爺該怎麼辦？」

「這個……我不曉得。」

「那大少爺想不想過太平富貴日子？」

「那還用說？」

「如今咱大清就是這個局面，朝廷和皇上要想富起來，闊起來，民間沒人造反，海外沒人入侵，只有一條路，辦洋務！」

盧維義還是沒弄明白，就道：「那跟咱家有什麼關係？」

盧維章一笑，這番天下大勢和商幫興起的論辯，和這個老老實實的燒窯夥計實在離得太遠，自己滿腔與董振魁甚至康鴻猷一較長短的鴻鵠之志，他又怎能知道？又怎會明白？於是他搶過哥哥手裡的東西，大步朝前走去，笑道：「哥哥放心，人不怕窮，就怕不肯變，我也不怕窮，就怕這天下大勢不許我變！一旦風雲際會，我總歸要弄出點名堂，讓咱盧家也跟這董家一樣！」

盧維義憨厚地笑了，跟上兄弟，又把那些麵、油之類的東西搶過來，自己提著，道：「好好好，你忙你的大事，我沒別的念頭，就是想給你、給豫川攢下一座窯，讓你做自己的生意，好嗎？」

盧維章感激地看著他，情不自禁地大笑起來。盧維義有些無奈地搖頭，他彷彿也在說服自己相信眼前的事實。也罷，既然弟弟心意已決，自己再說什麼也毫無用處，何況……盧維義不敢再想下去，只能仰臉看著滿天的繁星閃耀，盧家列祖列宗的臉龐隱約顯現在星子之間。盧維義暗想，難道，這就是天意嗎？

夜正長，路也正長，月亮照著四野。下山的路平坦異常，似乎也被這兄弟倆的話感動了。乾鳴山存在了千年，這月亮也存在了千年，這麼久的時間裡，總歸會有那麼一兩個人、一兩句話，讓這片風水為之感慨，為之動容吧。

官商之間

圓知堂的正廳裡，此刻卻是另一番景象。當中的一張棗木大桌，琳瑯滿目地擺著各式佳肴，全是豫菜的名品，什麼鯉魚焙麵、方城燒賣、炒三不沾、開封小籠包、馬豫興桶子雞、道口燒雞、洛陽燕菜、固始茶菱、息縣油酥、陳留豆腐棍、鹿邑狗肉、內黃灌腸、安陽燎花、商城蔥烤鵪鶉、牛記空心掛麵……董振魁為了這次喜宴，特意從豫省各地招來名廚主理，每道菜上都透著數十年熏陶錘鍊的功夫，讓人望而垂涎。廳下，洛陽府的名戲班喜天成正在唱戲助興，一腔一句都是原汁原味的豫西調。廳裡有十幾個風姿綽約的丫頭，在座的貴客只要稍有示意，立刻有丫頭上來服侍。醇酒佳肴，美女韻腔，一時間竟彷彿天上仙境一般。

大東家董振魁此刻卻不在正廳裡，全是大管家老詹一人在支應。廳外，一群丫頭逶迤而來，老詹大聲叫道：「開封府一膳宮孔大師傅獻藝嘍！」

兩個美貌丫頭端著一個大湯盆上來，盤子正中是只頭尾完整的全鴨。老詹陪笑道：「這是一膳宮掌杓大師傅孔傑的手藝，請各位貴賓品嘗吧。」

在座的不是高官便是巨商，大江南北的山珍海味都吃膩了，誰會對這平淡無奇的鴨子感興趣？無奈老詹一副恭讓的神色，客人們只好紛紛動筷，卻不由得一震——原來這鴨子不但皮酥肉爛，而且竟然一根骨頭都沒有！

老詹繼續笑道：「各位莫停，裡面還有呢。」

客人們吃完酥軟的鴨肉，裡面赫然是一隻清香全雞，席間自然又是一番讚嘆。雞肉剝盡，裡面又露出一隻柔嫩潤滑的全鴿。最後，在全鴿的肚子裡，又是一隻體態完整，腹中填滿了海參、魚翅、鮮筍的鵪鶉。客人們食用至此，方才品出這道菜肴的精奇之處，饒是那些見多識廣的富商大賈，也無不拊掌讚嘆。

老詹笑道：「各位見笑了，這就是豫菜裡的一絕——套四寶。這道菜，絕就絕在四隻層層相套的全禽，個個通體完整又皮酥肉爛；絕就絕在從小鵪鶉到大鴨子相互包裹，卻吃不出一根骨頭來！各位都是場面上風光的聞人，南北大菜見得多了，以雞、鴨、鴿加工的各種塊、段、條、片、絲、丁、蓉、脯之類菜肴，多不勝數。然而，像咱們豫菜『套四寶』這樣，集四禽爲一體烹製菜肴的，卻爲數不多。套四寶味道稱絕，選料要精，最爲複雜的是剔除骨架。一般來說雞鴨骨架較爲好剔，鴿子鵪鶉骨頭難除。剔骨時要聚精會神，手持鋒利小刀，要求剔出的骨架塊肉不剩，剔後的皮肉滴水不漏。『套四寶』的『套』是個關鍵，這需要鴨、雞、鴿子、鵪鶉頭尾相照，身套身，腿套腿，而後放上各種珍貴作料上火熬製。不瞞各位，這道菜從今天上午開始熬，到端上桌來，整整用了五個時辰！」

酒桌前，幾個山西票號的老幫們已喝得前仰後合。祁縣喬家大德通票號的汴號大掌櫃孫鳴傑握著酒杯道：「虧我還在開封領莊，這等佳肴竟是頭一回見！」

日昇昌票號的汴號大掌櫃李鴻才笑道：「你們大德通規矩嚴整，駐外老幫不得在青樓酒肆出入，可我們日昇昌縱然沒這等刻薄規矩，這道『套四寶』我也是頭一回吃上啊。」

祁縣大德通和平遙日昇昌、蔚字五連號，是當今山西票號響噹噹的領軍字號。山西票號歷來以資本雄厚睥睨天下，對河南商幫一直看不上眼，以爲豫省全是些農夫，自從豫商裡出了康家、董家等幾大商號之後，這等偏見才有所改觀，各大票號也紛紛在河南開始設莊營業。票號設立初期，利潤全靠匯兌銀子抽取匯水，商號遍布大江南北的康家、董家自然是他們競相爭取的大客戶。也難怪僅僅是董家掌門人董振魁添了個兒子，就引來了整個西幫在河南的票號老幫們。老詹一臉謙恭地站在廳口，瞥了瞥那群油光滿面的票號大掌櫃，自失地一笑。

康鴻猷雖是康家大東家，但今年不過二十幾歲，和董家大少爺董克溫年紀相仿，所以在董振魁面前立時顯得嫩了許多。康鴻猷在遲千里的帶領下來到董振魁書房外，遠遠看見董振魁含笑背手，佇立在書房門外迎接，立刻搶前幾步，施禮道：「鞏縣康店康鴻猷，給董大東家道喜了！」

董振魁含笑道：「老漢家裡來了康百萬，蓬蓽生輝啊。」

康鴻猷忙擺手道：「鄉人隨口叫的諢名，董大東家莫要取笑啊。」

董振魁哈哈一笑，攜了康鴻猷的手，走進書房。

遲千里輕輕闔上書房的門，躡手躡腳走出去幾步，才快步邁出小院。書房裡的兩個大東家，掌握了大半個豫省商幫的財勢，這兩個不同凡響的人坐在一起，自然是有要事商議，這樣的要事，他一個領東老相公自然是不便參與的。遲千里鞍前馬後伺候董振魁多年，對大東家的脾氣秉性爛熟於胸，什麼事該做、什麼事不該做，拿捏得恰到好處，恐怕這也是他主持董家老窯二十多年屹立不搖、位置堅若磐石的緣故吧。

董振魁酷愛金石，書房裡到處可見名家大師的珍品真跡。康鴻猷對金石淺嘗輒止，倒也看出了幾件稀罕東西。董振魁見狀便笑道：「康大東家喜歡什麼，拿去就是。」

「小姪豈敢奪人所愛？」

「老漢一介農夫，留這麼多不能吃不能喝的東西也沒用。」

「久聞叔父家有一幅宋徽宗的真跡〈雪江歸棹圖〉，與我前些日子收的那幅〈欲借風霜二詩帖〉一畫一字，倒也是絕配了。」

康鴻猷的父親康無逸與董振魁是至交，自康無逸故去後，康鴻猷執掌康家，對董振魁一向行的是子姪之禮，董振魁對此也欣然受之。董振魁拈著鬍鬚笑道：「康大東家在京城琉璃廠不惜三十萬兩銀子買到了〈欲借風霜二詩帖〉，一時轟動京城，老漢羨慕得緊啊！要是大東家有意思，老漢自當把〈雪江歸棹圖〉送到府上。不過先說好，只准看半年，半年之後，大東家得把一畫一字兩樣東西送到老漢這裡，讓老漢也把玩把玩，如何？」

康鴻猷噗嗤地笑出了聲，邊笑邊搖頭道：「還是老話說得對，十五玩不過二十的，老東家算盤打得不動聲色，小姪實在佩服。」

一老一少不由得齊聲笑了起來。康鴻猷慢慢放下一塊雞血石，道：「今晚是老東家添子之喜，您不在外面應酬賓客，卻把小姪召到書房來，有何見教？」

董振魁看著他笑而不答，卻自語道：「那幫老西們，恐怕吃得舒服了。」

正說著，河南藩臺勒憲挑簾進屋，腳未踏穩，就聽見他大笑道：「好你個董大東家，一個『套四寶』，讓老西們吃得一愣愣的！」

勒憲是滿洲貴族出身，憑著祖上的軍功做到了一省藩臺的高位，對賦稅理財之類的事並不上心，是個典型的滿洲黃帶子[5]。勒憲雖在任上無甚建樹，卻也不理會官場中根深蒂固的「士農工商」的成見，對本省的商賈大戶歷來照顧有加。鞏縣的康家、神垕的董家，都是勒憲的座上客，老熟人了，因此見面也省去了許多官民之間的禮節。勒憲落坐，對董振魁道：「老董，你請我和老康來你書房，有什麼事啊？」

康鴻猷忙笑道：「在二位眼裡，我可算不得什麼老康！」

董振魁手裡摩挲著一塊玉石，道：「咸豐爺駕崩，眼下是同治爺登基了，一朝天子一朝臣，官場、商場本就分不開，這對我商家而言不是小事。我特意請了藩臺勒大人前來，就是想和康大東家一起向勒大人討教一二。」

豫商與晉商、徽商不同，晉商對官場不屑，徽商對官場熱衷，而豫商卻自古有「不

5 清朝皇族從太祖努爾哈赤父親塔世克輩分開始算起，然後按嫡旁親疏，分作「宗室」和「覺羅」兩大類。凡屬塔世克本支，即努爾哈赤及嫡親兄弟以下子孫為宗室，身繫黃帶子，用以顯示身分的特殊。

即不離」的古訓，秉持儒家中庸之道，在商場與官場之間游刃有餘。一句「官場、商場本就分不開」點明了今晚談話的主旨。康鴻猷這才明白董振魁的真正目的，心中不由得暗暗欽佩，也因他這番舉動絲毫不迴避自己而頗為感激，便道：「勒大人，康某洗耳恭聽。」

勒憲似乎早有預感，笑道：「你們一老一少可繳了豫省大半的商家賦稅啊！勒某不才，管著豫省的財賦，還指望你們兩個生意興隆，給朝廷多繳銀子呢！據勒某所知，同治皇帝剛剛登基，實權並不在皇帝手裡。如今恭親王是皇上的叔叔，又是攝政王，皇上親政之前這十年，恐怕還是恭親王說了算。」

康鴻猷到底是年輕，城府養氣上不及董振魁，脫口而出道：「可在下聽說，凡是皇上的旨意，都得加蓋兩宮皇太后的印章，可有此事？」

勒憲道：「勒某正要說這個，恭親王雖是攝政王，可這攝政王的帽子是兩宮皇太后給的，而東太后慈安為人忠厚闇弱，不及西太后慈禧精明強勢，說到底，就連恭親王也要看西太后的意思行事。」

董振魁沉默了半晌，道：「這麼說董某就明白了，勒大人的意思是生意該怎麼做，仍舊怎麼做，是嗎？」

勒憲笑著點頭道：「可以這麼說，至少目前，變數不大。」

康鴻猷一愣，皺眉，正想說什麼。董振魁卻站起來，按住他的肩頭，哈哈大笑道：「如此一來，老漢我就放心了。勒大人，我這裡有些金石佳品，大人可有興致瞧瞧？」

勒憲連連擺手，笑道：「免了免了，我只喜歡狗啊鷹啊鳥啊之類的活物，就怕到你書房看這些石頭字畫，你還是留著跟康老弟研究吧！前面喜天成的好戲正演著，我可不想錯過了。」

康鴻猷本就對勒憲的一番話充滿了問號，此刻順水推舟道：「既然如此，康某就再叨擾董大東家一陣了。」董振魁便朝外喊道：「老詹，送勒大人入席！」老詹站在門外應道：「恭請勒大人入席！」勒憲一路大笑離去。書房裡又剩下了董振魁和康鴻猷。兩人重新落坐，相顧無言，忽地，兩人不約而同地大笑起來。

董振魁道：「敢問康大東家笑什麼？」

康鴻猷朗聲道：「敢問董大東家又是笑什麼？」

董振魁慢悠悠站起，在屋裡踱步，道：「康大東家，恕老漢冒昧，聽了勒大人剛才的言論，你有何感想？」

康鴻猷止住了笑聲，慨然道：「小姪以爲，勒大人身爲二品大員，卻怎麼這般蒙昧！說什麼變數不大，豈不知變數不大之間，蘊涵著無窮變數！康某雖世代居住於鄉野之間，卻也聽說過恭親王十八歲即封親王，如今總理外交事務。本月初一，恭親王聯合軍機處上了《通籌夷務全局酌擬章程六條摺》，兩宮皇太后立刻恩准，成立了總理各國事務衙門，由恭親王親自領銜，掌握著外交、通商的大權。連軍機處這等的中樞之地，軍機大臣文祥、桂良也是恭親王的親信，像這樣不到三十歲就總攬全國內政外交，摺子一上一准的年輕王爺，我大清開國以來又有幾個？康某不才，斗膽認爲同治年間，正是千年未有之大變之年！或許大清中興就在此時吧。」

董振魁看著眼前慷慨激昂的康鴻猷，心中暗道後生可畏，難怪鞏縣康家自明末至今，富了三百餘年而不衰，原來代代都有精英出現啊！轉而想起自己的兒子，不禁有些黯然，便道：「康大東家此言與老漢不謀而合！我朝自道光年間虎門銷煙，與英國開戰，自此割地賠款，國疲民弱，又有洪楊一黨在南方作亂至今，國庫空虛。中華雖大，十個農耕行省的賦稅，卻還比不上一個通商的廣東！朝廷是皇上的朝廷，不管誰當權，總歸不願過窮日子吧？老漢以爲，重商之風已在暗中湧動，這正是我商家千載難逢的大好時機啊！」

康鴻猷拊掌道：「大東家的話說到小姪心裡去了。我還聽說，恭親王傾心洋務，南方各省的督撫曾國藩、李鴻章、張之洞等人與恭親王遙相呼應，江南行省早就是國家的財源根本之地，洋務之風在那裡已是箭在弦上。這辦洋務、開工廠、通外交，無不是開風氣之先的做法，豫省商幫被徽商、晉商壓得日子久了，或許……」

董振魁騰地站起，老辣的眼中迸發著豪邁，大聲道：「或許，這正是我豫商的翻身之日！」

康鴻猷痴痴地看著董振魁，忽然道：「可惜這裡無酒，不然就憑董大東家這一句話，就該浮一大白！」

董振魁端起茶壺，一笑，「老漢戒酒多年，今天是我添子之喜，可與康大東家一席話，卻比添子之喜更來得痛快！大東家如不嫌棄，就以茶代酒，飲了此杯吧。」

康鴻猷年輕氣盛，接過茶杯一飲而盡，抹了嘴角笑道：「好茶！這茶杯，可是董家老窯所出？」

董振魁尚未答話，卻聽見門外一陣凌亂的腳步聲，便截斷了話頭道：「誰在外面？」

「回父親，娘生了！」

董振魁緩緩落坐，端著茶杯，輕輕吹了口漂在水面的茶葉，道：「知道了。」

「是孩兒的弟弟！」

康鴻猷道：「貴府添丁，小姪給老東家道喜了！」

董振魁擺手，朝外面道：「老大，告訴下人，照安排好的進行吧。」

「孩兒明白！」

董振魁慢條斯理地品著茶，康鴻猷倒有些坐立不安，便起身道：「老東家，照規矩，小姪該去見見我那兄弟了。」

董振魁起身笑道：「大東家何必多禮，老漢先謝過了。」

康鴻猷挑簾出去，老詹一直在外面伺候著，領他走出院子，消失在夜色之中。董振魁看著外面，忽地一陣眩暈，忙扶住桌子站定，抬起頭來的時候，滿臉老淚像是剛淋了雨，順著一條條深深的皺紋流下來。董振魁任淚水交錯，爆出一陣酣暢淋漓的大笑。

貳

同年同月同日生

乾鳴山南坡，在一千多個窩棚裡，盧家窩棚顯得有些與眾不同。所謂窩棚，乃是一種半地穴的建築。尋一處向陽背風的地方，依山坡走勢，先向地下挖三四尺深的長方形坑，空間大小視居住人口多少而定；在坑內立起一兩排房柱，柱上再加椽子，外端插進坑壁的土裡，房頂鋪著本地特產的一種長草，再蓋半尺多厚的土培實，南面留出房門和小窗，其餘部分用土牆封堵。這種建築修得容易，壞得也快，通常一番狂風暴雨之後便千瘡百孔，只好重新修葺。盧家窩棚與眾不同之處在於，每到豔陽高照的日子，窩棚頂上便會擺出一片書籍，拿石塊壓著，風起吹拂，書頁嘩嘩作響。知道的人便會笑道：「盧家老二又在晒書了。」

乾鳴山南坡住的都是燒窯夥計，目不識丁的居多，偶有幾個識字的，像盧維章這樣家有藏書的恐怕僅此一位，故而頗得夥計們的尊敬。昨天是臘月二十八，神垕有俗話說「二十八，貼花花」，不少窯工都來找盧維章寫春聯、寫福字，盧維章自然是有求必應。這些年每到這幾天，盧家裡外都是上門求寫春聯的人。可今天是臘月二十九，寫春聯的日子早過了，盧家兄弟急匆匆從北坡董家領了賞物回來，離得老遠就看見自家窩棚前，竟還圍著不少人，窩棚裡傳來婦女的嘶叫和呻吟。盧維義不由得驚叫一聲：「糟了，難道是弟妹早產了嗎？」

盧維章的臉色變得鐵青，盧家世代貧寒，兄嫂張羅了好幾年，前年才給他討了一房媳婦，誰知第一胎就早產！盧維章的頭轟地一下子大了，風一般跑向自家窩棚。

盧家窩棚分兩處，兄弟兩家各居一間，山牆相連。此刻盧維章的那間窩棚房門緊閉，隔著窗戶，大嫂和接生婆的身影若隱若現，房內傳出盧王氏的呻吟，聲聲深淺不一，彷佛已到了生死攸關的時刻。盧維章敲著門，大聲道：「娘子！娘子！」大嫂把門開了條小縫，急道：「你添什麼亂！沒事！」隨手把門重重關上。

「沒事？」

盧維章自言自語，而盧王氏的聲音在長長的一聲呻吟後，慢慢低了下去。盧維章心思大亂，剛轉身，房門又開，接生婆探出頭道：「盧家老二！快準備吧！」盧維章悚然看去，房門又閉上了。盧維義上前，扶著他道：「老二，別急，快準備吧。」

「準備什麼？後事嗎？」盧維章焦慮地看著他，方寸大亂。盧維義哭笑不得，「什麼後事！晦氣！」說著，盧維義連連朝地上吐唾沫，又道，「還不是女人坐月子的東西，快！」盧維章這才恢復了心智，一面張羅，一面心裡咚咚亂跳，忽而喜忽而悲，彷佛大風捲過水面，再難以平靜下來。

神垕風俗，坐月子的婦女講究最多，分娩後，通常會在產房門上掛一條紅布，表示一個月內忌諱生人入內。特別是孕婦、寡婦、帶孝的人不能入內，怕帶來不祥，使產婦斷了奶水。此外，還忌諱帶銅、鐵金屬器皿進入產房，忌諱把產房內的東西外借。坐月子期間，產房忌陰、潮、冷，產婦忌吃生、冷食品，林林總總難以詳述。好在盧家大嫂早做了準備，但誰也沒料到這個孩子會如此迫不及待，非要趕在同治元年之前來到人世。大概到了亥時，窩棚裡終於傳來了一聲啼哭，守在門前的盧家兄弟聞聲色變，盧維章拍著門大叫道：「娘子！」

窩棚裡陡然靜了下來，只聽得人的喘息和撩水的聲音。不多時，大嫂開了房門，新生兒就在她懷裡。大嫂笑意盈盈道：「給老二道喜了，豫川添了個兄弟！」盧維章接過兒子，衝進窩棚。盧王氏臉色慘白，已是昏迷不醒。接生婆熬著紅糖水，絮絮叨叨道：「老二，你媳婦真不是尋常女子！早產了個把月呢，竟把孩子平平安安生下來了！」

大嫂在一旁抿嘴笑道：「這下好了，豫川有伴了。」盧維義這才想起了什麼，忙道：「豫川呢？半天了，怎麼不見他的人？」大嫂一愣，「你跟老二出門不久，他就跟去了，怎麼，沒見著嗎？」

盧維義眼前一黑，乾嗚山雖在人煙稠密之處，卻也不乏豺狼虎豹出沒，一個孩子走夜路，真真是凶多吉少。盧豫川是盧家的長子，今年不過十一二歲，不像他父親盧維義那般老實憨厚，倒跟二叔盧維章一般精明伶俐，儘管如此，也奈何不了吃人的野獸啊。

盧維義心裡倉皇，快步出門，四下尋找，卻看見盧豫川遠遠地跑過來，手裡提著東西，竟也是董家的賞物。盧維義上前，揚手就是一巴掌，喝道：「家裡這麼多事，你跑哪兒玩去了？」這一巴掌一半是氣，一半是喜，故而揚得雖高，落下卻是輕飄飄的。盧豫川笑嘻嘻地躲過父親這一巴掌，伸出手道：「爹，你看，這是什麼？」

盧維義看去，兒子手裡的賞物是董家的不假，卻是雙份！當下奇道：「你怎麼弄了雙份？」「爹，董家發東西，全以領東西的人手上的硃砂爲憑，這硃砂不能抹，越抹越紅，董家就靠這個硃砂點辨認。可硃砂耐磨、耐水，卻不耐鹼，我見你們去了，就偷拿了娘一些鹼面，把記號給搓掉了。」

盧維章出了窩棚，笑道：「這倒是個好法子，我怎麼沒想到？」盧豫川看見二叔手裡的襁褓，驚道：「二叔！二嬸生了？」盧維章笑著點頭，盧豫川扔了手裡的東西，踮著腳朝他懷裡看。叔姪倆歡天喜地，鬧在一塊。大嫂急匆匆跑出窩棚，叫道：「我的老天爺，眼下還是臘月天呢，剛出生的孩子怎麼能出門？快回去！」說著，連拉帶扯地將叔姪倆弄進屋裡。

盧維義輕輕一搖頭，撿起地上的賞物，有些心疼地拍著肉上面的灰塵。豫省民風古樸，奸詐耍滑的事一向爲人所不齒，沒想到盧豫川這麼小年紀，居然也學會了如何鑽漏洞，而董家的人那麼精於算計，居然給他鑽成了！盧維義默默地提著東西，走向自家廚房。老二媳婦生了男孩，後天就是「洗三」的日子，家徒四壁，哪裡有東西招待客人？爹媽去世以來，老二一門心思都在讀書上，他操持日子的辛苦自不待言。今年燒了一年的窯，除了日常的開銷，都供老二讀書了，根本沒攢下幾個錢。如今年關將近，又添了孩子，也幸虧有董家這點賞物，不然連個像樣的年夜飯都備不起。

盧維義看著眼前的四份賞物，想起兄弟剛才在乾鳴山上的一席話。看來他是鐵了心不去趕考了，家裡少了這分負擔，或許明年會好過一點。可老二是個讀書人，燒窯之事說起來頭頭是道，但其實也只是紙上談兵而已。何況他文質彬彬，根本就不是幹體力活的身子，即便是到了窯場，誰又保證他能幫上忙呢？只可惜這十年的苦心了。家裡日子艱難，眼下又多了張嘴吃飯，老二媳婦雖說本分吃苦，可畢竟是婦道人家。盧維義一邊收拾東西，一邊思緒湧動；心中一時哀苦，一時欣悅。想著想著，悄悄抹了把眼淚。

祖宗衣缽

圓知堂董家老窯一共有三處窯場，分別是謙和場、理和場和義和場。掌窯的稱作大相公[6]。圓知堂大東家是董振魁，老相公遲千里是大東家聘任的，跟西幫的大掌櫃一樣，全權掌管著日常商事和外務。老相公以下，分別是大相公、相公、小相公、夥計和窯工。在整個董家老窯的等級體系裡，窯工是最低的，可一窯一窯的瓷器又都是出自窯工之手，窯工是整個窯場的根本所在。故而董家老窯設立之初，董家的先人就立下「不打、不罵、不欺」窯工的規矩，算起來神垕鎮兩三千口窯，只有董家老窯的三個窯場從未發生過東家和窯工反目的事情。

一到年關，東家就要跟窯工合帳，兌付這一年來的工錢。合帳歷年來都是亂哄哄開始，亂哄哄收場。窯工們多半是目不識丁的，東家帳上記著你一年燒壞了幾窯，哪能說認就認?這可是一年的收入，家裡多少張嘴等著呢。可窯工也不敢得罪東家，不然東家一翻臉，來年不許你包這座窯，一家老小的溫飽上哪兒找去?既不願任人宰割，又不敢據理力爭，窯工們能做的只有四個字：軟磨硬泡。窯工是人，東家派來合帳的相公也是人，眼看著就是除夕了，誰不想趕緊回家過年?窯工打定了主意，你急我不急，也不跟你鬧氣，一口一個「相公」，恭敬極了，就是不在帳上按手印，任你是相公也交不了差，回不了家，自然也過不了年。兩方就這麼乾耗著，直到臘月三十的下午，窯工們還

6 相當於現在的經理。

是一副笑嘻嘻的模樣。多半是合帳相公們實在拗不過了，只要大數差得不多，一分一釐也就馬虎了起來。於是窯工們得勝回家，合帳相公們草草了事拉倒。

日子久了，各大窯場紛紛改了規矩，改在十一月月末合帳，就是想避開年關，讓窯工們無計可施，倒也頗有成效。董振魁燒了三十年的窯，對窯工們這點把戲焉能不清楚？可他就是堅持年關合帳的老規矩，從來沒效法其他窯場。一來這是祖上定下來的，貿然改變總會起些波瀾；二來豫商自古就有留餘的理念，豫商的領袖、鞏縣康店康鴻猷家裡就掛著一塊「留餘」匾，寫著留耕道人〈四留銘〉，云：「留有餘，不盡之巧以還造化；留有餘，不盡之祿以還朝廷；留有餘，不盡之財以還百姓；留有餘，不盡之福以還子孫。」董振魁素以正統豫商自居，對「留餘」二字深有感悟。圓知堂董家老窯僱用的窯工不下千人，一人多給一錢銀子，不過是百兩之數，對東家來說九牛一毛，對窯工而言，這一錢銀子比天還大！窯工歡喜了，來年燒窯自然更加賣力，說到底還是東家不虧本。無奈，神垕其他窯場的東家對此就是不解，還暗中恥笑董振魁被窯工們耍了，殊不知董振魁老辣之處正在此。一個「商」字，董振魁的確是拿捏到家了。

董家老窯理和場裡，最後一批窯工終於合完了帳，一個個興高采烈地回家去了。合帳的相公李秉山今年六十多歲，忙了兩天一夜，兩隻眼都熬紅了。他闔起帳本，嘆道：「別的窯場都改了規矩，唯獨老東家不改，苦的卻是我們這些下面的人。天都快黑了，家裡餃子都爛在鍋裡了，兒子孫子一大堆在家等著，可就是回不去！」盧維章甩了一下辮子，搓著手笑道：「李相公說笑了，您是一家之主，您不回家，這餃子誰敢下鍋？」

李秉山把一塊碎銀子遞給他，盧維章忙恭恭敬敬地接過來。合帳事雜，李秉山一個人忙不過來，每年都要盧維章來幫忙核算，這塊碎銀子就算是報酬。李秉山把帳本雜物放到褡褳裡，笑道：「你這小子倒是嘴甜，說什麼都好聽！」

盧維章小心揣好銀子，非要送李秉山回北坡家裡，李秉山知道他剛得了兒子，又是除夕夜，焉有不急著回家的道理？便擺手謝絕了。盧維章堅持把他送到山腳下，這才轉身離去，一溜煙地朝家跑去。

今晚是除夕，有道是富人家過年，窮人家也過年，只是各有不同的過法。盧家窩棚裡，雖沒有琳瑯滿目的菜肴，可到了大年夜，一瓶酒、一盤肉、一盆大肉餡餃子還是有的。盧家往年除夕都在盧維義家的窩棚裡過，可今年，盧維義知道弟妹還在坐月子，就把年夜飯挪到了二弟家。盧王氏因爲早產，身子太虛，眼下還不能下地，辦年貨、做年夜飯全是大嫂一人張羅的，她心裡感激得很。她原本準備強撐著身子去隔壁窩棚過年，沒想到天剛黑，大哥大嫂就端著年夜飯到自己家裡，連她下床都不許，飯也端到了跟前。目睹此情此景，盧王氏兩眼裡不由得全是淚花。

盧維章一進門，就聞到餃子的香氣，連聲道：「大哥大嫂，怎麼在這裡過年了？」

大嫂笑道：「你們兄弟倆還分什麼這裡那裡的？一家人，哪裡過都一樣。」

盧維義一直沉默著，彷彿心裡有塊巨石壓著，即便是過年的喜氣都化解不開。盧維章在飯桌前坐下，盧維義才有了一絲笑意，道：「一家人齊了，吃吧。」

盧家是貧寒之家，禮數卻從未少過。盧豫川早把筷子舉得高高的，當家的一發話，立刻大吃起來，兩個腮幫頓時鼓鼓囊囊。盧維章累了一天，此刻也是狼吞虎嚥。只有盧維義夫婦怎麼也吃不下，不無心酸地看著年輕的弟弟和年幼的兒子。驀地，盧維義眼裡，一行淚奪眶而出，他趕緊背過身去，悄悄抹去了。

神垕的除夕夜，有熬年的風俗。一家人團團圓圓聚在一起，桌上擺著花生糖果之類的，天南地北閒聊，直到子時已過新年開始的時辰，才紛紛睡去。盧家也不例外，一家人聊到亥時，盧維義起身道，「老二，該給先人上香了，咱們過去吧。」回頭又對大嫂道，「弟妹還在坐月子，妳跟豫川照應著，外面天冷，我們兄弟倆去就行了。」大嫂看了盧維義一眼，目光裡似有千言萬語，卻只點頭說了一個字：「中。」

「中」是河南地方的土話，乃「行」、「好」之意，本是日常慣用的口語。大嫂嫁到盧家來十幾年了，任勞任怨地操持家務，從未嫌棄過盧家一貧如洗，對盧維義也是言聽計從，雖是目不識丁的村婦人家，卻也恪守著「出嫁從夫」的綱常。但這個簡簡單單的「中」，在今夜，在盧維義的耳中，卻隱含了無窮的深意。盧維義看了大嫂一眼，目光中飽含著說不盡的感激。世人皆知貧賤夫妻百事哀，可又有誰知道貧賤夫妻自有另一番默契與寬容？

兄弟二人來到隔壁的窩棚，一張先祖畫像就掛在窩棚山牆上，日子久了，發黃起皺，不過大嫂天天小心拂拭，倒也一塵不染。盧維章擦著火紙，點上蠟燭，不經意道：「大哥，我看你跟大嫂今天有些不對勁，是有什麼心事嗎？」良久，卻沒聽見盧維義答話。盧維章點著了香，回頭去看時，只見盧維義呆呆地站著，凝視牆上的畫像，早已是淚流滿面。

盧維章驚道：「大哥！」

盧維義沒有擦眼淚，任淚水無聲地流著，低聲喝道：「不肖子盧維章，還不跪下！」盧維章撲通一聲跪倒在地。

盧維義道：「盧維章，你知錯嗎？」

「我知道！」

「講！」

「我已決定放棄科舉，有愧列祖列宗，有愧父母遺願！」

「你還是不肯改變心意嗎？」

「大哥，我心意已決，絕不改變！」

盧維義暗中鬆了一口氣，語氣也緩和下來。捫心自問，多少日子了，他等的不就是今天嗎？盧維義直直地跪了下去，磕頭。盧維章雖然不解，也跟著磕頭。盧維義抬起頭來，對著畫像道：「列祖列宗在上，不肖子盧維義，既受大命，多年不成，實在愧對先人。二弟盧維章，心思機敏，稟賦異常，遠在盧維義之上，故今將祖宗衣缽傳於盧維章，祈求列祖列宗保佑我輔佐二弟成就大命，光宗耀祖！」說罷，又磕了三個響頭，而後起身從懷裡摸出兩本薄薄的冊子，鄭重其事地遞到盧維章面前。

盧維章被大哥這一連串的舉止弄得瞠目結舌。大哥在他心裡一直是個沒多少學問又忠厚的人，甚至帶些迂腐，話也不多，除了燒窯，對其他的事知之甚少，可今天大哥出口成章，講話有條有理，其學問見識似乎還在他之上！盧維章懷著一肚子疑惑，藉著燭光，看著那兩本冊子。

一本上面寫著《宋鈞燒造技法要略》，一本寫著《陶朱公經商十八法・補遺篇》。

盧維章驚道：「大哥！這是……」

盧維義臉上的戚容，不知何時已煙消雲散，取而代之的是滿臉興奮的潮紅。盧維義道：「二弟，先接過去再說。」盧維章只得接下兩本冊子，一雙眼睛卻始終盯著哥哥。

盧維義似是卸去了一副重擔，攙扶著他起來，坐在椅子上，微笑道：「你是當爹的人了，咱家的那點事，也該講給你聽了。」盧維章抱緊了兩本冊子，心突突地跳了起來，目光裡充滿驚訝、震撼和難以置信。

盧維章看著弟弟，心裡一陣溫暖。他比弟弟年長將近二十歲，加上父母早逝，他實際上是亦兄亦父的身分。真是光陰似水啊，那個賴在他背上不肯下來的頑童，轉眼間已是高䠷的漢子了。盧維義的聲音綿長悠遠，好像是從腳下土壤深處傳來的，又宛如乾鳴山上的小溪，蜿蜒流淌。盧維章痴痴地看著他，聽著他的話，竟似木雕泥塑般，半天一動也不動。

原來盧家先祖本是外地人，北宋初年為躲避戰亂，從幽州遷徙到神垕，落戶扎根於此。有宋一代，神垕因鈞瓷馳名天下，盧家受此影響，毅然棄農燒瓷，世代以鈞瓷為業。到了宋徽宗年間，鈞瓷燒造達到頂峰，宋鈞成了鈞瓷的代名詞。朝廷在此設立皇家官窯，盧家先人盧本定是官窯裡數一數二的能工巧匠。盧本定聰穎過人，首創了雙乳狀鈞瓷柴燒窯爐等諸多鈞瓷之最，使得皇家官窯的產量和品質都有了長足的進步。北宋朝廷鼓勵商貨流通，工商業極度繁榮，盧本定自家的窯場經營得有聲有色。盧本定根據自己的經商心得，又從豫商先驅——「商聖」范蠡留下的《陶朱公經商十八法》中得到不少啓示，將自己對豫商的理解附於書後，是為《陶朱公經商十八法・補遺篇》，成了盧家鎮宅之寶。

可惜好景不長，靖康之難以後，宋朝皇室南渡，與金國劃江而治。宋金兩國在河南一帶衝突不斷，神垕飽經戰火摧殘，商路斷絕，窯工四散，燒造業幾近絕境。爲替宋鈞保留一點血脈，盧本定將凝結了畢生心血寫成的《宋鈞燒造技法要略》一分爲二，讓他最看好的二兒子盧興原帶了一份抄本南渡臨安，而他自己和大兒子盧興野則留守在神垕。豈料盧家命運多舛，因在臨安燒造宋鈞不成，又有奸小之人暗中陷害，一代奇才盧興原竟被朝廷問罪處斬，所攜抄本不知所終，神垕宋鈞南方一脈就此滅絕，成爲千古一嘆。

在動蕩的時局中，神垕盧家日漸凋零，盧本定也在貧寒交迫中與世長辭，留下《宋鈞燒造技法要略》和《陶朱公經商十八法・補遺篇》，讓盧興野繼承宋鈞衣缽，企盼天下太平後重振宋鈞大業。可惜盧興野資質平平，跟著父親燒了幾十年的窯，卻對宋鈞知之甚淺，難以擔起傳承大任。元朝初年崇尚粗獷豪邁之風，朝野上下對宋鈞的死活並不在意，加上宋鈞燒造花費驚人，盧家敗落之後淪爲一介草民，以往的皇家官窯不計成本的做法實在難以維持，宋鈞的復興就此成爲空談。

滄海桑田，元、明、清三朝更迭，中原又時常處在戰爭頻仍的艱難境地，盧家處境江河日下。即便如此，盧家人雖無法實現祖宗的大願，卻恪守住了一條，就是無論如何也要留在神垕，只要還有盧家人在這裡，宋鈞的復興就有希望。盧本定留下的《宋鈞燒造技法要略》和《陶朱公經商十八法・補遺篇》，在一代代的盧家子孫中祕密傳承著。到了盧維義的爺爺盧士釗這一代，盧家開始在董家老窯當夥計，冒著全家被趕出神垕的風險，在承包的窯裡極其隱祕地燒造宋鈞，終於有所突破。此時神垕鎮鈞瓷燒造只有日用粗瓷這一項，雖然各大窯場都在祕密研製宋鈞燒造技法，但幾十年來無一有成。爲了保住家族祕密，盧士釗定下了規矩：凡是燒出來的宋鈞無論成色優劣，一律砸碎後深埋，直到有自己的窯爲止。盧維義的父親盧升權英年早逝，便將衣缽傳給了盧維義，臨死前將他一生期盼做到的兩件事交付給盧維義，一是給自家攢一座窯，二是供老二盧維章求得功名。沒有自家的窯，即便是能燒出宋鈞也不是自家所有；而老二盧維章天生是讀書的料，「重家教，尚中庸，積陰德」又是豫商的治家格言，盧升權實在不忍將二兒子生生地從科舉之路上拉回來，於是光復宋鈞、中興盧家這兩副重擔齊落在盧維義肩頭。

咸豐初年，盧維義精研祖宗留下的兩本典籍，在先人積累的技法上不斷摸索，宋鈞的燒造技法日益成形，燒出來的成色也越來越好。苦於沒有自己的窯，一切舉動都要瞞著東家和窯場裡的大小相公，只能在暗地裡進行，故而進展極爲緩慢。十年下來，盧維義耗盡心血，未老先衰，自感來日無多。恰巧此時盧維章決意放棄科舉之路，盧豫川又年幼不堪重任，爲了傳承家族使命，盧維義跟妻子商量了一宿，決定在除夕夜，在祖宗畫像前，將盧家衣缽正式傳給盧維章。

「一個是宋鈞，一個是經商，這兩條就是盧家的命根子。宋鈞，眼下咱家差不多能燒出來了，成色也過得去，這一條算是在我手裡有了底子，當然還有望你發揚光大。那天晚上在乾鳴山，我聽了二弟的一番胸襟抱負，二弟對天下大勢、對商幫興起的看法如此精到老辣，哥哥心中喜出望外！我讀書不多，做生意不是我的長處，經商這一條就全靠二弟用心了。我這一輩子，別的不圖，但求有生之年能攢下自己的窯，光明正大地燒出自家的宋鈞來。老二，從今往後，你就是盧家的當家人，我自然會全心全意輔佐你，幫你成就大業！」

盧維義的目光裡充滿了慈愛。他站起身來，輕輕撫著盧維章的頭頂，手過之處，一片滾燙。他知道剛才那番話，對眼前這個二十出頭的青年意味著什麼。但他又能如何？身爲盧家子孫，那兩本薄薄的冊子就像兩道燃燒的火苗，既照亮了前方的路，又灼燒著行者的肌膚。

這就是家族的使命。

盧維章應該擔負起這樣的使命，他也擔負得起這樣的使命。

盧維義眼中熱淚滾動，卻說：「老二，上過香，咱倆該回去了，你沒聽見隔壁豫海在哭呢。」

天機已洩

每年的大年初一到初八，神垕鎮各大窯場停火休工，這也是窯工一年裡僅有的一段假期。窯工們忙了一年，平常哪有時間料理家務，都趁這幾天，上墳的上墳，掃墓的掃墓，修葺窩棚，拆洗被褥。同治元年正月初六那天，正好是個大晴天，各家窩棚外都晾起了被子、棉衣，不能再用的就隨手燒掉，算是寄給地下的逝者。遠遠瞧去，乾鳴山南坡的窩棚區裡，到處瀰漫著一片花花綠綠的人間煙火。

盧家的兩處窩棚早該修葺了，幾根椽子腐朽了，得加固一番，頂上鋪的茅草、麥秸用得久了，也得重新換。神垕的春季多雨，不修整恐怕難過雨季。盧家兄弟一早就開始忙了，幹到午飯時分，兄弟倆渾身大汗，盧維章索性脫得只剩個小褂，身上不住地冒著白煙。盧維義有些心疼，道：「老二，差不多就行了，凍壞了身子可不好！」

盧維章擦了把汗道：「等初八窯場點了火，我就要學著燒窯了。燒窯是體力活，我以前沒出過那麼大的力，總不能幹不來給人笑話吧？」

盧維義笑道：「誰敢笑話你？你是讀書人，不用想那麼多！」

盧維章自言自語道，「讀書人？」忽而自失地一笑，「大哥，以前那個叫盧維章的讀書人已經不在了，盧家多了個叫盧維章的窯工！」盧維義一愣，倏地領會過來，與兄弟相視一笑。

盧維章早有去窯場做工的打算，自那晚從哥哥手裡接過盧家衣缽，這個念頭便越發強烈。盧維義燒了一輩子窯，深知燒窯的艱辛。盧維章雖說也是窯工家出生，但他自幼便讀書，家裡的活很少讓他幹，像窯場那樣的重活更是從未插手。神垕鎮製瓷業自唐代萌芽以來，到同治年間已有千年，早就形成了一套嚴謹的工序流程。僅選料一項，就有選礦、風化、輪碾、晾晒、冰凍、池笆、澄池、陳腐等工序，再加上造型、成型、燒成，整個流程下來足足有七十二道工藝，貫穿了春夏秋冬四季，饒是長年燒窯的夥計都扛不下來，何況自幼念書的弟弟呢？盧維義的手不由得慢了下來，他取下腰間的葫蘆，摸了摸，還沒有出九[7]，神垕鎮正是滴水成冰的節氣，葫蘆裡的水早就冰涼了。盧維義把葫蘆塞進懷裡，滾燙的胸膛遇上冰涼的葫蘆，不由得猛地一緊，身子輕輕晃了一下。他捂了一陣，感覺水不涼了，才把葫蘆遞給盧維章，「水不熱了，慢點喝，小心涼了肚子。」言畢，看著盧維章大口大口地喝了水，又掄起鎯頭，便一把搶了過去，笑道：「過完年進了窯場，有你出力的時候！」

7 「九九」是中國北方，特別是黃河中下游地區適用的一種雜節氣。它從冬至那天開始算起，進入「數九」，俗稱「交九」，以後每九天為一個單位，謂之「九」，過了九個「九」，剛好八十一天，即為「出九」，那時就春暖花開了。

神垕有句俗話：三天戲，五天年，忽忽啦啦就過完。初一到初八這幾天假期說過就過去了，正月初九是窯場點火的日子。每年到了這天，鎮上各個燒窯的堂口，會公推出一名大東家，親自主持點火儀式。公推的標準有兩點：一個是上一年的收成，一個是出銀子的多少。拔得這兩條的，就能在自家窯場點上頭把火。自從董家圓知堂在董振魁手上崛起以來，差不多二十年間，幾乎每次主持點火儀式的都是董振魁，日子一久，每年例行的公推大會也流於形式。這也難怪，無論是論收成、論實力、論窯場，董家老窯都是神垕鎮當之無愧的翹楚。今年恰逢同治元年，董振魁又老年得子，所以這次點火儀式辦得格外隆重。

點火儀式的地點在窯神廟。窯神廟也叫伯靈仙翁廟，坐落在神垕鎮老街上，始建於宋代，在明弘治八年和乾隆五十六年兩次重建。近年來鎮上製瓷生意蒸蒸日上，窯神廟也得以多次修繕，建得氣勢恢弘，成了神垕鎮一景。廟內有大殿、花戲樓、道房和東西日月廳，處處設計精巧，雕工細緻。窯神廟正門是花戲樓，門口兩根碩大的石柱，柱下立著兩尊石獅。初九這天，石獅頭上頂著大紅色的錦花，兩掛萬響的長鞭從獅子嘴裡吐出來，大殿裡仙火點燃後，這兩掛長鞭就劈劈啪啪響起來。整個神垕鎮歡天喜地，人們互相恭喜道賀，祈禱上天賜個好年景。

窯神廟大殿裡供著三尊神像，正中的自然是窯神孫伯靈。伯靈是字，窯神的大名是孫臏，也就是戰國時期那位著名的軍事家。相傳孫臏當年曾隨師父鬼谷子在豫州山中燒炭學藝，他既是燒炭的祖師，也是瓷業的窯神，長年在此饗納香火。左邊那位是「土山大王」，也就是舜帝。相傳舜曾「陶河於濱」，後人燒瓷取土都是按照舜帝的指引，故而他被視爲司土之神。右邊卻是個女神像，既不是帝王也不是將相，而是個平平凡凡的燒窯女工。相傳某朝某代，皇帝在夢中見到一尊如意瓶，釉色紅似硃砂、鮮如雞血，夢醒後便命神垕的窯工們燒製。無奈窯變極難掌握，根本燒不出那樣的釉色，皇帝一怒之下要將神垕的窯工們滿門抄斬。一個名叫豔紅的窯工女兒憤而跳進瓷窯，但見窯內紅光瀰漫，竟燒出了晶潤如玉、殷紅似血的如意瓶。後人便給豔紅立了神像，尊稱爲「金火聖母」。普天之下，像這樣的大殿還真找不出第二個，你就是三皇五帝，也得在窯神一旁；你是黎民百姓，也能躋身神位，這就是神垕人千年不改的秉性。

神像前的火爐裡，長年不絕的仙火熊熊燃燒。董振魁穿著燒窯夥計的號坎[8]，畢恭畢敬地敬了三炷香，旁邊一個白髮蒼蒼的老人家慢悠悠喊道：「窯神爺賜火了，得勁哪！」

眾人無不肅然應和道：「得勁哪！」聲聲疊疊，從大殿傳出去，老街上站的人、遠

8　標有號碼的背心。

處乾鳴山南坡各窯場裡跪在窯前的人，無不虔誠地跟著叫喊。這時，花戲樓前石獅嘴裡吐出的萬響長鞭乍然響起，整個神垕鎭都沉浸在沸騰的氣氛中，久久無法平息。

和「中」一樣，「得勁」也是河南土話，就是「爽」、「順心」的意思。神垕人做事不喜歡藏著掖著，到了興奮的時候就愛來這麼一句。日子久了，本來莊嚴的點火儀式上加了這麼句不倫不類的土話，也沒人覺得有什麼不妥，反而都扯破了嗓子叫。在歡呼雷動的「得勁」聲裡，董振魁舉起火把，伸向火爐。火把沾滿了清油，劇烈燃燒起來。灼燒的火焰映紅了他的臉。董振魁轉身，將火把交給大少爺董克溫，董克溫虔敬地接過火把，注視片刻，再將火把遞給老相公遲千里，接下來是董家老窯的四大相公、八相公、三十二小相公，一直傳遞到董家謙和場、義和場和理和場，待這三處窯場近千口窯全都點上了火，才輪到其他堂口。等到所有的窯都點起火，已經是晌午了。神垕人過年到此爲止，繁忙奔波的新的一年也從此開始。

據老一輩人講，在董家老窯沒有崛起之前，爲爭這第一把火的綵頭，鎭上各大窯場還得經過一番明爭暗鬥，比名氣、比聲望、比銀子。董家老窯獨享第一把火的日子，算來也快二十年了。神垕人似乎對此習以爲常，誰也沒覺得有什麼不對。哪個堂口就算不服氣，也只能把這不服氣壓在胸口，咀嚼品味著技不如人的悲哀。

理和場是董家老窯最大的窯場，有整有零，一共是三百零三口窯，領場大相公是薛文舉。盧維義和盧維章承包的是理字一百二十四號，火點起來的時候，盧維章感覺到渾身的血液彷彿隨著火焰升騰起來，站都站不穩。盧維義倒顯得很平靜，他熟練地從窯眼裡看著火苗，吩咐盧維章添柴、壓火。盧維義在理和場幹了快二十年，無論是出產的數量還是成色都是首屈一指，窯場裡誰不知道盧老大的名聲？眼前這座窯長九步，寬七步，正面是爐膛，背面是窯室，窯頂上一根煙囪高高聳起，窯雖不大，卻如盧維義的性命一般。盧維義輕輕拍著窯，像是在跟一個老夥計打招呼。瓷窯對窯工而言，是吃飯的傢伙，更像是不離不棄的朋友，何況這座理字一百二十四號窯上，每一寸都凝結了盧維義畢生的心血。

盧維義扶著窯，忽地感到胸口一陣疼痛。或許是那天將衣鉢傳給盧維章，了卻了他的一樁心事，整個人忽然鬆弛下來，像是沒了水分的糠蘿蔔[9]，原本結實的身子迅速地衰竭下來。他本來想瞞著家人，但幾天之內，竟暈倒了兩次，嚇壞了盧家大嫂和盧維章。這次點火燒窯，盧維章說什麼也不讓盧維義再幹重活，生怕加重他的病情。家裡剛過完年，窮得叮噹響，年前發的那點窯餉都給盧維義攢起來了，說什麼也不讓動，連抓藥的錢都沒有。說來也怪，盧家大嫂除了偷偷擦眼淚，從來不勸丈夫找大夫看病。她知

9　或稱「空心蘿蔔」。意指老了或是品質不良的蘿蔔，中心會產生空洞。

道丈夫的脾氣，自家的窯一天不建起來，就是病死，他也不會動用一個大錢。不過天無絕人之路，昨天盧豫川連蹦帶跳地趕回家，說是在禹州城裡幫人打小工，掙了幾十個大錢，盧維義這才拗不過大嫂和盧維章的苦勸，去鎮上抓了幾服藥。

可能真是窮到了極點，誰都沒有盤問盧豫川這幾十個大錢是怎麼來的，或許他們也明白在禹州城裡再怎麼幹活，一個十來歲的小孩子也掙不了這麼多，但誰又顧得上刨根問底呢？窮人的孩子早當家，就當是老天爺可憐盧家吧，盧維義喝著那碗黑糊糊的藥湯時，也只能拿這個勸解自己了。然而他無論如何也想不到，就在此時此刻，一個精心編織的大網正向這個毫無防備的窯工撒過來。這張網實在太大太密，罩住了盧維義的每一條退路，斷絕了他所有求生的念頭。

所有災難的緣起，就在一塊巴掌大小的宋鈞殘片上。世間許多的祕密，總是在不經意間洩露出去的。祕密像一個調皮的孩子，被院牆束縛久了，總要找個機會伸伸頭，跺跺腳，瞧瞧四方形天空之外的世界。這塊宋鈞殘片前天從盧豫川手裡賣出，此刻就在董振魁的書房裡，當然，董振魁已經看出了這塊殘片背後的祕密。他的心急劇跳動著，不錯，正是「玫瑰紫」，傳世宋鈞裡最爲著名的窯變色。董振魁精研宋鈞三十多年，深知一個「玫瑰紫」意味著什麼。宋鈞以窯變爲魂，窯變出來的鈞瓷色彩繁若星辰，以玫瑰紫、硃砂紅、天青、天藍等數十種爲上品。六百多年來，宋鈞燒造技法絕跡民間，流傳下來的被稱爲傳世宋鈞，件件都是價值連城。而眼前這塊殘片紅中透紫，紫中泛藍，正是傳世宋鈞中，從「天藍」色裡演化出的「玫瑰紫」！這是董振魁最不想看到，又不得不面對的現實。什麼添子之喜，什麼重振豫商，若是沒了宋鈞燒造的技法，光靠燒製些尋常的日用粗瓷，一切都是空談。董振魁放下殘片，慢悠悠道：「老大，你有什麼可說的？」

董克溫張嘴想說什麼，不料卻是一陣驚天動地的咳嗽，彷彿聲聲都牽連著肺腑，似有千萬隻貓爪抓撓著，一刻也不曾停下。

自從董克良呱呱墜地以後，董振魁便稱董克溫爲老大，但他對這個老大實在不滿意。父子二人祕密燒造宋鈞十年了，以董振魁的財勢，董克溫的天賦，卻是十年辛苦一無所獲，至今連個像樣的宋鈞都燒不出來，反倒給一個平平凡凡的窯工趕在前頭！董振魁暗暗嘆息。老天真是眷顧鞏縣的康家，那裡彷彿歷代都有堪稱人傑的子孫出現，康大勇、康應魁、康無逸、康鴻猷，一代代都有精明強幹的掌門人執掌家業。豫商大家都明曉一個道理，錢多少是個盡頭？只有人，才是誰都搶不走的聚寶盆啊！而面前自己的大兒子，眼看就到而立之年，卻一點城府也無。創業已是不易，守成更是難上加難，眼下董家在豫省商界生意做得風生水起，多少人盯著董家圓知堂不放，多少人盼著董家馬失前蹄，稍有不慎就會出現兵敗如山倒的局面。商場如戰場，豫商自古就講究「每臨大事有靜氣」，被人搶先一步已是極爲不利，當家的人若是慌了手腳，豈不是雪上加霜？在這點上，十個董克溫都比不上一個康鴻猷！

書房的氣氛很寧靜，也很壓抑。父子二人相對坐著，卻一句話也沒有，都在想著心事。董振魁思索至此，頓生左右無所依、無所靠之感。也罷，看來大兒子此生是繼承不了董家的家業了。好在還有二兒子董克良，雖然他還在襁褓之中，但只要自己再活上個二三十年，處處精心教導，將自己經商幾十年悟到的道理一一傳授給他，說不定也能培養出像康應魁、康鴻猷那樣的豫商偉器。只是這一番打算，對痴迷鈞瓷十年不悔的董克溫來說，實在是太過殘酷了。

董克溫強壓住劇烈的咳嗽，勉強道：「父親，這都是孩兒愚笨，未能搶在別人前頭燒出宋鈞，才讓父親身處被動之地。不過，孩兒從這件事上，也看出了兩點不解、兩點希望。」

兩點不解？還有兩點希望？這倒是董振魁意料不到的。董振魁不由得心思一動，默默地注視著他，鼓勵他說下去。

「不解之一，盧家燒造鈞瓷只能祕密進行，而他承包的窯口，又是理和場出產最多的，他哪裡來的功夫應付呢？不解之二，據老詹所言，盧家祖上是皇家官窯的工匠，盧家在神垕落戶幾百年了，想必這燒造之事從未停止過，那麼爲何幾百年來都沒燒成，偏偏到了盧維義這一代，就給他燒成了？」

董克溫一口氣說了這麼多話，胸口猛地一聳，又是幾聲咳嗽。董振魁壓著突突亂跳的心，遞給他一杯水，關切道：「慢慢說，別急壞了身子。」

董克溫感激地看了眼父親，飲了一口茶，略定了定神，繼續道：「孩兒這身子越來越差了，愧對父親的期許！」

董振魁淡淡一笑，道：「父子之間，說這個做什麼？你的兩點希望呢？」

「孩兒這兩點希望，其實也是由兩點不解而來的。當前盧家燒造出宋鈞，已是不爭的事實，那麼孩兒以爲，盧家最大的弱點就是沒有自家的窯口！按照神垕的規矩，東家出窯，夥計出工，產出的東西都是東家的，盧家就算燒出宋鈞，也是咱們董家老窯的！這是第一個希望。第二，盧家既然祖上是皇家官窯的工匠，在宋鈞燒造技法失傳數百年後，又能有所成就，想必盧維義手裡有祕籍、要略之類的傳承之物。孩兒十年辛勞雖未能成功，其實距離成功也僅僅一步之遙，如能將這些東西弄到手，無異於如虎添翼，咱們董家老窯燒出宋鈞，也就指日可待了！」

董振魁隻字不漏地聽著，心中驚喜交加。大兒子雖然開始慌亂了些，但這番絲絲入扣的分析，猶如撥雲見日，將當下一團亂的局面梳理得井井有條，就像一副似乎敗局已定的殘局，竟生生給他看出敗中取勝的玄機！如此嫻熟幹練，以往竟是深藏不露，連當爹的都沒有察覺。平心而論，大兒子這般心思實際上與自己的想法不謀而合，有的甚至還在自己之上，好一個兩點不解、兩點希望！看來十年辛苦的確不尋常，把個書呆子都歷練出來了，今後圓知堂的生意不妨多交給大兒子一些，放手讓他去歷練，待二兒子也長大成人後，董家有了這兩個人才，何愁不能重振豫商？何愁不能與康家並駕齊驅？

董克溫彷彿看出了父親瞬息萬轉的心思，咳嗽一聲，強笑道：「孩兒這點微末之見，想必父親都預料到了。當務之急，是想方設法弄明白，盧家究竟走了多遠？究竟到了哪一步？才好做出下一步的決斷。孩兒身體一天不如一天，不過三十歲就衰老如斯，又一直沒有子嗣，孩兒此生並無他求，只求能在有生之年，燒出董家老窯第一口宋鈞來，就是死……」

董振魁高聲叫道：「我不許你說那不吉利的話！」

董家家風歷來是舉止有序，溫文爾雅，董克溫服侍父親多年，從未見他如此高聲言語過，自是一驚，愕然地看著父親。董振魁緩緩站起，走到董克溫身前，語氣分外柔和，道：「老大，爲父已然老邁，而你正當年。大敵當前，你怎能自暴自棄？你說得不錯，咱們父子距離宋鈞只有一步之遙！你放心，爹就是想方設法也要弄清楚盧家的底細，若是真有祕籍之類，爹一定幫你弄過來。爹深信不疑，董家老窯的第一口宋鈞，必定出自你手！」

董克溫兩眼滿是熱淚。自懂事以來，父親在他面前從未說過這樣的話。探求宋鈞燒造技法的十年間，他屢敗屢戰，屢戰屢敗，最後只落得個頑疾在身，心病難去，連個子嗣都沒能傳下來。他一直以爲父親對他只有懷疑，只有不滿，只有失望，焉知父親對他尙有如此信任，如此重託，如此期許！董家老窯的第一口宋鈞，這是董家子孫難以企及的榮耀啊！這是真的嗎？可從父親的目光裡，又實在找不出任何可疑之處。董克溫屈膝跪倒，將臉埋在父親的衣襟裡，他多想抱著父親的雙腿痛哭一場，哭這十年的艱辛，哭這十年的磨練。他甚至想摘掉帽子，讓父親看看自己這十年間積攢下來的縷縷白髮，他只是個不到三十的青年漢子啊。但董克溫強忍住淚水，仰頭對父親道：「孩兒一定不負父親，不負董家，無論如何也要燒出這第一口宋鈞來！」

萬劫不復一念間

盧維章踏進圓知堂的那一瞬間，他隱約感覺到了什麼。沒進理和場做工之前，他在董家老窯的總號打零工，幫總號的人四處送貨，圓知堂也來過幾次，不過每次都是到儀門就停下了。他頂多算是個幫忙的夥計，既不是在圓知堂入股的董姓本家，也不是來拜訪的達官貴人，連儀門都進不去。若不是前幾天薛文舉大相公派人來他家，說圓知堂藏書閣要翻修，每個窯場都要出人力，他哪有機會走進這片大宅院？盧維章和一群窯工跟在老詹身後，走進這座宅院。他當然想不到，盧家已經走上一條萬劫不復的道路，腳下青石板路看起來平平整整，卻步步凶險，彷彿時刻都會迸裂開來，露出黑壓壓的陷阱。

圓知堂是神垕鎮裡最氣派的宅子。藏書閣在後院，是個兩層高的樓房，房頂有閣樓，站在閣樓上可以俯瞰全鎮的風貌，這在同治年間算是相當有氣勢了。藏書閣裡全是董家歷代流傳下來的書籍，裝了滿滿兩層樓。董家銀子多，書籍也多，其中不少是有關燒瓷的圖譜、技法的專著，來幫忙的窯工沒幾個識字的，搬運書籍跟搬運礦料差不多。不少窯工都暗暗感慨，董家就是有錢，這麼漂亮的藏書閣，哪裡用得著翻修？真是錢多了沒地方燒！不過窯工們心裡這麼想，表面上可沒表露出來，開工之前老詹放話出來，來翻修藏書閣的窯工一天有十個銅板的工錢，一天一結，誰會跟錢過不去呢？天黑的時候，得了工錢的窯工們個個笑逐顏開。給董家做事，窯場裡的活兒不算，還能有額外的工錢，這樣的好事到哪兒找去？有老婆孩子的窯工指望著這筆外快養家餬口，沒成家的窯工想法就更多了，禹州城麻六巷子裡的窯姐雖說都是過了氣的，比不上那些紅牌姑娘，可人家價錢也便宜啊，照這麼幹下去，十幾天的工錢就能去逛一回了。所以窯工們走出圓知堂的時候，全是一臉興奮。

盧家頭天來上工的是盧維義，回家的時候他把十個銅板交給盧家大嫂，簡單地吃了兩個玉米麵窩頭，喝了碗黑糊糊的中藥，便一頭栽進自家窩棚。第二天也是這樣。到了第三天越發出奇，連飯也不吃了，匆匆看了看酣睡中的盧豫海，轉身便走，隔壁窩棚裡的燈一直亮到半夜。到了第四天夜裡，盧維義依舊是匆匆過來又匆匆離去，連盧維章也看出不對勁了，和盧王氏不禁都是一怔。盧王氏還在坐月子，這個月盧家的一日三餐都是在她家的窩棚裡。盧王氏娘家也是貧苦人家，她十七歲嫁到盧家來就備受哥嫂照顧，月子裡大嫂更是寸步不離，格外上心，讓盧王氏感動不已，對兄嫂的尊敬日深一日。盧家大嫂收拾了飯碗剛離開，盧王氏就小聲對盧維章道：「孩子他爹，你看出來沒有，大哥好像有心事。」

盧維章這些天在理和場，累得骨頭都快散了，每天回家只想倒頭就睡，飯都懶得吃。儘管如此，聽了妻子的話，盧維章還是披上棉衣，道：「這幾天大哥在董家做工，怕是累著了，我去瞧瞧，妳先哄豫海睡吧。」盧維章看了看襁褓中的盧豫海，一雙小眼睛圓睜著，嘴角眉梢都透著靈氣和笑意。父子四目相對，盧豫海竟發出一聲輕笑，那笑聲雖短，在盧維章耳朵裡卻如同天籟。他嘆了口氣，自己沒日沒夜地做工燒窯，爲的不就是這個什麼都不懂的嬰孩嗎？盧維章拍拍兒子的小臉，裹緊了棉衣，推門出去。

盧維章走到盧維義身後，盧維義居然一點都未察覺。一旁的大炕上，大嫂摟著盧豫川早睡了，窩棚裡寂靜異常，只有油燈的火苗滋滋叫著。盧維章的目光越過盧維義的肩頭，落在一張草紙上，頓時發出一聲驚呼。盧維義手一抖，毛筆掉在紙上。筆尖的墨汁星星點點，洇集成團。這片墨痕宛如窗外的夜色，再難以化解。

盧維章屏住呼吸，唯恐驚動炕上的母子，低聲道：「大哥，你這是……」

盧維義搓了搓冰涼的手，蒼白的臉上泛出笑意，他有些顫巍巍地起身，從祖先畫像下的神龕裡取出一疊草紙，遞給盧維章，小聲笑道：「這幾天給董家翻蓋藏書閣，我瞧見一樣寶貝，你瞧——」盧維章順勢看去，盧維義手指處，赫然寫著「禹王九鼎圖譜」六個大字。

禹王九鼎！

盧維章的腦袋嗡了一聲，眼神一散，他連忙使勁揉了揉眼睛，定神看去。一張張草紙上，畫著各個鼎的圖式，正面、反面、底口，旁邊密密麻麻的全是蠅頭小字，註釋得非常細密。盧維義研著墨，滔滔不絕道：「禹王九鼎傳自宋代，自古是中華版圖的象徵，也是皇族的象徵。禹王治水功垂千載，又是家天下的第一位，皇家氣度若上溯起來，非禹王莫屬。這九字，乃數之極限，也蘊涵了九州之意。鼎乃傳國重器，禹王曾收九牧之金鑄九鼎於荊山下，以象徵九州。國滅則鼎遷，夏朝滅，商朝興，九鼎遷於商都亳京；商朝滅，周朝興，九鼎又遷於周都鎬京。歷代歷朝交替之際，便稱作定鼎，足可見禹王九鼎之尊貴。這九鼎原為青銅所鑄，秦末天下大亂，九鼎不知所終。宋代鈞瓷鼎盛，製作了九鼎，象徵九州，被宋仁宗定為傳國神器，永世不許再造。宋末鈞瓷業凋敝，宋鈞燒造技法就此失傳，經元、明兩代數百年，費了無數國力財力也未能恢復宋鈞神技，這九鼎也越發顯得神乎其神了。」

盧維章忘乎所以地翻著手稿，盧維義繼續道：「《尚書・禹貢》篇裡記載了冀、兗、青、徐、揚、荊、梁、雍、豫，從北到東、到東南、到南、到西、到西北，最後回到中原，一共是九州。九鼎便是九州，九州即為九鼎。老二，你知道這禹王九鼎是誰家做出來的嗎？」

盧維章自得了家傳衣缽，早將《宋鈞燒造技法要略》背得爛熟，焉能不知祖上這段輝煌絕倫的往事？他握緊了手稿，目光炯炯地看著大哥。

「是咱們老盧家！這份《禹王九鼎圖譜》本來就是咱們老盧家的，九鼎製成後，這圖譜便被官府強收了去，幾百年了不見蹤影，偏偏在董家藏書閣裡給我瞧見了！我不敢拿回來，只能白天拚命記在心裡，晚上照樣謄寫出來，即便如此，也是掛一漏萬……」

盧維義說著說著，一口氣沒接上來，劇烈地咳嗽起來。忽然，一股鮮血毫無預兆地從他口裡噴出，灑落在手稿上，點點滴滴宛如落下一片紅雨。盧維章慌忙上前攙扶，盧維義看了看炕上，大嫂和盧豫川還在熟睡，就放心地抹去嘴角的血痕，笑道：「不妨事，窯場的人有哪個肺沒毛病的？眼下九鼎的圖譜還差荊州、梁州、雍州和豫州鼎，再幹上幾天，九鼎之數就湊齊了。等到有了自己的窯，咱們兄弟倆頭一窯就燒這禹王九鼎！你想想，那是多大的出息？」

盧維章眼中不知何時已是淚水盈盈。古人云「嘔心瀝血」，大哥爲了強記《禹王九鼎圖譜》，耗費的心智和精血又何止是一番心血能概括的？不過幾天功夫，大哥已經是形容枯槁，髮絲斑白，與以前那個粗壯結實的燒窯漢子判若兩人。盧維章感覺手裡的圖譜霎時變得沉重無比，彷彿大哥整個生命的重量都凝結在上面，又有誰能握住這生命的重量呢？

到了第五天上工的日子，天剛亮，盧維章就拿了把大鎖，鎖住大哥家的窩棚。在盧王氏又驚又怕的目光裡，盧維章簡單地收拾好上工的東西，頭也不回地離開了家，直奔圓知堂。

遠遠的，盧維章看見了那群簇擁在門口的窯工們，老詹拿著名冊在點卯，窯工們紛紛報著自家的名號：「理和場一百號馬貴！」、「理和場一百一十號黃在天！」……

「咦，你兄弟怎麼沒來，換成你了？」

「黃老二昨天晚上去禹州城麻六巷子快活去了，還沒回來呢！」

「今天上完工，該黃老大你快活了吧？」

「瞧人家兄弟倆，一個上工一個快活，商量得多周到！」

黃在天一臉通紅，低著頭不說話。窯工們爆出一陣哄笑。盧維章的腳步絲毫沒有停頓，他義無反顧地走進人群。讓他感到奇怪的是，老詹看到他的時候居然一笑，彷彿是跟老熟人打招呼似的，他原本準備好的說詞竟一點都沒派上用場。盧維章顧不得玩味這笑容中的深意，大聲道：「理和場一百二十四號盧維章！」老詹詭祕的笑容如曇花一現，他重重地在名冊上塗了個圈，道：「人都到齊了，開工吧。」盧維章仰頭看了看那塊亞金色的「圓知堂」牌匾，隨著幹活的人走進深深的庭院。

一個上午的功夫，盧維章一邊裝出賣力幹活的樣子，一邊抓住一切機會尋找那本圖譜。按照大哥的說法，那本圖譜在編號爲「壬」的箱子裡，可他找了半天也沒有發現那口要命的箱子。盧維章變得焦躁起來。翻修的工程再兩天就完工了，如果到時候不能把圖譜完整地記下來，這輩子怕都沒有機會再見到了。然而這又談何容易，圓知堂大小房屋不下百間，到處都有虎視眈眈的家丁來回逡巡看守，要想找到那個箱子無異於大海撈針。

時光過得飛快，盧維章的耐心也越來越少，他的腦子裡除了圖譜之外，再也沒有其他念頭。挨到午飯的時候，老詹領著他們到一個小院，一口大鍋熱氣騰騰，一片片肥肉漂在鍋面上。不知誰叫了一聲「豬肉熬粉條」！窯工們便爭先恐後地朝大鍋圍過去，各式各樣的碗伸向掌杓的師傅。盧維章近乎麻木地跟著窯工們朝前擠去，他的目光無意中掃過堆在牆角的一排箱子，就在這電光石火的瞬間，他的眼睛一亮。一個普通的柳條箱子上，貼著一張紅紙，一個隸書的「壬」字分外醒目。盧維章的胸口劇烈起伏著，死死盯著那個箱子。圖譜一定在那裡！

掌杓的師傅不耐煩道：「該你了，到底吃不吃？」

盧維章身子一震，他強迫自己把目光收回，遞過去自己的碗。師傅不知是有心還是無意，一杓滾燙的粉條一半倒進了碗裡，一半結結實實地澆在盧維章手背上。旁邊一個窯工替他驚叫了一聲，盧維章卻像根本沒有感覺。他端著飯碗走到一旁，隔了好久，才發現手背上已經紅腫了一大片。他顧不上疼痛，兩隻眼睛不由自主地朝箱子那裡瞟過去，他在等待出手的機會。旁邊幾個窯工狼吞虎嚥地吃完了，又厚著臉皮去纏師傅要第二碗。場面亂紛紛的，小院門口的幾個家丁不無鄙夷地看著他們，指指點點地說笑，而窯工們交錯的身影又正好擋住了家丁們的視線。

機會！轉瞬即逝的機會！

盧維章不容自己再有絲毫猶豫，他裝作若無其事的模樣，悄悄朝箱子那裡移動。箱子蓋沒上鎖，他輕輕掀開一條縫，一本線裝的古書安靜地躺在伸手可及的地方，封面上赫然寫著《敕造禹王九鼎圖譜》。盧維章的心驟然縮成一團。他的腦子飛快地轉動起來，怎麼辦？眼下這種局面，想要消消停停地強記圖譜已是不可能了，可是，難道就這麼空手回去嗎？大哥口吐鮮血的情景又浮現在他眼前……後天就完工了，那意味著他再也不能見到這本圖譜，也意味著盧家徹底失去了重造禹王九鼎的機會，這會要了大哥的命！在那個瞬間，衝動終於戰勝了理智。盧維章來不及多想，趁著窯工們和掌杓師傅的爭執聲越來越大，他輕手抓住了圖譜，飛快地揣進胸口，滾燙的前胸倏地冰冷起來。得手了！盧維章簡直不敢相信，他不自覺轉過身子，準備長長地喘一口氣。

或許是剛才的心情太過緊張，他竟然沒有發覺原本亂哄哄的小院裡忽地安靜下來，所有的窯工、家丁都像是被人施了魔法般呆呆地站著，幾十雙眼睛齊落在他身上。他立刻感受到一股強大的壓迫感，將他的五臟六腑擠搾成薄薄的一張紙。而其中一雙眼睛射出的目光，更像是兩道灼灼燃燒的火焰，頃刻間燒得他體無完膚。

老詹冷冷地看著他，龜裂的嘴脣間吐出幾個簡單的字：「拿下，給我搜！」

那本古老的圖譜剛剛沾染了盧維章的體溫，又裸露在乾冷的空氣中，重新變得如鋼鐵般冰冷。盧維章不知有多少雙手、多少隻腳踩踏在自己身上，他拚命地抬起頭，努力想再看一眼那本圖譜，然而他看到的卻是老詹那張詭譎的臉，以及那似曾相識的笑容。

参

窯工二指不可斷

盧維義在圓知堂門外已經跪了整整兩個時辰。

消息傳到窯場的時候，盧維義還在礦料堆前砸著礦石。神垕燒瓷第一道工序就是選料，俗話說「南山的煤，西山的釉，東山的瓷土處處有」。這製瓷的釉料從西山上拉回來的時候，還是一塊塊巨大的礦石，要經歷春暖軟化、夏日曝晒、秋雨浸潤和冬寒冰凍後，才能細細碾碎，放在大池裡沉澱笆洗。盧維義才掄了幾下大錘，就覺得胸口緊抽，喉嚨裡一陣腥甜，一口血已經逼了上來。盧維義咬緊牙關，躲過窯工們好奇的目光，悄悄來到自己那口窯前，趁著四周沒人注意，俯身一張嘴，一股鮮血便噴了出來。血是熱的，彷彿帶著沸水般的溫度，一遇見窯下白花花的殘雪，立時冒起一陣白煙。盧維義靠著窯壁慢慢坐到地上，胸口急劇收縮著。他半閉著眼，一顆心早飛到了圓知堂。他太了解自己這個兄弟了，年輕氣盛，做事不計後果，那本圖譜對盧維章而言就像一碗烈酒，喝一半已是不顧一切，一旦真給他找到……

盧維章出事的消息，就是在這個節骨眼上傳過來的。盧維義如同遭到晴天霹靂，連他自己都不知道是怎麼翻過乾鳴山，趕到圓知堂的。他顧不上顏面，當街跪倒在大門外。整整兩個時辰了，圓知堂裡沒有一個人出來，只有兩個家丁面無表情地站在盧維義眼前，自始至終沒說一句話。在家丁刀子般的目光下，街上也沒有一個人敢停下來問個究竟，都遠遠地避開了。盧維義就這麼跪著，開始是雙膝，漸漸整個身子都冰涼起來，就像圓知堂門前的青石臺階。最後，這澈骨的寒意終於侵蝕到他的心裡，他從裡到外無一處不是冷若堅冰。

大雪不知何時紛紛揚揚地下了起來，天幕低垂，大片大片的雪花集聚成團，轉眼間將神垕全鎮蓋了個嚴嚴實實。盧維義身上披滿雪花，遠遠看去就像披了一身潔白的孝服，只有兩隻眼睛裡的光忽明忽暗，提醒著人們他最後的一絲希望還沒有泯滅。盧維義固執地跪著，他似乎已看懂了董振魁的心思，繼而看穿了整個陰謀。董振魁這一招太險，也太毒辣！他拚著禹王九鼎的圖譜被盧家竊走的危險設下這個圈套，顯然是任何一個盧家子孫都避不開的。但是盧維義不解的是，董振魁用了什麼手段打探出盧家的祕密？

圓知堂的門終於打開了。披著大氅的老詹像是個悄然夜行的餓狼，不動聲色地來到盧維義面前。他冷峻地看著眼前這個被冰雪包裹的人，略一點頭，旁邊兩個家丁上前，將已經凍僵的盧維義架起來。圓知堂的門又關上了，門前那塊裸露著青色條石的街面轉瞬間又被大雪覆蓋，彷彿有一隻來自天際的手，有意把世間的一切祕密、一切心機和一切希望都遮掩起來，化作一片潔白。

儘管有所預感，當盧維義看到那塊「玫瑰紫」的鈞瓷殘片後，剛剛回暖的身子又掉進了冰穴。除了盧維義，書房裡只有董振魁、董克溫和老相公遲千里。董振魁居中坐著，董克溫和遲千里坐在兩側，而那塊殘片就在董振魁手裡，他緩緩地摩挲著，像是輕撫著一隻溫馴的波斯貓。董振魁輕咳了一聲，道：「維義兄弟，為什麼請你來，大概就不用我說了吧。」

盧維義跪在地上，渙散的目光聚攏起來，最後停留在董振魁的手裡。董振魁道：「這塊東西出自你手，我想你用不著多費口舌了，實話告訴你，這是遲老相公用五兩銀子，從你的兒子盧豫川手裡買來的。你兒子是個孝順的孩子，為了給你治病，居然大搖大擺地在禹州集市上叫賣宋鈞殘片！不錯，玫瑰紫，我知道遲早有人會燒出傳世宋鈞才有的玫瑰紫，可是我沒想到，這個人居然會是你……遲老相公，要說的話還是你來講吧。老大，給維義兄弟看坐。」

這顯然是在談條件了。雖然都是坐著，但遲千里的話彷彿是從高高的地方滾落下來的巨石，一次次將盧維義脆弱的防線砸得千瘡百孔。遲千里說了三句話：

第一句，將現有的燒造技法毫無保留地交給圓知堂。

第二句，把盧家祖傳的典籍獻出來。

第三句，盧家全家必須在一個月內離開神垕鎮，子子孫孫永世不得再踏入神垕鎮半步。當然，作爲回報，董家會給他們一筆可觀的銀子。至於多少沒說，自然是一個驚人的數字。

如果這三條中有一條盧維義不答應，盧維章就會以「盜竊私產」的罪名押送官府，充軍寧古塔，終身給披甲人爲奴。莫說寧古塔是關外極北苦寒之地，就是能活著走到寧古塔的囚犯都不多見，也就是說，盧維章必死無疑。最後，遲千里又補充了一句：「如果維義兄弟這幾條都做不到，又不願你兄弟死在冰天雪地的關外，還有一條路可走。」

盧維義冰冷的臉頰上，隱約有了一絲顫抖。

「你和你兄弟倆交出兩根食指，大東家就放了你們。」

盧維義的呼吸急促起來。交出兩根食指對窯工而言，是除了死之外最高的懲罰，甚至比死亡更恐怖。窯工拉坯、上釉、燒造各項精密至極的工藝全憑十根手指，祖師爺傳下來的飯碗，只有十指齊全的人才吃得起，少了一根手指便做不成窯工。董家的意思分明是叫盧維義要不交出盧家所有的祕密，要不就此斷了盧家燒造鈞瓷的根本！

好一個陰險的計策！

董振魁似乎看穿了盧維義的心思，緩緩嘆道：「維義兄弟，你莫怪我心腸太黑、太毒。人苦就苦在不甘心啊！你燒宋鈞，是你不甘心盧家繼續敗落下去，我要你的燒造技法，是我不甘心董家輸給你們盧家！人就是這個樣子……你若願意，我們董家圓知堂情願養你一輩子。你想繼續燒瓷也好，不想繼續燒瓷，整天吃喝玩樂也罷，只要你們盧家從此往後一切聽從我們董家的吩咐，我這一輩，我兒子這一輩，董家的子子孫孫都養著你們盧家，你看行嗎？」

盧維義蒼白似雪的臉上，竟然迸出一絲笑意，這笑實在太古怪了，像是大勢已去的淒楚，又像是反敗為勝的得意。盧維義同樣緩緩地嘆了一口氣，居然道：「我想再看一眼《禹王九鼎圖譜》。」

這倒是三個人都猜測不到的回答。董振魁略一沉思，便道：「也罷，看一眼無妨。」說著，讓董克溫把圖譜從密匣中取出，遞到盧維義面前。盧維義顫手翻著圖譜，古老的紙頁脆薄如蟬翼，隱約帶著跨越歷史的滄桑和神祕。慢慢地，他完全投入到那一個個巧奪天工的圖樣中，彷彿天地間只有一人、一譜，再沒有別的人和物了。良久，盧維義闔上圖譜，默默地撫摸了一下，還給董克溫，悠悠道：「我只願跟董大東家一人說話。」

想來盧維義承認了董家所有的推測，也情願接受董家的條件了。不待董振魁發話，董克溫與遲千里互相看了一眼，一同站起來，快步走出書房。傳世宋鈞的燒造技法失傳了六百多年，即將在這個晚上，在這個書房裡大白於天下了。無論董克溫還是遲千里，都清楚這件事的分量，從一個神垕人，一個鈞瓷人的角度來看，盧維義的要求並不苛刻。他們兩個人又是驚訝，又是得意，沒想到這麼一個簡單的請君入甕的計策，居然套出了這麼石破天驚的祕密。

緊閉的書房門外，董克溫與遲千里袖著手，面對面站著，兩人禁不住相視而笑。不管怎麼說，盧家都在這場突如其來的較量中一敗塗地了。董克溫道：「遲老相公立下了大功啊。」

遲千里擺手道：「老漢以前真是小看大少爺了。我在董家領東做老相公快三十年，一直以為大少爺是個紙上談兵的書蟲，沒想到大少爺這招請君入甕居然如此靈光！看來董老東家十年的苦心沒有白費，董家後繼有人啊。」

遲千里在圓知堂董家老窯功勛卓著，即使在董克溫面前也是直言不諱。董克溫眼看著大功告成，何嘗在意這些話，只不過剛從暖意融融的書房裡出來，被風雪劈頭蓋臉地吹打著，除了心思滾燙之外，周身寒澈，肺部的老毛病又在蠢蠢欲動……他剛想說話，忽聽見書房內傳來董振魁一聲驚叫，那叫聲慘烈得如同突見鬼魅。

「不好！」

董克溫和遲千里同時發現到不對，待他們衝進書房時，卻看見董振魁好端端地坐在原位，只是面如死灰，雙目中滿是驚懼和難以置信；而盧維義滿口鮮血，兩隻手更是血肉模糊，兩根掉在地上的食指像兩隻猙獰的眼睛，血淋淋地瞪著董克溫和遲千里。

盧維義口齒不清地說道：「董大東家是生意人，豫商最講究誠信二字，您莫要忘了！」

眼前的情形再明白不過了，盧維義的的確確做到了董家提出的一條：盧家兄弟交出兩根食指。只不過這兩根食指是盧維義一個人的，而且是他活生生從自己手上咬下來的！董振魁、董克溫和遲千里誰都沒想到，一個視燒窯為生命的人竟會幹出如此決絕的事，他們注定要為了這一時的疏忽後悔終生。他們或許應該想到，一個把宋鈞當作生命的人，為了宋鈞死都在所不惜，何況是失去區區兩根手指？眼看就是大獲全勝的局面，居然就在這兩根殘指前完全改觀，他們丟盔棄甲，一敗塗地。

盧維義又嘟囔出兩個字，這次幾個人都聽清楚了，這兩個字就像是兩道閃電，把他們看似堅固的堡壘劈成了片片瓦礫。

盧維義說的是：「得勁！」

這句土話從盧維義那張鮮血淋漓的嘴裡說出來，帶著一種勝利者特有的傲然和居高臨下。是的，盧維義勝利了，他用最原始、最簡單，也最有效、最極端的辦法，把三個自以為是的聰明人打得進退失據，無力還手。盧維義顫巍巍站起來，他搖搖晃晃地用一隻殘缺的手推開書房的門，走出去幾步，忽地回頭看著呆若木雞的三個人，道：「我兄弟呢？」

不等他們回答，盧維義就像一塊轟然倒下的石碑，直挺挺地砸在雪地上。大雪不知何時已經停了，厚厚的雪被沉重的身軀壓出一個坑。盧維義殘存的神智裡，雙手所及之處都是黏稠的感覺，不知是血，還是被血融化的雪。

＊

整整二十年之後，已臨近耄耋之年的遲千里終於得到董振魁的許可，告老還鄉。他是圓知堂董家老窯歷史上最成功的一個領東老相公。在圓知堂為他準備盛大榮休酒宴之後，遲千里最後一次像往常那樣來到董振魁的書房。遲千里和董振魁的交情延續了四十多年，當年滿腔宏圖偉業的熱血青年都已白髮蒼蒼。兩個老人一起回憶起往事種種，從圓知堂草創時的慘澹，一直談到鼎盛時期的輝煌，他們自然都提到了盧維義咬掉自己兩根手指的那個夜晚。

這時的遲千里已經可以平靜地看待過往的歲月，他想了片刻，不由得笑道：「無論如何，我還是佩服那個人的，自噬兩指無異於自毀前程，不能再拉坯燒瓷，跟死了有什麼兩樣？看來他勝就勝在他不惜一死，一個連死都不怕的人，奈何以死懼之？」

董振魁卻沒有笑，他凝望著跳躍的燭光，沉吟道：「你說得或許有道理，但我以為，不是盧家勝了，而是我們董家敗了。老二，你知道咱們敗在何處嗎？」

剛及弱冠之年的董克良微微一笑，道：「孩兒如果沒有猜錯，董家敗就敗在董家是商人這一點。」

董振魁故意奇道：「此話怎講？董家既然是商人，在商言商，圖的就是奇貨可居，為父為何又放了盧家兄弟呢？」遲千里先是愕然，倏地明白了董振魁是在考驗董克良的應急之策，便輕輕一笑，目光炯炯地看著董克良。

「父親說的其實是小商的行徑，哪裡是大商家的作為？既然父親已經答應了他，只要他們兄弟二人能交出兩根食指，就放了他們，既往不咎。盧維義做到了，父親自然就要守信踐諾。盧維義的慘烈之舉不出幾日就會撼動整個豫省商幫，董家若是出爾反爾，則信譽何存？就算是奪得宋鈞燒造的機密，又有誰敢跟一個不擇手段又不講信譽的人做生意？那才是自毀長城的做法。以父親的操守，斷然不會那麼做。所以說，董家敗就敗在董家是商人，是大商人。」

遲千里入神地聽他講完，拈鬚嘆道：「老東家，說句不中聽的話，你我都老了，該享福就享福，該閉眼就閉眼吧。兒孫都成才了，還有什麼放不下的？」

董振魁哈哈大笑，兩眼掠過一絲得意，他搖著手笑道：「你們都錯了。那天晚上，我已經讓老詹領著人在書房外設下埋伏，原本是要取盧維義性命的。你們想不到吧？」

這倒真是出語驚人。遲千里和董克良不禁愕然。董振魁老邁的眸子裡閃爍著精光，娓娓談道：「我們董家固然是商人，老二說得不錯，是大商人。可董家是商人，更是瓷商。那天晚上我安排人祕密埋伏，就是因爲我實在不能、也不願放走一個天大的祕密，尤其是一個連我都不知道的祕密。」董克良似乎有些懂了，眼光波動，緊緊盯著父親的臉。

董振魁道：「可我爲什麼又放手讓他走了呢？剛才老二說對了一半，不錯，我把董家的信譽看得比天還大，但這不是真正的原因。真正的原因是……」

董克良脫口而出：「是盧維義這個人！」

董振魁讚許地頷首道：「這就對了。商道其實就是人道，盧維義身上那股衝勁打動了我。盧維章捨命盜書，盧維義捨命護弟，這兩個人既然都有這股衝勁，又都大難不死，今後必成大器，這就是天數。人怎能奈何得了老天？我那時只要稍微說句話，盧家兄弟就死無葬身之地了。第二天一早全鎭都會知道盧家兄弟是偷竊被抓而羞愧自盡，誰會怪罪到董家頭上？……豫商最推崇『留餘』二字，『留餘』有四個境界，不盡之巧還給造化，不盡之祿還給朝廷，不盡之財還給百姓，這三條都做到了，才有不盡之福還給子孫啊！光緒三年那場大旱，若不是盧維章……唉，說到底，就是人不能違抗天道，什麼是天道？天道就是事不能做滿。管子曰：釜鼓滿，則人概之；人滿，則天概之。咱們豫商有兩句話：自不概之人概之，人不概之天概之。那天我若是殺了盧家兄弟，就是把事情做滿了，即便今後沒有盧家的崛起，也會有趙家、錢家、孫家起來，就算沒有趙家、錢家、孫家起來，頭頂上還有個老天呢，一家一戶不可能把生意做絕了……」

董振魁慢條斯理地說著，像一個上了年紀的尋常老漢在燭光下跟子孫閒話，可他說的話又分明是替自己一生的商道心得做總結，藉以訓導後人。縱觀這番海闊天空的坐而論道，說的無非是「商」和「人」。一個是功成身退的領東大相公，一個是深諳商道的大東家，另一個是初出茅廬的豫商少年英才，一番談話卻高低立現。遲千里一生奔波在商界，一眼就看出盧家人的特質，可謂「見山是山，見水是水」；董克良年少聰穎，稟賦異於常人，由人道悟到了商道，可謂「見山不是山，見水不是水」；而董振魁精研了一輩子的豫商之道，又從商道悟到了人道乃至天道，可謂已達「見山還是山，見水還是水」的最高境界。

這番發生於大清光緒八年的談話是整整二十年後的事了。同治元年的董克良還是個剛誕生的嬰孩，那個屬於他、屬於另外一個嬰孩盧豫海的時代尚未到來。

*

盧維義在圓知堂外跪了兩個時辰，對一個病入膏肓的人來說無異於雪上加霜。盧維義心悸吐血的毛病最忌諱的就是寒，在整整兩個時辰的冰雪砭伐之下，他耗盡最後一點殘存的精氣。盧維章背著盧維義離開董家圓知堂，在走夜路過乾鳴山的時候不知摔了多少個跟頭，盧維章臉上、手上都是碎冰劃出的血痕。等兄弟二人回到自家窩棚時，已過子時。不過半晌功夫，盧維章盜書被抓的事已傳遍整個南坡，盧王氏憂心過度數次昏倒，幸虧大嫂在一旁照應才沒出岔子。兩個女人一直到看見自己的丈夫人不像人鬼不像鬼地出現在家門口，近乎衰竭的心才陡然平靜下來。

盧維義在床上昏迷了三天，不停地說著胡話，似在跟什麼人爭執。請來把脈的幾個郎中都是搖頭，連方子也不肯開。盧家窩棚裡整日哭聲不絕，死亡的氣息瀰漫在屋裡屋外。誰都沒有想到，到了第四天，盧維義自己醒了過來，彷彿老天爺可憐他，又給了他短暫的幾天光陰，好完成他未竟的心願。周圍的鄰居都私下議論說盧維義命硬，雖說人人都知道他要死了，可他就這麼一直硬挺著不肯死，敢跟老天爺拍桌子抗議，最後連老天都沒辦法。難道他真的要幹出幾件驚天動地的事才肯閉眼嗎？

或許鄰居們的瘋話真的應驗了。盧維義下床第一件事，就是要大嫂弄紙筆給他。盧維義自斷兩指，筆是拿不住了，就用殘手抓著筆桿，一筆一畫地塗寫。這件事只有盧家人知道，而盧家人裡只有盧維章知道大哥寫的是什麼。盧維義不吃不睡，整整寫了兩天，終於掏空所有的記憶，也幾乎掏空了老天賞給他的這點時間。盧維義寫完最後一筆，精神反倒好了起來，居然要吃飯。大嫂含淚給他下了碗麵，看著丈夫一口一口地吃完，自己早已是淚水成行了。

盧維義擦了擦嘴角，對大嫂道：「妳出去吧，我有事跟老二說。」

盧維章語不成聲道：「哥，都到這時候了，還有什麼要瞞著大嫂嗎？」

盧維義強笑道：「也罷，我活不了幾天了，這些話就當是遺囑吧。」

這句話澈底擊碎大嫂心中最後一絲僥倖，她終於掩面哭了出來。盧維義道，「哭什麼，我還沒死呢？豫川在隔壁吧？」大嫂說不出話，哽咽地點點頭，盧維義繼續道，「我這輩子有三件事幹得漂亮，頭一件就是燒出了宋鈞；第二件是我在董家救出了老二，救了老二，就保住盧家中興的希望；第三件是我不肯死，硬是從閻王爺那兒奪了幾天性命，把我畢生燒造鈞瓷的心得都寫了下來，也把禹王九鼎的圖譜記了下來。前幾個鼎還成，後來的就太馬虎了，老二你將來得自己琢磨，也不要全信我寫的……我快不行了，老二，今後你大嫂和豫川就交給你了。豫川慢慢大了，這孩子我看得清楚，雖然聰明，可心浮氣躁，燒瓷是細緻活計，他怕是做不來，你就在經商上多教教他。今後他要是犯了錯，你務必看在哥嫂撫養你成人的分上，多寬恕他；若真的是背叛列祖列宗的大錯，你就把他趕出家門，留他一條生路吧……」說著，盧維義的嘴角流出幾縷血絲，他卻渾然不覺。

盧維章跪倒在地道：「大哥，我若是辜負了大哥的託付，叫我天誅地滅！」

盧維義一臉慈愛，道：「快起來，快起來，別凍著膝蓋……你別著急，我算算還有幾天可活，眼下你幫我辦一件事。」

盧維章詫異地看著大哥。他簡直無法確定眼前這個人是活人還是鬼魂，天底下就算真有迴光返照一說，難道還能跟常人一樣鎮定自若嗎？盧維義沒有給他任何懷疑的機會，一字一句道：「你去一趟董家，告訴董振魁，明天中午我要在理和場跟他見面。雖說禹王九鼎的圖譜是盧家的，可你畢竟是不告而取，是你理虧，我要在全鎮人面前給你挽回這個面子。不然我就是死了，也放心不下。今後盧家就靠你了，我不能讓你背著『賊』字過一輩子……」

盧維章痛澈心肺，再哭不出一滴眼淚。他聽著聽著，竟聽到一陣鼾聲，抬頭看去，盧維義的頭歪著，已然進入夢境。盧維章驚懼地站起來，茫然無助地看著大嫂，「這……」

大嫂輕輕把盧維義放平在床上，替他擦去嘴角的血跡，平靜地看著盧維章道：「你大哥要你做的事，還不快去？」

一口自家的窯

到了第二天中午，董振魁果然如期而至。大東家來了，大少爺和老相公自然一左一右陪著，董家老窯的大小相公更是不敢怠慢，一個個都來到理和場。盧維章背著盧維義來到一百二十四號窯前的時候，理和場已是人山人海。盧維義從弟弟的背上下來，站到董振魁面前。人群中爆出一陣驚呼。誰都看得出來這個虛弱到極點的人隨時可能死去，但盧維義仍直挺挺地站在他們面前，只是聲音虛弱，「董大東家，盧某給您行禮了。」

董振魁是理和場的東家，盧維義是理和場的窯工，窯工見了東家要行禮，這是再普通不過的事了。儘管如此，當盧維義彎腰施禮時，人群仍發出一陣驚呼。董振魁受了禮，陰沉的臉上看不出表情，淡淡道：「你要我來，我便來了，恐怕維義兄弟不是只想行個禮吧？」

「大東家言重了。我兄弟盧維章少不更事，一時糊塗鑄成大錯，不懲罰他是不行的。按鎮上的老規矩，請失主家鞭打我兄弟三十下，生死由天，自此兩清。大東家的意思呢？」

董振魁淡淡一笑道：「我還是那句話，你若是願意，董家可以養活盧家子子孫孫。」

盧維義向前走了幾步，來到董振魁面前。董克溫和遲千里同時搶在董振魁身前，擋住他的去路。盧維義笑道：「我願意對大東家講，你們反倒不許嗎？」

董振魁神色一變。傳世宋鈞的燒造祕法實在太誘人了，他即便多少看出盧維義暗藏詭譎心機，也忍不住咳嗽了一聲，示意兩人讓開。

盧家同意了！雖然沒有人知道董振魁和盧維義所指何事，但這件事的重要性已經不言而喻了。盧維章拚命想要衝過來，卻被老詹和幾個家丁死死攔住。盧維義朝兩人拱拱手，顫著身子湊到董振魁耳邊，低聲耳語道：「我若是不願意呢？」

董振魁還是面無表情，也低聲耳語道：「我既然答應放了你們倆，自然不會食言。我也不會打你兄弟，可人言可畏，你兄弟今後還能做人嗎？盧家還有希望嗎？我勸你還是答應了吧，至少可以死得瞑目。」

盧維義還是低低的聲音，「人都是求個名聲，大東家要什麼有什麼，為何偏偏要將盧家趕盡殺絕？也罷，既然大東家不允，我也就不強逼了。大東家是明理人，強逼人可不是好名聲啊。」

在場的人都緊張地看著他們兩個，誰也不知道他們究竟在說什麼，只看見盧維義一臉謙恭地乞求著什麼，而董振魁自始至終都是一副冰冷的面容。

盧維義看了看這個強大的對手，低聲說了最後一句話，只有兩個字：

得勁！

董振魁一愣。短短的幾天裡，他是第二次從盧維義口中聽到這兩個字。刹那間他似乎明白了什麼，等到他反應過來時，盧維義已經轉過身，一頭撞向那座窯。誰都猜不到盧維義在與死亡抗爭了幾天之後，會選擇這裡、選擇這樣的方式結束生命。理和場一百二十四號窯是盧維義親手修起來的，似乎在他修成這座窯的同時，就已經知道自己的生命和它融爲一體，死在窯前竟像是一個與老朋友事先定下的約會，而今天正是約好的日子。

一抹紅雲遽然綻現。不過這抹紅雲不是在天際，而是在理和場那座熊熊燃燒的窯前，在眾目睽睽之下。當死亡驟然降臨的時候，人群一片譁然，久久不能消散。不少人對董家的人指指點點，言語神色間帶著濃濃的義憤和鄙夷。

董振魁心裡暗暗叫了聲：「好手段！」

眼下的局面再清楚不過了。所有人都以爲盧維義已經答應了董振魁的條件，說出了那個不爲人所知的祕密，可董振魁依舊沒有答應他鞭打盧維章，恢復其名譽的要求。換句話說，是董振魁言而無信，活活逼死了盧維義！真是一招魚死網破的求生之術啊。盧維義不惜一死，在刹那間改變了整個戰局。董家失掉了人心，而盧家得到的恰恰是人心。人心向背之下，攻守雙方已然逆轉。董振魁的思緒飛速運轉著，怎麼辦？是拂袖而去，繼而喪失圓知堂董家老窯的名望，還是站在這裡，爲了一個根本沒有得到的祕密成全盧維義的遺願？

形勢已不容董振魁靜靜思索對策了，他必須立刻做出抉擇。此刻，盧維章掙脫了老詹和家丁的阻攔，撲在盧維義身上放聲痛哭，聲聲如刀，刀刀見血地切割著董振魁的肌膚。人群的議論聲越來越大，在不斷傳來的責難聲中，董家人感到強大的壓力與不安。神垕人千百年來沉澱錘鍊的秉性開始顯露，爲了替死者討一個公道，權勢算得了什麼？富貴又算得了什麼？人家不過是爲了給兄弟一個做人的機會，連自家的祕密都不要了，人也被你董家逼死了，你董家憑什麼還站得住腳？良心給狗吃了嗎？

一個鎮上德高望重的老者擦了把眼淚，來到董振魁身旁，一揖到地。

董振魁一向對鄉紳耆宿禮敬有加，慌忙攙住老者。老者拱手顫聲道：「按照鎮上的老規矩，誰家男人被東家逼死在窯前，這座窯就是誰家的！要是盧維章被鞭打三十而不死，這座窯理應歸他所有，東家窯工就此兩不相欠！」董振魁緊咬牙關，那最後的抉擇仍舊萬難出口。老者咄咄逼人道：「董大東家還不發話動鞭子嗎？要真是如此，來年董家若有紅白喜事，老漢是萬萬不敢再登門了！不但老漢我，恐怕全鎮上下的人，自此再不敢在董家老窯做工，再不敢踏進你董家圓知堂大門半步！」

理和場內聚集的人越來越多，差不多半個神垕鎮的人都湧了進來，看這椿神垕鎮有史以來最慘烈的恩怨。董振魁來不及多想了，他清楚每多猶豫一刻，圓知堂董家老窯的名聲就敗壞一分。這件事一旦傳揚開來，老者的話雖有些危言聳聽，卻不無可能。防民之口甚於防川，丟了民心皇帝都坐不住金鑾殿，何況一個普通的商家？董振魁默默長嘆一聲，彷彿親眼看見盧維義的魂魄升起，在不遠的半空中飄遊，用勝利者的姿態看著他。罷了，這一仗依然是沒鬥過盧家！誰叫自己一時貪念勝過理智；誰知盧維義竟不惜一死？

董振魁閉上眼睛，輕輕說了三個字：「動手吧。」

鞭子與皮肉劈劈啪啪的撞擊聲響起，董振魁在眾人的簇擁下黯然離開理和場。書房那場交手他輸在盧維義手裡，這次在理和場的交鋒他仍是一敗塗地。在他身後，亂哄哄的議論聲再次響起，董振魁默默地想，應該沒有人再指責董家了，或許他們還會讚嘆董家驚人的寬容和雅量。民心就是這麼一個奇怪的東西。董振魁捫心自問，自己剛才只有兩條路可走，要不成全盧維章，從此放虎歸山養成大患；要不置盧家於死地，成為千夫所指的小人。細細思索，竟是哪條路都會讓董家元氣大傷，損失慘重。世事難料，也罷，董盧兩家的恩怨世仇已然鑄成，今後的日子留給今後再說吧。

直到董振魁一行走遠了，理和場上的皮鞭聲還在響著。每一鞭下去，盧維章的背上就會綻開一道新的、深深的傷痕。這一聲聲鞭子、肌膚、血肉交錯的聲響，似乎穿越了生死，穿越了時空，穿越了人世間一切啼笑與感慨，迴響在理和場，迴響在神垕鎮的上空，久久不散。

恍惚間，十五年過去，已是大清光緒三年了。

肆

光緒三年，餓死一半

大清光緒三年是農曆丁丑年。自從同治元年盧維義撞死在窯前，董盧兩家結怨以來，神垕鎮在這十五年間倒也算平安，再沒出過什麼驚天動地的大事。當然，除了盡人皆知的盧家鈞興堂崛起，和董家老窯終於燒出第一口宋鈞之外。而掩蓋在深深庭院間的各家祕事倒是層出不窮，像董家大小姐董定雲離奇失蹤的事，就是其中一件。

董定雲是庶出，在十歲那年，她的生母董齊氏，也就是董振魁的二房太太病故，可謂幼年命運多蹇。雖說頂了個大小姐的名分，卻從來不曾受過大房太太董楊氏的垂青。而董振魁一心忙於製瓷和經商，家裡大小事務全部交給董楊氏，董定雲自然沒什麼好日子過。董楊氏出身名門，還不至於對二房太太的小姐橫加責難，只是管得嚴厲。董克溫自幼熟讀綱常五倫，對父母言聽計從，慢慢也不待見這位庶出的妹妹。久而久之，連婆子丫頭都不把董定雲放在眼裡。董家宅院雖大，能和董定雲說上話的，竟連一個人都沒有。

到了同治二年，董定雲已經二十五歲，仍待字閨中。按豫省風俗，董家這樣大戶人家的小姐，「十五六跟人走，十七八抱娃娃」才是常理，像董定雲這樣二十多了還沒出閣的，多少有些不尋常。這年春天，董楊氏遠赴福建廈門南普陀寺進香還願，一去就是好幾個月。董克溫研製宋鈞的事業正如火如荼，董振魁也一心在生意上，兩人根本顧不得家務瑣事。這麼一來，偌大的圓知堂竟成了無人主事的局面。

事情就出在這年九月。董家歷來是董振魁主外，董楊氏理家，三十多年來風平浪靜，可巧就巧在董楊氏離家這幾個月，董定雲給董家做下了一件醜事。董楊氏千里迢迢從福建進香返家，不知是哪個多嘴的婆子告密，說董定雲與人有了私情，兩三個月沒來癸水，怕是珠胎暗結了！董楊氏驚得再坐不住，當下把董定雲叫來準備好生審問。不料沒等她發話，董定雲自己全都招了，不但承認懷孕已有四個多月，而且男方就是禹州城開藥行的梁家少爺梁少寧！董楊氏聞言如同五雷轟頂，梁少寧是禹州城有名的花花公子、尋花問柳的行家高手，光是妻妾就有兩三房，董定雲平日大門不出二門不邁，怎麼會招惹上他？

董楊氏沒有想到，罪魁禍首竟是不到三歲的董克良。董楊氏離開神垕不久，董克良大病一場，在床上躺了一月有餘，全靠董定雲在身邊照料，而來送藥治傷的就是梁少寧。董克良臥床的這一個多月，梁少寧隔三差五地來送藥，董定雲青春寂寞，梁少寧採花有術，這兩個人整天待在一起焉有不出事的道理？眼明腦快的婆子丫頭察覺到蛛絲馬跡，有心向董振魁和董克溫稟告，卻誰也不敢在他們面前說破。董楊氏眼看董定雲腹部已微微顯形，就是想遮掩也沒辦法了。她思前想後，竟是一點對策都沒有，萬般無奈下，只得向董振魁如實稟報。董振魁呆了半晌，派老詹到禹州城探聽梁家的底細，誰知那梁少寧的大房太太竟是河南臬臺莊敦敏的親姪女兒，平日驕縱蠻橫，是禹州城有名的母老虎，與梁少寧的兩個小妾鬥得昏天黑地，別說是不能平平安安地把董定雲嫁過去，就算嫁過去董定雲也只是四房太太，堂堂董家能丟這個人嗎？

董振魁苦苦思索了一日，終於下定決心，把董定雲關在後院一個小屋子裡，對外宣稱大小姐得了眼病，不能見日頭。董振魁的想法是既然嫁不出去，索性就把孩子生下來，待日子久了再想對策。半年後的一個深夜，董定雲艱難地產下一個女嬰，剛落地就被董振魁連夜送出了神垕，不知去向。可憐大小姐董定雲十月懷胎，連女兒都沒能見上一面。梁少寧多少聽到些風聲，早藉口去外地進藥躲得無影無蹤。董定雲連遭重創，跟個活死人差不多。又過了大半年，董振魁安排董定雲去開封府拜訪名醫看「眼病」，路上遇見土匪打劫，董定雲落入土匪之手，自此下落不明。董家立即向官府報了案，衙門派幾個捕頭查了一陣子，一無所獲，董家也不像人們猜測的那樣緊追官府不放，這件離奇官司就漸漸成了無頭死案，再沒人過問。倒是二少爺董克良長大後，對此事略有耳聞，但也只能悵然空嘆。

日子像是層層剝筍，一天連著一天，一年接著一年，沒幾年同治皇帝龍馭上賓，光緒皇帝繼位，轉眼間就到光緒三年。這年山西、河北、河南、山東四省大旱，「一家十餘口，存命僅二三。一處十餘家，絕嗣恆八九。」是爲清末著名的「丁丑大荒」[10]。豫省自古就是農耕大省，受災尤其嚴重，自去年春天下了一場小雨之後，直到今年三月滴雨未下，小麥略有收成，秋糧卻是顆粒無收。市面上小麥每石已從不到二兩漲到了三十二兩白銀的天價，一斤白麵炒到了二百文，要如何買得起。神垕人多以燒造鈞瓷爲業，從事耕種的人不多，日常所需糧食都是從全省各地販運而來。到了五月，鎮上幾乎所有的糧鋪都掛出了「歇業」的告牌，偌大一個神垕鎮，居然一粒糧食也買不到了。

鎮上斷糧，首當其衝的就是各大窯場。窯工們幹的都是體力活，眼下肚子都填不飽，誰還有力氣燒窯？何況每年的窯餉都是年底合帳，現在才年中，今年的窯餉還遠得很，去年的窯餉又都買了糧食，窯工們差不多身無分文了。按照神垕的規矩，東家除了窯餉，每個月還給窯工一吊大錢的月錢，可按照目前的糧價，區區幾斤糧食怎能養活全家？幾天來，鎮上最大的圓知堂董家老窯、鈞興堂盧家老號已有一半窯停了火，其他窯場更是冷冷清清。於是端午節這天，鎮上瓷業公會在窯神廟舉行了一次公議，各大窯場

10 參見《丁丑大荒記》，佚名，清光緒九年著。

的大東家和老相公差不多都來了。原本熱鬧非凡的花戲樓上，此刻卻是一派沉重壓抑的氣氛，讓人喘不過氣來。

致生場的大東家雷生雨長得黑胖魁梧，臉上有星星點點的麻子，加上素來脾氣暴烈，人稱「麻雷子」，頭一個點炮發言：「諸位，不瞞大家，昨天我的管家去禹州城買糧食，帶了二百兩銀子去，買回來不到六石糧食，還不夠我們家六十口人吃二十天！二百兩銀子呀！更別說窯工家了。我們致生場是小窯口，我親自到南坡瞧了瞧，連樹葉都沒了！窯裡二百多個窯工，餓死了三十多個，去外地逃荒的有五十多個！糧價照這麼漲上去，不出一個月，神垕鎮怕是沒一口窯能點著火了。還過端午呢，連包粽子的米都沒有，就算有怕也買不起！諸位大東家、老相公再議不出個對策，我看大家要一塊捲鋪蓋，領老婆孩子去洛陽、開封要飯了！」

花戲樓上響起一陣輕笑，沉重的氣氛稍微緩和了些。其他幾個小窯場的大東家紛紛訴起苦來，內容大都與雷生雨如出一轍，場面頓時亂哄哄的。只有坐在戲樓正廳兩個上座上的人平靜如初，彷彿置身事外。這也難怪，左邊坐的是圓知堂董家老窯少東家董克溫，老相公遲千里髮辮花白，垂手站在董克溫後面，兩人自始至終都不發一語。右邊坐的是鈞興堂盧家老號的大東家盧維章，四十出頭的年紀，卻一臉老成，看不出半點波瀾。圓知堂和鈞興堂一共有將近兩千口窯，占了全鎮瓷窯的十之七八，若論起損失，怕是沒有比這兩家損失更大的。可讓其他大東家費解的是，這兩家窯口的東家竟像是來看戲的，他們七嘴八舌吐了快半個時辰的苦水，董克溫和盧維章卻依舊正襟危坐，連半個字都沒講。

還是雷生雨按捺不住了，道：「董少東家、盧大東家，鎮上幾千個窯工都眼巴巴瞧著你們呢，二位好歹說句話啊！」

「是啊，要是圓知堂和鈞興堂再不出面救市，神垕就完了！」

「幹，還是不幹，大夥都等著呢。」

幾十雙眼睛可憐兮兮地乞求，齊落在董克溫和盧維章身上。盧維章微微一笑，道：「鈞興堂不比圓知堂牌子老，也不比圓知堂財力雄厚，還是董少東家說吧。」

鎮上要公議應急之策的事，董克溫早就得了消息。昨夜，董振魁書房裡的燈亮了一宿，董振魁、董克溫和遲千里商量了整整一夜，主意自然是定下了。剛才一直引而不發，爲的就是在關鍵時刻力壓盧家鈞興堂一頭。十五年前，盧維章靠哥哥拿命換來的一口窯起家，憑藉獨門的宋鈞祕法迅速燒出一批傳世宋鈞的仿製品。當時市面上一件正宗的傳世宋鈞，要價數萬兩銀子，今人仿製的宋鈞即便不如傳世宋鈞值錢，成色好的也值一萬兩銀子，抵過小窯場燒一個月的粗瓷了。何況市面上傳世宋鈞有行無市，只有洋人會買。盧家燒出宋鈞的消息轟動了整個神垕，不出幾日，各地的商家就踏破了盧家的門檻。頭一批宋鈞成色好的不多，盧維章精心挑選出的十多件根本滿足不了客商們的胃口，剛擺出來就被搶購一空，盧家足足賺了十幾萬兩銀子。盧維章用這筆銀子首創鈞興堂，掛出了盧家老號的招牌。十幾年下來，盧維章以大東家的身分兼任老相公，在他的運籌帷幄下，盧家老號憑著宋鈞日漸風生水起，越做越大，成爲僅次於董家老窯的神垕第二大窯口。

對盧家的暴富，董振魁和董克溫倒是很坦然。十五年前董振魁放了盧維章一馬，就料到了眼前這個局面。盧家燒出的第一批宋鈞裡，成色最好的那只「玫瑰紫」如意瓶就是董振魁祕密派人高價買下的。此後盧家每燒出一批，董振魁就暗地裡買一件，交給董克溫細細精研。整整十年的功夫，董克溫不知耗費了多少心血，居然真的從盧家宋鈞裡琢磨出了玄機，獨創天青一色，足以與盧家宋鈞的天藍抗衡。說來有趣，在董家爲慶祝宋鈞燒成的酒宴上，盧維章派人送來一只蟠龍瓶，並附上短信一封。等酒席散了，董振魁展開信箋，上面寥寥數語，竟是首詩：

盧家年年宋鈞出，
董家年年宋鈞買。
日後自家宋鈞在，

豈料白送宋鈞來。

信上歪歪扭扭地寫著「盧豫川」三個字。董克溫笑道：「看來盧維章倒是有雅量，不過這個盧豫川卻是個心胸狹窄的人，不甘心把幾千兩銀子的宋鈞送來，就寫了首打油詩諷刺。不過這詩實在拙劣，文法也太不通了。」

董振魁卻沒有笑。董家不惜拚上家運研製宋鈞，雖然最後成功了，不過也是一招險棋。好在盧家的宋鈞燒造伊始，「十窯九不成」，產量低得驚人，董家憑著三十多年積累的雄厚財力，苦苦追趕了十年，終於迎頭趕上。目前兩家都有了殺手鐧，可謂旗鼓相當，好戲還在後頭。董振魁把這封信摺好，鎖在抽屜裡，淡淡道：「有人燒出了宋鈞倒也沒什麼，可怕的是，燒出宋鈞的是盧維章！」

董振魁這句話得到了應驗。貨再好，也得有人賣出去。董家宋鈞問世打破了盧家的壟斷，今後兩家拚的就不再是宋鈞，而是各自的商道造詣了。五年來，董盧兩家明爭暗鬥，始終在伯仲之間，這次豫省大旱，神垕瓷業受到百年未有的重創，可在董振魁看來，這紛亂的局面反倒隱藏著一招制敵的商機。董克溫此番參加各大窯場的公議，顯然是有備而來。

董克溫聽了盧維章的話，便道：「盧大東家自謙了。不過圓知堂既然被各位同儕這麼看重，不說幾句怕是不行。家父臨行前告訴我，民以食爲天，窯場又以窯工爲根本，這次大旱之年，窯場不能忘了這個根本。所以，我們董家就拋磚引玉，提幾條章程，交給諸位大東家公議。」

正廳裡一片靜謐，所有人的目光都熱切而焦灼地看著董克溫。

董克溫清了清嗓子，道：「大旱之年，糧食是第一位的，董家願意拿出五十萬兩銀子購買糧食救急……大家安靜一下，克溫還有話說。大家都是商人，有道是在商言商，董家這五十萬兩銀子自然不是白出的。除了董家老窯三處窯場的窯工，其他窯場的人來董家領糧食，董家分文不取，都算在各位大東家帳上，以一石糧食四十兩爲準，算是董家老窯在各窯場入的股。等災年過了，各個窯場重新點火生窯，按股分紅就是，不知各位大東家意下如何？」

正廳裡寂靜了片刻，每個人的心裡都飛快地算計著，忽然，議論聲響起。

「四十兩銀子一石？比他媽的市價還貴！」

「罷了罷了，等過了災年，你我手裡的窯有一半多都成董家的了！」

「話不能這麼說，你我現在有銀子買糧嗎？」

「這跟光天化日下打劫有什麼區別！」

這樣亂紛紛的場面早在董克溫的算計之中。四十兩銀子一石，的確比市價還貴了好幾兩，不過現在禹州城都沒糧食可買了，要想運糧過來，得從湖廣、江浙一帶籌集，走漕運到徐州，再經歸德府到開封，靠著車馬才能運到神垕鎮。加上一進山東，沿途全是災區，眼珠子通紅的飢民滿山遍野，搞不好會發生搶案，還得請鏢局沿途護送糧車。這哪裡是花錢買糧食，簡直是花錢買金子了。除了董家，神垕鎮哪一家窯場能一下子拿出五十萬兩銀子來買糧？就算是盧家有這個財力，也得掂掂自己拚不拚得起，最多也只能保住自家窯場吧。董振魁在豫省商幫馳騁四十多年，目光老辣至極，早有計畫入股控制各大窯場，只是苦於各個窯場視入股如洪水猛獸，一直找不到機會。如果董振魁此番入股成功，那麼神垕鎮一半以上的瓷窯都成了董家的，董家便可一舉壓過盧家。如果沒有這場大災，別說是五十萬兩，就是一百萬兩都未必能讓各大窯場就範，董振魁這筆生意算是穩賺不賠了。

董克溫斜著身子，看了一下盧維章，一副志在必得的模樣。盧維章默默抽著旱煙袋，敲了敲煙頭，與董克溫的目光不期而遇。盧維章平靜的臉上掠過一絲微笑，道：「少東家說得好。盧某也說幾句吧。」

「本來就是公議，克溫洗耳恭聽。」

兩人的交談聲並不大，但正廳裡驀地安靜下來，幾十雙眼睛焦灼難耐地盯著盧維章。

「董家老窯一出手就是五十萬兩，實在讓人欽佩！說實話，四十兩銀子一石也不是漫天開價，入股各窯場也無可厚非，都是商人嘛，誰家的銀子都不是天上掉下來的。不過這五十萬兩雖是巨資，在眼下卻也買不了多少糧食。要是少東家不嫌棄，盧家老號雖不敢跟董家比富，也願意拿出三十萬兩銀子，跟董家一起買糧救急。不過糧價比董家低一些，三十五兩銀子一石。至於入股的事，盧家也不強求，全憑各位大東家自願。盧某就這點見識，請諸位同儕公議吧。」

此言一出，正廳裡一片譁然。七嘴八舌的議論聲裡，有部分是振奮的，更多的是滿腹狐疑。董克溫實在沒想到盧家敢在這件事上跟董家對幹，一時有些措手不及。董振魁出的這一招的確高明，事前他們反覆核算過盧家的財力，儘管在這十幾年裡盧家賺了不少銀子，但盧維章把多半的銀子都花在建窯上了，一口窯得幾千兩銀子才修得起來，盧家白手起家，幾百座窯花了差不多一百多萬兩銀子，手頭能流動的銀子也只有十幾萬兩。就算盧家再富，按照盧維章爲人處世的謹慎精明，也斷然不會把身家性命都賭上。這三十萬兩從何而來？

盧維章起身離座，朝四下拱手道：「不管今天公議的結果如何，盧家這三十萬兩銀子是絕不更改了，告辭！」

眾人矚目下，盧維章翩然離開正廳。董克溫的腦子飛快轉著，既然這場戰事是董家挑起的，而盧家已經接下戰書，董家再無全身而退的可能。想到這裡，董克溫也站了起來，跟遲千里交換一下眼色，道：「董家人做事，一向是言而有信，克溫剛才說的話自然也是絕不更改，告辭！」說著，董克溫和遲千里一前一後離開了正廳，不過相較於盧維章的淡然，他們兩人的腳步多少有些沉重，似乎有重重的心事壓在心頭。

誰人可霸天下之盤

董盧兩家鬥富買糧的消息眨眼間傳遍了整個神垕，所有窯工都眼巴巴地等著糧車的到來，各大窯場的大東家更是急得如同熱鍋上的螞蟻。過沒幾天，董家放話出來，凡是領了盧家糧食的窯工，就不可再領董家的糧食。董振魁父子雖然猜不透盧家哪裡來的銀子，卻也看出一點，眼下的旱情估計到秋天才會有所緩解，這幾個月裡，三十萬兩銀子買來的糧食斷然不可能養活整個神垕的窯工！就算各大窯場都去領盧家的糧食，等到盧家的三十萬兩全砸進去、難以為繼之時，大東家們還是得轉過頭來求董家。到時候，董家開出的糧價就不只四十兩一石了。大東家們一個個都傻了眼，只得在不確定局面的情況下，嚴令各自窯場的窯工沒有東家的意思，不得擅自去董家或盧家領糧食。

到了月末，董盧兩家的糧車先後抵達。盧家押糧車的是大少爺盧豫川，從蘇杭一帶運糧走了一個多月。盧豫川二十多歲風華正茂的年紀，因爲一路的風吹日晒而變得黑黑壯壯的。當年盧維義撞死在窯前，盧家大嫂也自縊殉夫，那時候的盧豫川還是個十二歲的孩子，十五年來全靠盧維章和盧王氏夫婦悉心照料。盧家發跡之後，盧維章找了不少先生教他學問，可他一點都不用功，全副心思都在盧家越做越大的生意上。盧維章屢次勸誡無效，也只得聽之任之。這次盧豫川自告奮勇去南方買糧，盧維章一百個不放心，時刻提心吊膽地牽掛著。如今看姪兒好端端站在自己眼前，盧維章才放下心裡的大石。

盧豫川給叔叔見了禮，笑道：「跟董家打起來了嗎？」

盧維章拍著他的肩膀，道：「能不打嗎？從你走那天就打起來了。」

「咱家的糧車跟董家一前一後，乖乖不得了，董家的糧車足足比咱家長了一半！」

「叫你做的事，沒露出馬腳吧？」

「叔叔放心，一切都天衣無縫。運糧的人每到一站就換，除了我貼身的那幾個，連趕車的都不知道！」

盧維章滿意地點點頭，眼裡泛出慈愛的光，道：「那就好，你去後院看看你嬸嬸吧，豫海也在等你呢。」

盧豫川喪母時年紀還小，盧王氏在他眼裡跟親生母親差不多。盧豫海還未成年，對盧豫川崇拜得跟神一樣。尤其是這次去南方，說什麼都要跟，若不是盧王氏攔著，早跑得不見蹤影了。盧豫川強忍著滿腔思念，見盧維章發了話，顧不得洗把臉就直奔後院而去。盧維章看著姪兒一根烏溜溜晃動的長辮，不由得一陣恍惚，彷彿看到了當年在盧維義身邊的自己。十五年了，幾千個日子如同白駒過隙，董盧兩家第一次針鋒相對的較量已經開始。盧維章心緒波動，默默地站起來，朝著半空中輕聲道：「大哥地下有知，就看著弟弟的手段吧。」

說也奇怪，糧食沒到神垕的時候，鎮上的人天天翹首盼望，可一車車糧食真真切切地運到了神垕，運進了董家和盧家，鎮上的氣氛反而平靜了下來。窯工們三五成群地圍住窯場的大小相公們，急切地追問東家的意思究竟是去哪一家領糧食。這樣的大事豈是相公們能決定的？於是窯工們又在各自大東家的屋外聚集了起來，遠遠看去像是一群黑壓壓的螞蟻。苦熬了幾天，大東家的意思卻是繼續等，窯工們不滿的情緒終於爆發了。等？這個節骨眼上，除了一個死，還能等到什麼？儘管各大窯場都貼出了告示，私自領糧食的窯工一律辭退。但到了此時此刻，窯工們都顧不上今後了，命都保不住了，誰還管以後的事？先過了眼前的饑荒再說！

下定決心的窯工們趕到圓知堂門外，卻看見了董家的告示。告示上的墨跡還是溼淋淋的，大概是剛剛貼出來的。告示上寫得很簡單，很明白，董家的糧食只發給有東家的窯工。換句話說，私自來的窯工是沒辦法領到糧食的。窯工們雖然見識不多，但也明白董家的用意。這救命糧食不是白領的，帳都記在東家頭上，將來是要拿股份還的，窯工們一個個窮得叮噹響，憑什麼白拿糧食？何況董家也不是要趕盡殺絕，人家在圓知堂門口設了粥棚，每天開伙兩次，這跟白領糧食其實也差不多了。

開粥棚是董振魁琢磨了幾天後，對盧家使出的第二招。

董振魁最初的確沒想到盧家會跟董家拚財力，在盧家糧車趕進神垕鎮的時候，董振魁心底已經明白，原先的幾個步驟是無法戰勝盧家的，必須另覓奇招。董振魁和董克溫、遲千里在書房裡商量了好幾天，這才想出了開粥棚這個殺手鐧。饑荒持續到現在，鎮上天天都有人餓死。眼下有糧食的只有董家和盧家，沒糧食倒也罷了，手裡握著囤糧又不賑濟災民，可是爲富不仁的勾當，大家都是鄉里鄉親，誰願意背負見死不救的惡名？傳揚出去誰還敢跟你做生意？董家的粥雖稀了點，可畢竟不會死人了，而率先開粥棚，就在道義上占了先機，也給盧家出了道難題。盧家要不就是硬撐著不放賑，失盡民心，要不就是跟著放賑開粥棚。等到盧家那三十萬兩銀子買來的糧食都熬成粥發出去，董家還有餘糧，到時候看他拿什麼跟董家拚！

這的確是一石二鳥的妙計，不過董振魁也是亮出了最後的底牌。在他心裡，這次商戰的焦點已經發生了變化。董振魁最初是想強迫各大窯場就範，讓董家老窯入股，繼而控制整個神垕瓷業市場，最終制伏盧家。隨著盧家的強勢介入，現在的情形與當初預想的大不一樣了，既然盧家拚了老本，不妨大家都拿出老本來拚一拚。即使到最後糧食都發完了，入股的計畫也泡湯了，可盧家老號也會因此耗盡財力，至少十年內無法翻身，這也算是達到當初的目的了？

這番心思讓董振魁等人躊躇滿志，自以爲穩操勝券了。不料董家的粥棚剛開不到半天，盧家那邊就傳來消息，盧家也開始設粥棚了，而且是可以插筷子而不倒的厚粥！

董振魁聽了來人的稟報，好半天臉色鐵青，道：「告訴粥棚的人，咱們也做厚粥！」

董振魁隱隱感到不安，任何一個有見地的商家都不會憑意氣做事，從盧維章這十幾年來的種種手段看來，他絕不是因爲一時衝動而貿然行事之人。但讓董振魁等人百思不得其解的是，盧家的底氣因何而來？這是盤桓在他們心裡最大的疑問。而接下來一連串的事情更讓他們感到周身發寒：盧家放話出來，所有糧食按豐年的糧價供應，來領糧食的窯工不管有沒有東家，皆一視同仁，還可以先賒帳，以後有錢了再還。

盧維章在被動地還招之後，終於開始主動出擊了。

戰局從此逆轉。圓知堂門口人頭攢動的粥棚不到兩天就沒人來了，這次不是窯工們不肯來，而是各大窯場的大東家們集體做出決定，允許手下的窯工去領糧食了，但只能去盧家領，凡是在董家領糧食的統統辭退。東家們不是傻子，誰會放著盧家的糧食不要，去求董家的黑心糧？

消息傳到董振魁的書房，董振魁咬了咬牙，道：「就讓他們盧家風光去，我倒要看看他們能撐幾天！」

董振魁心裡有數，盧家運進神垕的糧車遠遠少於董家，按照盧家現在的做法，運來的糧食支撐不了幾天的，整整三十萬兩銀子無異是抽乾了盧家的現銀，等到糧食耗盡，又拿不出錢繼續購糧，看盧維章還怎麼鬥下去。然而硬撐了幾天，又一個讓董振魁等人目瞪口呆的消息傳來了，盧家又有一隊糧車進了神垕，整整一百多輛糧車，上千石的糧食！董振魁聞言面色慘白，差點倒了下去。董克溫忙上前扶住父親，急道：「爹，您這是怎麼了？」董振魁好不容易坐穩了，慢慢抬頭，兩眼滿是痛苦，嘆道：「罷了，這一仗是打不贏了，快去請各大窯場的東家們，就說我請他們商議要事！」

比起在公議大會上的條件，董家這次開出的價碼低了不少，只要窯場的東家們同意讓董家入股，糧價全部按照豐年糧價的九成計算。幾個東家暗中一合計，都覺得時已過境已遷，董家的條件還是太高了。正琢磨著如何跟董家討價還價時，盧家又貼出一則告示：所有糧食免費供應，來領糧食的窯工若是因爲領了糧食而被東家辭退，可以在盧家老號做工，來者不拒，全憑自願！

神垕鎮這場霸盤生意足足鬥了一個多月。董盧兩家在豫省商幫裡都是叱吒風雲的人物，幾乎全省商家的目光都不約而同地投向了神垕，所有人都被這場慘烈又精采的商家大戰吸引住了。夏日正炎，而盧家這次使出的招數卻比頭頂上的日頭更毒辣百倍。東家們不敢再有絲毫猶豫，照盧維章的做法，等災年一過，神垕鎮的窯工恐怕都跑到盧家老號去了，自己的窯場沒了窯工，還拿什麼點火燒窯？拿定主意之後，東家們主動找上盧維章，一見面就把話挑明了，希望盧維章能把糧食免費發放這一條去掉，帳多帳少都記在東家頭上。等眼前這個難關過去，爲了回報，盧家老號憑帳目在各家窯場入股，也就是說，只要盧家不挖我的人，不管盧家說什麼我都認了！

盧維章平靜地看著眼前這些慌了手腳的東家們，微微一笑道：「可以，不過有一個條件，現在就得把契約簽了。」

東家們面面相覷，也罷，做生意就講究白紙黑字，誰叫如今自己的要害讓人家捏著呢？不一會兒，東家們就在盧維章事先準備好的契約上按了手印，一個個垂頭喪氣地走出鈞興堂，除了佩服，除了自愧弗如，還能說些什麼呢？

人都走了，房間裡只剩下盧維章和盧豫川。盧維章呆呆地坐著，臉色白了又紅，他騰地站起來，踉踉蹌蹌地走出去幾步，仰天大叫道：「得勁！」

盧豫川捧著一疊厚厚的契約，驚喜道：「叔叔，咱們贏了？」

盧維章眼中迸出淚花，「是啊，咱們贏了！」

在得知盧家與各大窯場簽訂契約的消息後，董振魁面如死灰。只要將這些契約拿到開封去，西幫那些票號肯定會慷慨地借出大筆銀子給盧家，有了銀子，盧家就有了繼續跟董家對抗的資本。到時候，董家就不是跟盧家作對了，而是跟整個西幫的票號作對，以董家一己之力想在這場大戰中取勝，實在是毫無希望。

只有盧家叔姪二人才明白，這一仗贏得實在太凶險。盧家鈞興堂的庫房裡，存糧僅夠再支撐五日，若是五日之後還得不到在各大窯場入股的契約，盧家就徹底敗了。西幫的票號們精明得很，盧家以全部家產、窯場爲擔保，只借到四十萬兩銀子，加上自家的二十萬兩銀子，一共是六十萬兩，一兩不剩地全用在買糧上了。盧維章在公議上說三十萬兩，其實只說出了一半，圖的就是讓董家的人掉以輕心。董振魁精明了一輩子，各個方面都計算得分毫不差，卻沒料到盧維章敢從西幫票號那裡借銀子！他一時大意，全盤皆輸。目前的局面再清楚不過了，董家的糧食還剩下許多，但手頭已經沒有現銀，盧家的糧食所剩無幾，卻隨時能調動票號的銀子買糧，再鬥下去的結局自不待言。更可怕的是，天氣一天比一天熱，糧價也一天比一天低，堆在董家庫房裡的糧食開始發霉，每天糟蹋的糧食幾十斗都不止。照這麼下去，董家五十萬兩銀子的糧食，過不了這個夏天就會變得分文不值。想賣？到了七月末，朝廷遲遲未至的賑災糧食也會發到各州縣，雖然貪官汙吏們層層剝削之後到老百姓手裡的不足四成，可朝廷的糧食是不要錢的，到時候賣都沒地方賣，只能眼睜睜看著幾十萬兩銀子付諸東流了。災年快過去了，窯場點火燒窯都要花銀子？可眼下董家所有財力都耗在這場霸盤生意上，偌大的董家圓知堂竟連一點周轉的銀子都沒有。董振魁等人黯然商議了一宿，董克溫提出，眼下唯一能保住董家老窯的方法，就是派人到鞏縣康店，請康鴻猷出面買下這些存糧，再拿一筆銀子入股董家老窯，幫助董家度過難關。說起借銀子，西幫那些票號這些天不斷派人來，主動提出借銀子給董家，可開出的條件是以董家全部生意、字號和窯場爲擔保，利息是平常的兩倍，這簡直是趁火打劫！兩害相權取其輕，除了向康鴻猷求援之外，再無力挽狂瀾的辦法了。

遲千里聽了董克溫的對策，呆坐良久，道，「這是飲鴆止渴的下策啊。若真求康鴻猷出手相救，今後十年裡，董家老窯都得在康家的控制之下！雖說兩家關係一向和睦，在豫省商幫裡也是平起平坐，可一旦康家的銀子入股，可就有主從之分了。」他察覺到董克溫的臉色驟然鐵青，知道剛才的話深深傷了這個年輕氣盛的少東家，便又加了一句，「不過比起西幫票號的條件，倒也未嘗不可。」

董克溫黯然垂頭，即便遲千里不說，他自己怎會不知這飲鴆之計的利害？他已經在這場霸盤生意中鬥得身心俱疲，實在想不出更好的計策了。董振魁從他眼中看到大勢已去的絕望，心中漆黑一片，眼前灼灼燃燒的牛油大蠟發出的光芒，絲毫照射不到他的心中，化解不了那團濃重而烏黑的悲涼。董振魁閉目思考著這場霸盤生意的來龍去脈，一一拿捏著其中環節，思量盧維章的每一次出手。驀地，董振魁眼中放出一道亮光，「或許還不至於如此！」

遲千里和董克溫都是一驚，兩人實在不明白局面凋零成這個樣子，董振魁還會對盧家心存僥倖嗎？

董振魁老奸巨猾的臉上居然掠過一絲笑容，他大聲道：「明日一早，讓老詹啓程去開封府，記住，務必從盧家門口經過，並放話出去，說老詹此行是去向西幫票號借銀子！」

董克溫大驚道：「爹，此乃董家的奇恥大辱，怎能讓路人皆知……」

遲千里一琢磨，頓時明白了董振魁的用意，心中佩服得五體投地，道：「大少爺，老東家就是要讓盧家知道這個消息！……老東家，我真不知道怎麼說才好，自古商戰都是以勝求和的多，像董家這樣以敗逼和的實在是鳳毛麟角。不過我還是擔心，董盧兩家畢竟不是尋常的商業對手，還夾雜著世仇恩怨啊，盧維章會收手嗎？」

董振魁此刻雙眼通紅，卻神采飛揚，完全沒有剛才面如凝墨般的沉鬱。他看了一眼遲千里，搖頭慨然道：「我算準盧維章會收手的。如今董家是隻羊，盧家也是隻羊，若是董家這隻羊被盧家那隻羊一角頂死了，自然會引出一隻狼來！引狼入室是豫商最忌諱的，盧維章深諳商道，不會不明白這個道理……勝敗大局已定，勝者有一勝一和兩條路可走，輸家也有一敗一和兩條路可走，既然董家敗局已定，要想不輸得乾乾淨淨，只有逼著盧家求和！」

逼著盧家求和？這真是石破天驚的想法！這般敗中逼和的計策，怕是只有老謀深算的董振魁能想得出來，也只有他敢這麼想。果然不出董振魁所料，此刻的盧家鈞興堂花廳裡燈火通明，盧維章和盧豫川叔姪二人已經商議了整整兩個時辰。

盧豫川比起剛才已平靜許多，但目中仍帶著一絲瘋狂，一絲不滿。盧維章端起茶杯小啜了一口，微笑道：「怎麼，還是放不下？」

盧豫川猛地站起來，厲聲道：「對！我就是放不下！殺父之仇我怎能放得下！」

盧維章一怔，輕輕搖頭道：「你說得也對，不過今天說的是商家之事，在商言商，世仇恩怨暫且放在一旁。在此大荒之年，董家不顧救民報國的商家要旨，反而拿糧食脅迫各大窯場讓董家入股，這在頭一招上就輸了，輸給了天理人心，輸給了商家的道義！董家逆天而行，盧家被迫迎戰，你我叔姪處處被動，步步都走在刀口上，費盡了苦心，終於大獲全勝。如今要置董家於萬劫不復的境地，也是人之常情，我能理解……」

盧豫川手一揮道：「既然如此，就請叔叔穩坐在鈞興堂，看姪兒如何掐死董家父子！」

盧維章把玩著茶杯，慢條斯理道：「豫川，你想這麼做，就一定能做成。所謂牆倒眾人推，董家本就失了民心，得罪了各大窯場，你明天到窯神廟前振臂一呼，不用你動手去掐，光是唾沫就足以把董家淹死。我只想問你一句話，董家現在缺什麼？」

「銀子！」

「董家要是有了銀子，會怎麼做？」

「繼續跟盧家鬥，可我不怕！」

「你不怕當然是好事，可咱們手上的銀子是怎麼來的？也是從西幫票號借來的，他們會借銀子給咱們，自然也會借給董家，他們盼的就是咱們豫商窩裡鬥，盼的就是盧家跟董家拚死拚活，咱們鬥得越厲害，他們背地裡越高興！董家一旦得了銀子，恢復元氣，咱們兩家就會繼續鬥下去。想鬥就得拚實力拚銀子，票號的利息肯定要漲一倍不止！長此以往，只怕神垕鎮未來幾十年掙的銀子都得還本付息給西幫票號，咱們是空忙一場啊。」

盧豫川久久望著他，表情瞬息萬變。他確實只顧著眼前的勝利了，根本沒想到今後，更沒有想到西幫票號可能會打這麼個如意算盤。盧維章也不看他，繼續把玩著茶杯，自顧自地道：「剛才，你說你要置董振魁父子於死地，讓自己快活，讓被董家逼死的盧家先人可以大仇得報！但在我看來，就是董家父子都死了，大哥能活過來嗎？大嫂能活過來嗎？他們黃泉有知，難道企盼的就是盧家子孫世世代代與人結仇，世世代代行走在刀口之上嗎？」

盧豫川淚流滿面，頹然坐在椅子上出神。盧維章放下茶杯，靜靜地看著盧豫川道：「你的心思我再明白不過了，從你去蘇杭買糧那天起，就盼望著能有這一天。沒錯，盧家的子孫都是頂天立地的男子漢大丈夫，有仇必報，有恩必償，明天你就可以償得夙願，致董家於死地！不過我想除了這條路，盧家還有另外的路，應當走的路。不爲別的，就因爲你我不但是人，更是商人，是大商人！你既然想做個名垂青史的大商家，就必須走另外一條路！」

盧豫川擦去眼淚，還是不肯死心，爭辯道：「商家彼此攻伐，死人的事也不在少數，當前勝負已定，爲何叔叔非要以勝求和？」

盧維章點上一袋煙，一股輕煙從他口裡悠悠冒出，遮住了他的臉。在一層輕紗似的煙霧後面，盧維章眼睛閃爍著神采，侃侃而談道：「你說勝負已定，這只是眼前而已。只要董家肯拚個玉石俱焚，董振魁就不用愁銀子了。盧家鈞興堂十幾年來建了八百多口窯，董家有一千一百口，超過鈞興堂三成還多！論實力，論後勁，鈞興堂和董家老窯還真看不出勝負。我剛才說了，董家仗勢欺人，枉顧人命，違背天理人心和商家道義，但我們盧家又如何？不過是以其人之道還治其人之身，雖是被迫迎戰，畢竟算不上光明磊落！你不要小看董振魁，也不要以爲董振魁會甘心一敗塗地，任我們爲所欲爲。一個西幫票號，一個鞏縣康家，隨時都能融給董家上百萬兩銀子。一旦董家恢復元氣，與盧家這麼惡鬥下去，鹿死誰手尚未可知！」

盧維章說到興奮處，站起來踱步，繼續道：「神垕鎮以宋鈞和粗瓷獨步天下，不光是大清國的子民，就連洋人都揣著銀子來買，每年流入神垕的銀子動輒幾百萬，多少人眼紅耳熱地想分一杯羹。盧家、董家做這場兩敗俱傷的霸盤生意，有多少人暗中高興，又有多少人想抓住這個機會染指神垕的瓷業生意。目光短淺是商家大忌，四留餘你不知道嗎？留有餘，不盡之財以還百姓。董家是對手也是百姓，咱們不能看董家敗下去，讓別人接手董家的生意，引狼入室到頭來吃虧的是自己啊……豫川，你放心，只要叔叔還在，一定會把你調教成一代豫商的偉器！只不過眼下，你要學會忍，要真正明白什麼是留餘……」

就在人人都以爲董家離敗落不遠之際，一個酷熱難耐的傍晚，盧維章領著盧豫川悄悄來到圓知堂後門。不多時，一臉倉皇的老詹趕到了盧維章叔姪面前。盧維章淡然一笑道：「詹大管家，久違了。」

老詹羞愧難當地低下頭去，嘴裡擠出一句話：「董大東家請盧大東家到書房議事。」

十五年前的那個冬天，就是在這個宅院裡，老詹指揮家丁將盧維章按倒在地，那時的老詹是何等耀武揚威，那時的盧維章又是何等潦倒不堪？孰料十五年物換星移，如今的兩人同樣是判若雲泥，但彼此的位置卻逆轉了。

盧維章搖了搖頭，緩緩道：「盧某此刻不便進去，煩請轉告董大東家，這次董盧兩家的霸盤生意，其實誰都沒有贏。在大旱之年拿糧食做賭注，彼此只想著生意，卻沒想到一個個處於生死邊緣的鄉親！就爲了霸盤囤糧不放，白白餓死了多少人？想起那些因我們兩家鬥氣餓死的人，難道董老東家不會寢食難安嗎？據我所知，董家現在還有不少糧食，如果董大東家願意，盧家願以市價買下董家全部存糧，以兩家的名義共同賑濟災民……大家都是生意人，何苦這麼你整我，我整你？非得有一家倒下才行嗎？我們兩家都是大窯口，指望我們的生意過日子的窯工不下數千，加上家眷親戚何止萬人？一旦有一家倒下，這些人要靠什麼活命？……瓷業生意這麼大，哪家都不可能做到真正的霸盤。在全鎭父老面前，其實你我兩家都輸了。」言罷，盧維章輕輕一嘆，轉身離去。

黑暗中，一人擊掌嘆道：「請留步！」盧維章和盧豫川停下腳步。董振魁和董克溫、遲千里慢慢地走到跟前。董振魁六十多歲了，此刻竟深深一揖，道：「盧大東家說得在理，老漢來得晚了，請盧大東家恕罪！」

董振魁算到盧維章遲早會來了結這場霸盤生意，也算到盧維章不會走進圓知堂。他本來沒有打算露面，只想在暗地裡聽聽盧維章開出的條件。不料盧維章不但沒有趕盡殺絕，反而提出以市價購走董家的存糧來幫助圓知堂度過難關。這等心胸氣度又豈是尋常商家所能有的？盧維章一席話無異是當頭棒喝，董振魁素以正統豫商的「留餘」觀念治家經商，到頭來自己沒做到留有餘以還百姓，還連累盧維章不得不見招拆招，活活餓死了上千口人。若是一開始董盧兩家就聯手賑濟災民，自家的損失怎會如此慘痛，盧家又怎會在各大窯場入股成功？沒想到一番苦心，到頭來卻成全了盧家。

董振魁嗓子嘶啞，道：「盧大東家施以援手，老漢愧不敢當。不知董家能以何爲報？」

盧維章臉色凝然，慢慢舉起手，黝黑的食指在半空中微微顫抖，道：「我若是要兩根手指，兩條性命，董大東家能給我嗎？」說到這裡，一旁的盧豫川已是泣不成聲，董振魁悚然變色。盧維章的眼中淚光點點，手臂無力地垂下來，道：「爲了生意，董大東家逼著我大哥咬掉自己的手指，搭上自己的性命，想必這都不是董大東家的本意吧？老實說，致人於死地難道是咱們豫商的本分嗎？盧某不妨把話說明了，就算董家從康鴻猷或是西幫票號那裡借到銀子，這場惡鬥也只會無休無止地進行下去，到頭來讓晉商、徽商和粵商們看咱們豫商窩裡反的笑話，抽乾咱們豫商的血！霸盤，聽上去多有氣勢，可天下有多大，天下的瓷業生意就有多大，你我兩家能霸這天下之盤嗎？董大東家真的要有所回報的話，盧某只願和董大東家一起對天起誓，從此董盧兩家子孫永不做霸盤生意！」

董振魁等人聽呆了，等他們回過神來，已看不到盧維章叔姪二人的身影。月上西天，星子暗淡，在這無窮無盡的夜色裡，董振魁幽幽一嘆，整個人直挺挺地倒在地上。

當時年少春衫薄

這霸盤生意的慘敗對董振魁的打擊非同小可，六十多歲的老漢一頭倒在床上，天天不是閉目沉思，就是望著房頂發呆，一天也說不出兩句話。直到兩個多月之後，方才恢復一些元氣。在此期間，盧維章果然按照那天晚上的約定，用整整二十萬兩銀子買走了董家的存糧，從此一戰成名，躋身豫商大家的行列。就像歷史上的眾多大事一樣，這場發生在光緒三年的慘烈商戰很快就被人遺忘。日子一天天過去，神垕的窯工們像往常一樣上工燒窯，歷史的車輪沒有停留在光緒三年，繼續隆隆地向前行。

其實在光緒三年的秋天，盧家在霸盤生意上大獲全勝的時候，盧家鈞興堂還發生一件不大不小的事：盧豫川的第一個妻子陳家大小姐難產而死，留下的女嬰也沒熬過那個冬天，隨母親去了。盧豫川與陳家大小姐的婚事是盧維章夫婦一手包辦的，盧豫川一心在生意上，七八年平淡的婚姻生活，夫妻倆雖說不上蜜裡調油般恩愛，卻也很有感情，他萬萬沒想到會突然發生這樣的事。盧豫川難免悲痛了一陣子，盧維章夫婦也是黯然神傷，爲陳家小姐辦了一場風風光光的喪事。可這件事與董盧兩家驚心動魄的霸盤大戰相比，就顯得微不足道了。盧維章認爲這是在霸盤生意裡白白餓死的人來向盧家索命，加上盧王氏恰好又懷了身孕，他唯恐冤魂再找上門來，便在自家宅院裡建了個佛堂，日夜香火不斷地爲死難者超生祈福。說來也巧，就在陳家大小姐死後不久，陳家才十二三歲的二小姐陳司畫也得了不知名的病，整天昏昏沉沉地發著燒。陳家是禹州城的名門望族，在林場、煤場業舉足輕重，而煤、柴又是燒窯必須之物。陳家老爺陳漢章是舉人出身，終日念佛吃齋，四十多歲時才得了二小姐，生怕再出什麼閃失，情急之下竟打算送她去尼姑庵裡念佛避災。盧維章得了消息又好氣又好笑，就派人把陳司畫接到鈞興堂避災養病。或許真是佛祖顯靈，陳司畫進了盧家後病情居然有了好轉。盧王氏也喜歡這個聰明伶俐的小丫頭，就把她留在身邊，與盧家二少爺盧豫海一起念書玩耍。

盧豫海這年已經十五歲了，按照盧維章定下的規矩，盧家子孫年滿十六就算成年，白天要進場燒窯，晚上在家讀書。盧豫海機靈得很，知道逍遙快活的日子不多了，更是肆無忌憚，用各種方法調皮搗蛋，把盧家大院搞得雞犬不寧。盧王氏生怕兒子冒冒失失地有什麼閃失，便派幾個小廝跟著，不料盧豫海一見這幾個跟屁蟲就心煩，從來不給他們好臉色看，動輒一頓拳腳打罵，被打的只有忍氣吞聲。半年下來，被盧豫海趕走的小廝長隨足有五六個。盧王氏有孕在身，沒辦法親自管教，只好把家裡可用的人問了一遍，竟沒一個人敢跟著二少爺。就在這時候，陳司畫進了盧家，盧豫海頭一次有了同齡的玩伴，歡喜得不得了，整天一口一個妹妹地叫著，脾氣也收斂許多。盧王氏不禁喜出望外，特意從身邊貼身的丫頭裡選了個小丫頭，跟著陳司畫隨身伺候，這才了卻了一樁心事。

小丫頭名叫關荷，今年剛滿十四歲，是去年盧維章從禹州城裡買來的。關荷的親生爹媽早就死了，前些天收養她的養母也不幸病故，天底下再沒有一個親人了。盧王氏見她著實可憐，長得又俊俏乖巧，做事聰明伶俐，就留她做貼身婢女。關荷也著實爭氣，雖然年紀還小，伺候起盧王氏真可謂無微不至，早上洗臉漱口，晚上洗腳更衣，半夜掖蓋被子，沒疏漏過一件事。尤其是她一雙小手上的功夫了得，盧王氏身上哪裡疼了酸了，只要經她的小手一按，頓時神清氣爽，跟服了太上老君的仙丹似的。一年多下來，盧王氏竟是須臾也離不開她了。若不是牽掛著盧豫海和陳司畫，盧王氏說什麼也不捨得放關荷離開。

關荷人雖小，遇事卻很有主意，有時做出的事連大人都不及。她跟著陳司畫不久，便遇到一件要命的事。那天盧豫海帶著陳司畫去南坡的窯場玩，關荷奉盧王氏之命伺候陳司畫。既然是以婢女的身分，自然不能打擾他們的興致，就不遠不近地跟在後面。盧豫海一個十五六歲的少年，正是想在女孩子面前逞強露能的年紀。上了乾鳴山，他放著好好的大路不走，淨揀些人跡罕至的小徑走，偶爾趕出一隻野兔、松鼠之類的，惹得一旁的陳司畫一會兒驚叫，一會兒捣嘴偷笑。陳司畫自幼長在深閨大院，走路言語都有人提醒著要檢點端莊，哪裡能像今天這樣無拘無束地玩耍，一路上如脫籠的鳥兒般笑聲不斷，銀鈴似的笑聲就像團團野花，點綴在山上。盧豫海見她高興，越發起勁，遠遠看見前面山壁上有一簇殷紅綻放的小花，便道：「妹妹，我去摘了給妳。」說著，不顧壁上荆棘叢生，徒手攀援而上。關荷遠遠看見了，臉色立時雪白。那花俗名叫打破碗，是神垕乾鳴山特產的一種花，雖不顯眼，但這樣的花叢下面，都會臥著一種叫鐵線蛇的毒蛇，凡是有人動了花，鐵線蛇誤以爲有人攻擊，張嘴就是一口。被鐵線蛇咬過的人不出一炷香功夫就會半身麻痺，連碗都端不住，所以這花才有了「打破碗」的諢名。關荷在禹州民間長大，深知打破碗的厲害，但盧豫海自從懂事就在鈞興堂裡，哪會知道這個，更不用說陳司畫這樣的大家閨秀了。

關荷想上前阻攔卻已來不及了。只見盧豫海剛剛抓住那簇打破碗，就慘叫一聲，連人帶花跌在地上。陳司畫嚇得渾身亂顫，淚珠撲簌簌掉了下來，手足無措地呆立在原處。關荷跑到盧豫海身旁，顧不上什麼尊卑男女的忌諱，一把捋起他的衣袖，果然看見在他手腕處有三個蛇齧咬過的小洞。盧豫海疼得直冒汗，見關荷目光倉皇地看著傷口，心下大煩，揮手就是一巴掌，道：「小丫頭，看什麼看！」

關荷冷不防挨了一巴掌，有些吃驚地看著他，半天才道：「少爺，你幹嘛打我？」

盧豫海滿不在乎地抹了抹傷口，見不流血了，站起身道：「螞蟻咬了一口，值得妳這麼大驚小怪？小瞧本少爺！」

關荷急得大叫起來：「少爺，被蛇咬了不能走動，越動血流得越快，毒散得越快！」

盧豫海狠狠瞪了她一眼，怒道：「再敢胡說，看我不打妳！」

陳司畫被剛才的情形嚇呆了，這會兒方才回過神來，小碎步跑到他身邊，臉上還掛著淚，道：「豫海哥哥，你真的沒事嗎？」

盧豫海拍胸脯道：「沒事，讓螞蟻咬了一口，別聽那個小丫頭胡謅，光天化日下，哪裡有蛇？妳看這花……」陳司畫接過他手裡的花，小花瓣色如胭脂，紅潤玲瓏，當下破涕爲笑道：「好漂亮的花！」盧豫海心裡痛快得很，洋洋得意地回頭瞥了一眼關荷。

關荷氣得滿臉漲紅，胸口起伏，臉頰上幾個指印分外醒目。盧豫海拉著陳司畫的手道：「走，去我們家維世場瞧瞧，給妳挑個好看的……」一句話沒說完，盧豫海只覺得一條腿忽然軟了，直挺挺地摔倒在地，被蛇咬過的那隻手像是木頭般倚在地上，再不聽自己使喚。盧豫海失聲叫道：「我、我的胳膊！」

陳司畫手一抖，那簇花掉在地上，她傻傻地看著盧豫海，只知道一口一個「豫海哥哥」地叫，一點主意也沒有。關荷擦掉眼淚，蹲在盧豫海身邊，仔細看著傷口。鐵線蛇牙口極細，齧咬之後往往不會見血，毒液順著血管流遍全身，要不了一頓飯的功夫就會要人命。關荷顧不上許多，掏出隨身攜帶的小剪子，一咬牙剪開傷口的皮肉，用力擠著，一股黑色的血淌了出來。陳司畫長在深閨，連殺雞殺鵝都沒見過，哪裡見過活生生剪人皮肉的？頓時驚叫了一聲，摀著胸口軟綿綿地倒在地上。關荷手上用力，盧豫海整條胳臂都沒了知覺，一點也感覺不到疼，又驚又怕地道：「這……這……」

關荷負氣不語，把嘴湊近傷口，用力吸吮，每吸出一口黑血就吐在地上。不一會兒，吐出的血已不是黑色，變成鮮紅色了。關荷從裙子上撕下一條布，結結實實地把傷口紮了起來。盧豫海這才覺得傷口火辣辣地痛，強笑道：「妳叫關荷嗎？真想不到，妳還有這樣的功夫。」

關荷賭氣道：「給你紮好了，你再去給小姐摘花呀。」

盧豫海臉一紅，也沒計較關荷話裡帶刺，笑道：「摘是要摘的，不過，是摘給妳。」說著，奮力站起身，又朝那個山壁走去。盧豫海剛剛有了些知覺，腿還是麻的，沒走兩步又摔倒了。關荷又急又氣，連忙上去扶住他道：「你這人真是奇怪，被咬了一口還不夠嗎？」

盧豫海這下子老實了許多，乖乖地躺在關荷懷裡，兩眼禁不住直勾勾地看著她。關荷正是含苞待放的年紀，剛才這一番折騰更是讓她氣喘吁吁，渾身散發著少女特有的體香。盧豫海平時見的不是正襟危坐的大家小姐，便是低眉順眼的丫頭婢女，這種帶著些許野性的女人氣息卻從沒遇過，他的目光裡帶著幾分好奇和戲謔。鄉下女孩成熟得早，關荷雖才十四歲，卻也多少懂些男女授受不親的道理，何況眼前這個少爺毫無遮攔的眼神火辣辣的？當下臉色漲紅，便想站起身來，不料盧豫海用另一隻手一把抓住她道：「妳不答應我一件事，我就不讓妳起來！」

關荷羞急難當，只好慌亂地點頭。盧豫海道：「今天的事，不許告訴我娘！」關荷一愣，只得道：「好，我答應你。」盧豫海這才放了手。關荷扶他起來，心突突地跳著，無意間回頭看去，只見陳司畫不知何時已站了起來，死死地看著他們倆，懵懂的眼中充滿戒備和提防。盧豫海和關荷都吃了一驚，盧豫海剛想喊她，陳司畫甩了甩袖子，踉踉蹌蹌地走過來，抓著他的手道：「豫海哥哥，你還疼嗎？剛才真是嚇壞我了。」關荷趕忙鬆開手，讓陳司畫扶著盧豫海，自己退到一旁。

在兩個女孩子錯肩的那一刻，主僕二人重新回到了自己的位置。

伍

鏖戰洛陽城

光緒三年發生在神垕鎮的霸盤生意中，圓知堂董家老窯鎩羽而歸，鈞興堂盧家老號也僅是險勝，雙方都元氣大傷。第二年正月初八的窯神廟點火儀式，董振魁稱病未至，實際上是成全盧家點第一把火。鈞興堂成立十幾年，第一次得此殊榮，自然值得慶賀一番。盧家從開封府請來了戲班子，唱著全本的大戲《雷鎮海征北》，鎮上鄉紳父老來了一大票，簇擁在花廳前看戲。聚會中途，盧維章和盧豫川一前一後悄然離座，來到鈞興堂後院裡盧維章的書房。盧豫川上午從叔叔手裡接過火把，那火光到現在還在他心裡灼灼燃燒，這是盧家子孫企盼了幾百年的榮耀啊。在書房裡坐下，盧豫川的身心似乎還沉浸在那歡呼雷動的「得勁」聲裡，久久不能撫平激烈奔湧的心緒。

盧維章點上一袋煙，深深吸了兩口。他太理解這個年輕人的心氣了。他在這個年紀的時候，一心想考功名，那經世報國的心思不也是這般火熱？十幾年了，當年那個躊躇滿志的盧秀才，如今成了神垕、乃至整個豫省數一數二的大商。人世變遷來得如此突然，甚至盧維章本人靜下來的時候，都不免嗟嘆。他凝望著臉色潮紅的盧豫川，實在不忍心這麼快就把他從少年激越的幻境裡拉回現實中來。

盧豫川忽然察覺到叔叔的目光，不由得一笑道：「叔叔總教導我每臨大事有靜氣，看來我還是養氣不夠，不像叔叔這般鎮定自若。」

盧維章寬容地一笑，道：「我像你這般年紀的時候，頭一次看見鞏縣康店的康鴻猷大東家，那個澎湃的心思至今難忘！年輕人嘛，就該是這個樣子。眼下年也過完了，窯火也點起來了，接下來該幹什麼，咱們爺兒倆也該商量商量了。」

盧豫川道：「商量什麼？燒窯，做生意呀。」

「做什麼生意？」

「自然是盧家宋鈞的生意了，難道咱還能做別的？」

「你再好好想想，遇事不要急著回答，自己琢磨明白了再說。」

盧維章分明是已經有了全盤計畫，卻引而不發，意在引導盧豫川。盧豫川看著一臉慈容的叔父，心裡暖暖的。他皺著眉頭，似是在想，又像是自言自語：「別的生意？不會，豫商做生意講究『專而不濫』，鈞興堂的宋鈞生意還在起步之年，不會涉足別的生意。神垕鎮大亂之後，百廢待興，盧家在各大窯場都入了股，只要鈞瓷生意越做越大，盧家就越興旺，可叔父的意思……哦，我明白了！」

盧維章眼睛瞬間一亮，鼓勵他道：「說下去！」

「鎮上大亂剛過，各個窯場都在休養生息，要想迅速打開局面，只有自己走出去，把生意做出神垕，做到全天下去。光緒皇帝登基以來，門戶大開，各國在大清的各處通商口岸都設有洋行，洋貨不斷在國內傾銷。可有兩樣東西洋人最稀罕，一個是絲綢，一個就是瓷器！仔細算下來，除了日用的粗瓷，最掙錢的還是宋鈞，即使在去年大災的年景，僅是宋鈞一項，神垕鎮就掙了洋人差不多一百萬兩銀子！只要咱們把生意做出去，到北京、天津、上海、旅順、漢口、廣州各個通商口岸去，不愁沒銀子賺！叔叔，你說的可是這個？」

盧維章終於綻開笑容，點頭道：「這幾年你終究是歷練出來了，我在你這個年紀的時候，哪裡有這般見識！不過你只說對了一半。」

盧豫川一愣，「一半？」

「沒錯。你知道要把貨送到洋人門口，去賺洋人的錢，這已經不容易了。可你還沒發現一點，就是這洋人的錢不但好賺，而且該賺！大清國自道光以後，咸豐、同治兩朝，加上如今的光緒皇帝，每年光是在鴉片上，就有不下三千萬兩銀子流出國門！爲了鴉片，前後打了兩仗，每一仗都打不過洋人，打來打去，朝廷不但沒能把鴉片擋在國門外，反而冠冕堂皇地收起了鴉片稅款和釐金。這幾年從各個海關進口鴉片，收的稅釐就占了大清各項稅收的四成多。天下百姓不過是『士農工商』四種，當官的、扛槍的沒得指望，種田的能顧著養家餬口已是不易，還能指望他們做什麼？咱們做生意的雖然地位低，可眼下除了戰場上真刀真槍地廝殺之外，能跟洋人相抗、能打敗洋人的，只有咱們商家！我主意已定，要把鈞興堂的生意做出去，要大刀闊斧地掙洋人的銀子！」

盧豫川痴痴地望著叔叔。書房裡一片寂靜。鈞興堂前院花廳裡，戲班子還在唱著《雷鎮海征北》，扮演雷鎮海的老生扯著喉嚨唱道：

刀劈三關我這威名大，
殺得那胡兒亂如麻，
亂如麻……

一陣鋪天蓋地的「得勁」聲傳來，在靜靜的書房裡，這唱詞、這叫好聲聽得分外真切。盧豫川一下子明白了叔叔今天晚上點這齣《雷鎮海征北》的用意，真是用心良苦啊。盧維章彷彿看出了他的心思，道：「豫川，今天晚上唱的是《雷鎮海征北》，明天唱的是《穆桂英征東》，後天唱的是《樊梨花征西》，大後天是《姚剛征南》！我要用這一連四天『四大征』的大戲來給你餞行！……我今年才四十歲，如果沒有你，這南征北討的好事怕是要我親自上陣了。這些年你也到過不少地方，長了不少見識，去年跟董家老窯惡鬥一場，你的見識手段我也放心了。從今往後，我在神垕坐鎮盧家老號燒製宋鈞，你就大江南北地去跑吧，什麼時候把盧家老號的分號，開得跟西幫的票號一樣，神垕鎮宋鈞貨通天下，我就是死也瞑目了！」

光緒年間，神垕的鈞瓷生意有北上南下兩條商路，北上這條路經河南府、懷慶府、彰德府入直隸，最後到達京師和天津府；南下這條路走南陽府、汝寧府到漢口。盧維章選擇開闢商路的第一站就是洛陽。這倒是個審時度勢的做法。洛陽是河南府府治所在，北上的陸路和東去的水路都非常便利，歷來是神垕商家走北路中轉流通的第一站。洛陽城歷史悠久，好幾個朝代在此建都。到了清代雖淪落爲區區一個府治，卻也靠著水旱碼頭的交通優勢成了豫省一大商賈雲集之地。出了洛陽城東關，便是繁華的商業區，晉商的潞澤會館、山陝會館都在這裡，做綢布生意的商家多達千戶。東關外垂柳巷是洛陽有名的古玩市場，它在乾隆年間還是個小巷子，歷經嘉慶、道光、咸豐、同治四朝的經營，到光緒年間已是與京師琉璃廠、南京夫子廟和漢口居仁門等地方齊名的古玩市場了。

垂柳巷雖說是巷，但歷朝不斷擴建到現在，也跟大街差不多了，道路兩旁全是經營字畫、金石、玉器、鈞瓷的鋪子，不下百十家，所以又叫古玩一條街。道光之後，洋行買辦紛至沓來，垂柳巷的生意越發興隆。垂柳巷專營鈞瓷的店鋪有二十多家，大多是從神垕盧家老號、董家老窯進的貨，多年來兩方彼此合作倒也順利。垂柳巷最大的鈞瓷鋪子叫瓷意齋，東家李龍斌是個六十多歲的老漢，在鈞瓷界浸潤了四十多年，從一個跑街小夥計做起，一步步有了自己的店鋪，到現在已是洛陽城鈞瓷商家的龍頭老大，把持著過半的行市生意。盧豫川來到洛陽城第一個拜會的，就是李大東家。

光緒三年的霸盤生意讓盧家聲名鵲起，瓷意齋與盧家老號又是多年的老商伙，故而盧豫川剛遞了帖子進去，不一會兒功夫，瓷意齋大東家李龍斌就親自帶著馬老相公、田大相公出來，將盧豫川迎了進去。瓷意齋是個大鋪子，李龍斌領著他經過生意興隆的櫃檯、前堂走進後院，邊走邊道：「敝號早接到盧大東家的書信，說是少東家要來洛陽辦事，不想來得這麼快！老漢是垂柳巷大小鈞瓷鋪子公推的商會總董，早知道少東家今日會來，說什麼也要由商會出面，給少東家接風洗塵。」馬老相公自然也是一番寒暄。瓷意齋不比鈞興堂規模大，可怎麼說也是個大商鋪，幾個領頭的都是五六十歲年紀，如果不是看在鈞興堂盧家老號的金字招牌上，誰會對一個二十來歲的毛頭小子如此禮遇？說話間眾人已到了後院，盧豫川站定恭敬道：「李大東家，豫川今日來到寶號，一是要代叔父向洛陽城各位商伙拜個晚年，二是奉了叔父之命前來長長見識。豫川久居鄉野，對生意上的事知之甚少，今日看瓷意齋生意這等興隆，真是大開眼界！李大東家與我叔父相交多年，也是豫川的長輩，還望大東家不吝賜教，多多指點豫川！」

這番話說得李龍斌心情大悅，客氣道，「少東家莫要自謙，去年糧食霸盤生意，若不是少東家親自南下買糧，盧家哪裡會把董家打得無還手之力？這件事在豫省商幫中早已傳爲美談了。自古英雄出少年，想當年盧大東家也是在你這個年紀白手起家，創鈞興堂盧家老號，不過十幾年功夫居然就能與圓知堂董家老窯分庭抗禮，盧家可謂代代有少年英才出啊！我們做瓷器生意的也跟著沾了不少光。」李龍斌說著，拉著盧豫川的手往回走，笑道，「既然少東家想瞧瞧瓷意齋怎麼做生意的，老漢就領少東家四處看看。」馬老相公略微皺眉，似乎想到了什麼，卻不便壞了李龍斌炫耀一番的興致，只好跟著他們重新回到前堂的櫃檯處。

瓷意齋大門臨街，出門就是熙熙攘攘的垂柳巷。上午時分，瓷意齋裡一派熱鬧。櫃檯旁穿著同一樣式號坎的夥計們忙忙碌碌，有的在招呼客人看貨，有的在跟客人討價還價，鋪裡井然有序。櫃檯一側，田大相公正在跟一個洋人談生意。洋人金髮碧眼，鼻梁隆起，戴著金絲邊眼鏡，穿的卻跟尋常商賈一個模樣，一口流利的中國話道：「不行不行，這樣的價錢我不能同意。」

田大相公一臉謙恭，說出的話卻如鐵打的一樣：「亨利先生，您也是老洛陽了，什麼行情不懂？就這套瓷盤，大小三十六件，全是神垕鎮盧家老號的正品，絕無虛假！若不是去年全省大旱，盧家急著出貨換銀子，我們瓷意齋也拿不到八千兩銀子一套！」

盧豫川微微一愣，這套瓷盤賣給瓷意齋的實價不過七千兩，鈞興堂的毛利還不到兩成，田大相公張口就是八千兩銀子，這又是多少毛利？

亨利果然搖頭道：「可我剛從另一家鋪子過來，他們開出的價錢是七千六百兩。」

田大相公笑道：「您要是圖便宜，就去別家買吧，咱們瓷意齋沒有次品。」

亨利臉紅道：「你怎麼知道別人家一定是次品？」

「正品的價買了次品，是您手段不夠高；次品的價賣出了正品，那是我們瞎了眼！亨利先生，您要是真想買個次品回去，也成，貴國懂宋鈞的人多了，丟人現眼我們可不負責。」

亨利動了氣，起身欲走，田大相公笑意盈盈地看著他，絲毫沒有挽留的意思，反而叫道：「牛二，給亨利先生叫輛車，車錢算咱們的！」一個小夥計應聲出去了。盧豫川一驚，不解地看著李龍斌。李龍斌胸有成竹地衝他一笑，示意他繼續看下去。亨利走到大門口，又站住腳，嘴裡嘟嘟囔囔不知在講些什麼，又回頭直奔櫃檯，愛不釋手地把玩著那套瓷盤。田大相公依舊是笑臉相迎。亨利看了半天，終於掏出銀票。田大相公接過銀票，朝帳房高聲喊道：「英吉利國亨利先生賞生意了，瓷盤一套三十六件，白銀八千兩！帳房記下嘍！」

櫃檯、帳房各處的夥計們齊聲喊道：「謝亨利先生，得勁嘍！」

亨利終於露出一臉喜色，大步走出鋪子，兩個夥計抱著裝箱的瓷盤尾隨而出。盧豫川看呆了，拊掌大笑道：「好手段！好手段！李大東家怎麼看出那個洋人一定會買？」

李龍斌笑道：「少東家是行家，那套瓷盤本來值七千兩，隔壁那些鋪子裡同樣的宋鈞能砍到七千三百兩，我們瓷意齋要價八千五百兩，落到最後是八千兩的整數。亨利不是傻子，他早就探明了價，為什麼還甘願多出這幾百兩銀子？不為別的，一來是盧家老號的名氣，二來是咱捏準了他的心思。不瞞少東家，這個亨利剛到洛陽城，咱們鋪子裡就有人盯上了。他每天幹什麼，去哪裡吃飯，在哪裡喝茶，喜歡什麼，性情如何，認識哪些人，黑白兩道有沒有朋友，待幾天走，帶了多少銀子來，林林總總鉅細靡遺，咱們田大相公心裡一清二楚！做生意，尤其是宋鈞這樣的生意，成十個小生意不如做一件大生意。大生意都跟誰做？一個是朝廷，一個是洋人，這些人都不把錢當錢的！」

李龍斌這些話，盧豫川一字不落地全都刻在腦子裡，他嘖嘖稱讚著。馬老相公一直跟在他們身邊，心裡的疑惑越來越重，他不放心地看著盧豫川，終於道：「少東家，還是到後院歇息一下吧，櫃檯邊就這麼點事，沒什麼好看的。」說著，給李龍斌使了個眼色。正在興頭上的李龍斌被這個眼色打斷了話頭，立刻明白了，倏地起身道：「正是正是，少東家一路上風塵僕僕，卻在前堂坐著，這豈是咱豫商的待客之道？」

盧豫川微微一笑，跟著李龍斌走向後院。眾人在客廳落坐後，盧豫川興致勃勃地還想再聊聊經商迎客之道，但李龍斌顧左右而言他，基本上是不願多說了，只肯說些閒話。這樣的聊天味同嚼蠟，眾人都如坐針氈，唯獨盧豫川依舊談笑風生，「這次豫川來洛陽，除了開開眼，長長學問，還有幾句話想跟李大東家說。」

李龍斌有些不耐煩道：「好好好，今晚在醉春樓給盧少東家接風，到時候還望賞臉光臨。」

盧豫川卻自顧自地道：「豫川初來乍到，很多事都懵懵懂懂，有件事實在不解，還望李大東家指點！」

李龍斌看著馬老相公道：「盧少東家住的地方安頓好了嗎？下午帶他到龍門、關林各處走走看看。都是多年的老商伙了，這點地主之誼還是要有的。」說著，李龍斌站起來，一副送客的架勢道：「唉，老漢年紀大了，多少有些難言之疾，就不陪盧少東家四處轉了。」

盧豫川不得不站起來道：「謝李大東家，豫川剛才說的，大東家可能沒留意，但這幾句話在豫川看來，還真是非說不可。」

李龍斌沒想到他居然如此執著，臉色驀地一變，但他想了想還是道：「少東家真是年輕，好盛的氣勢！人都講老不欺少，看來老漢還真是非聽不可。」李龍斌滿臉冰霜地站著，並沒有重新落坐，客廳裡的人也只好都不安地站著。盧豫川絲毫不以爲意，笑道：「豫川豈敢造次？實不相瞞，豫川到洛陽已經整整十天了，十天來豫川走遍洛陽城，垂柳巷也來了不止一回。瓷意齋不愧是城中鈞瓷商鋪執牛耳者，剛才我親眼目睹櫃上的手段，真是勝讀十年書。不過豫川也有一個擔憂，想請教李大東家。」

李龍斌鼻子裡哼了一聲，算是回答。盧豫川坦然道：「垂柳巷經營玉石、古玩、金石、字畫和鈞瓷的商家有一百多個，專營宋鈞和粗瓷的有二三十家。不知李大東家注意過沒有，這些鋪子裡，有多少是咱們河南人開的？多少是山西人開的？沒錯，山西人喜歡茶葉、絲綢、布料生意，做宋鈞和粗瓷生意的是少數，但大東家別忘了，如今就利潤而言，哪個生意最賺錢？我問過街上的老人，十年前做宋鈞、粗瓷生意的差不多全是豫商，到了今日，晉商、徽商都有涉足，瓷意齋在洛陽城最大的對手博鈞堂、治鈞齋就是山西人開的！照理說我們盧家老號只管製瓷，怎麼賣不關我們的事，賣給豫商是賣，賣給晉商、徽商也是賣，我們盧家穩穩當當賺銀子就是，管什麼店鋪買賣呢？但盧家與眾位豫商大東家都是多年的老商伙了，當年盧家的宋鈞剛燒出來，就是靠著眾位商伙幫忙抬到了天上，如今也不能隔岸觀火，看著洛陽城的鈞瓷生意被別的商幫把持。」

李龍斌陡然鐵青了臉，乾脆坐下來，話裡藏鋒道：「原來豫川少東家是來救咱們的！」

盧豫川臉色微紅，忙道：「李大東家言重了！豫川這次來，是想跟諸位洛陽城鈞瓷店鋪的大東家們商量一件事，規範整個宋鈞和粗瓷的生意，讓那些競相壓價討好洋人的店鋪做不下去，讓正經的店鋪生意越發興盛起來！李大東家是洛陽城鈞瓷商會的總董，還望鼎力相助！」

李龍斌默默思忖道：「相助？怎麼個助法？」

盧豫川道：「規範生意的規矩不是一家兩家的事，鈞興堂盧家老號要在洛陽城設立分號，專銷盧家宋鈞。不但在洛陽城，將來在京師、天津、漢口都要設立分號，把生意做到全天下去！鈞興堂洛陽分號剛剛成立，在這件事上一切唯瓷意齋馬首是瞻！」

李龍斌和馬老相公交換了一個眼色，冷笑道：「老漢我總算聽明白了，盧家今天來人不是想拜什麼晚年，長什麼見識，豫川少東家是想自己做鈞瓷生意，跟瓷意齋分庭抗禮吧？老相公，把前天董克溫董少東家的章程拿來，給盧少東家過目吧。」

馬老相公黑著臉，從懷裡掏出一份書信，遞給盧豫川。紙上字跡龍飛鳳舞，寫得洋洋灑灑，言詞間頗為恭敬，主題卻只有一個，就是圓知堂董家老窯要在洛陽城開設分號，邀請各大鈞瓷店鋪參加由圓知堂洛陽分號領銜的鈞瓷商會，共同議價，同進同退，當然，作為報答，董家老窯所產的瓷器一律降價一成供應各大商家。落款是「神垕董克溫」五個字。

降價一成！盧豫川頓時汗流浹背，董克溫這一手來得實在突然，實在可怕。沒想到自己一番苦心籌畫，居然給他搶了先。盧豫川一時不知該如何回答李龍斌，只好默默站起來，將書信還給馬老相公，一語不發地轉身離開了。在他背後，一陣輕笑響了起來，李龍斌的聲音飄入耳中：「盧少東家，今後還望盧家不要再提什麼合作建商會的事了，瓷意齋雖不大，但也不怕什麼董家老窯和盧家老號的洛陽分號！生意好壞自在人爲，若是來日商場上遇見，莫怪老漢手不留情！」

盧豫川心下大亂，眼前這個局面他多少料到了些，卻沒想到李龍斌對鈞興堂涉足鈞瓷生意這麼反感，這麼寸步不讓，而且又突然殺出個董克溫。離開神垕時躊躇滿志，以爲一定可以旗開得勝的自己，現在看起來竟像是孩童般可笑。他出了垂柳巷，進入洛陽城，在居住的客棧裡坐下，要了一壺酒，心事雜亂地喝了起來，左思右想，一點眉目都沒有。這樣待下去也做不出什麼大事，可就這麼回去無異於打自己耳光。叔父以「四大征」的大戲給自己餞行，不料還沒走出河南就打了敗仗，還奢望談什麼南征北討，跟洋人相抗？

一壺酒轉眼間全灌進了肚子，盧豫川有了些醉意。剛想再要一壺，卻冷不防見一個人在他面前坐下，城府極深的臉上看不出一點波瀾，目光中卻帶著幾分惋惜和關切。

「叔叔！」盧豫川驚叫起來。

盧維章淡淡一笑道：「喝夠了嗎？喝夠了咱爺兒倆說說話吧。」

客房裡，盧維章仔細詢問了盧豫川和李龍斌談話的每一個細節。最後，他意味深長地看了眼盧豫川，半是嘆息半是責備道：「豫川，你這番話不但沒打動李龍斌，反倒把他推到董家那邊了！」

盧豫川一身冷汗，忙道：「那、那該如何補救？」

盧維章不無落寞地搖搖頭，起身走到窗邊，看著繁華的洛陽城，一語不發，良久才道：「豫川，你錯就錯在態度不正，態度不正源於心術不正！看來我的意思你還沒有真正領會啊。我們盧家在洛陽開分號，難道是同瓷意齋爭奪生意嗎？你的一番話，只會讓李龍斌覺得大兵壓境，對你深懷敵意。你的心裡，怕是抱著吞併垂柳巷所有商家、自己一家獨大的心思吧？臨行前我再三告誡你，我們盧家是看準了鈞瓷生意遠非目前的規模，這才在天下廣設分號，和眾商家一起把盤子做大，把生意做大！李龍斌在商海裡打滾幾十年了，是何等人物，是何等老辣，你這點見解除了惹人恥笑，還能有別的後果嗎？」

盧豫川羞愧難當，深深低下頭去，喃喃道：「姪兒辜負叔叔的期許了！」

盧維章黯然回頭，剛才一番話，對這個初出茅廬的年輕人而言或許太重了，可玉不琢不成器，但願他心裡能明白自己這番苦心。盧維章嘆道：「也罷，如果不出我所料，董家老窯的分號這幾天就要開張了，你且下去歇息吧，我要好好想一想，如何挽回當前的局面……」

真正的大商

果然不出盧維章所料，沒過十天，董家老窯洛陽分號敲鑼打鼓地開張了，董克溫親自主持洛陽分號的生意，給各大鈞瓷商鋪送了請帖。這請帖送到各家時，無論是大東家、老相公還是普通夥計，都是悚然一驚。原來這請帖非比尋常，竟是用純金打造的，一張四四方方的請帖差不多有半斤重，這樣闊綽，除了董家老窯還有哪一家？從這塊金磚似的請帖上，足以看出董克溫對洛陽鈞瓷生意是志在必得。到了董家老窯洛陽分號掛牌的那天，差不多全部鈞瓷鋪子的大東家都懷著一顆惴惴不安的心，來到洛陽城最大的酒店——醉春樓。

在酒宴上，董克溫又提出了他的計畫，這一次卻是回應者眾。各個商家對董家的野心洞若觀火，與其硬著頭皮撐下去，倒不如接受董家的條件，何況人家已經主動降價一成，還有什麼比這更實惠的？不過面對這突如其來的勝利，董克溫也有些不安，因爲洛陽城裡最大的鈞瓷商鋪瓷意齋並未來人，只派了個管家說大東家李龍斌臥病不起，把純金的請帖原封不動送了回來，說是東西太重，恐承受不起！這分明是巧言婉拒的意思了。董克溫深知瓷意齋把持著近半的行市，如果拿不下瓷意齋，就是把今天這些小商鋪全都招安了，又有何用？更讓他顧慮重重的是，盧維章和盧豫川叔姪二人眼下都在洛陽，他們當然不會對自己的計畫袖手旁觀，一旦讓他們反攻得手，自己的全盤計畫立刻就會落空。

在董克溫苦思惡想如何攻下瓷意齋的同時，盧維章獨自一人，青衣小帽地來到瓷意齋。幾天的籌畫謀略，盧維章已是胸有成竹。天色剛剛大亮，客人還不多。他一走進瓷意齋，就有夥計上前殷勤道：「這位大爺，您瞧點什麼？咱們瓷意齋有傳世宋鈞，有今人仿造的宋鈞，要什麼瓷器有什麼瓷器，只要您開口！」

盧維章噗嗤一笑道：「我要禹王九鼎，你們有嗎？」

夥計傻了眼，「那、那是朝廷的寶器，咱們老百姓家誰敢藏那個？」

盧維章又笑道：「鈞、汝、官、定、哥五大名窯，加上江西景德鎮，你這麼個小鋪子怎麼敢說要什麼瓷器有什麼瓷器？你知道什麼是瓷器嗎？小心大話說多了閃到舌頭。」

夥計臉色一黑，知道今天遇見的不是個簡單角色，一邊回頭朝後面使眼色，一邊皮笑肉不笑地道：「這位大爺怕不是來買東西的，而是來攪局的吧？」

盧維章自己找了把椅子坐下。十幾個夥計警覺地看著他，大有一擁而上的架勢。盧維章不慌不忙道：「也罷，今天就給你們講講什麼是鈞瓷……」

李龍斌得到前面傳來的消息，說是有人上門來砸招牌尋釁，立刻從床上爬起來。這幾天他對外宣稱臥病不起，其實是在琢磨對策。眼下董家和盧家在洛陽已經交上了手，高手過招，難免殃及池魚，如何避過這場大戰，或者說如何在這場大戰中獲利，讓李龍斌苦思良久，卻依然毫無頭緒。李龍斌聞訊匆匆趕到前堂，卻見所有的夥計圍成一圈，畢恭畢敬地聽一個人講話，便猜出來人是誰了，不禁微笑起來。但聞那人侃侃而談道：「宋鈞以窯變爲魂，既不同隋唐瓷器之鮮豔，也不同明清瓷器之俗麗。今人的瓷器，大多是描梅畫竹，雕龍刻鳳，燒出來栩栩如生，鬚髮俱現。可咱們宋鈞呢？卻有無窮的韻味，你說它像龍也好，像虎也好，像西天的彩霞也好，像黃河的流水也好，說什麼像什麼，這就是瓷韻的由來。」

剛才那個夥計心服口服地端茶過去，大膽道：「今人的宋鈞，與傳世宋鈞相比，有哪些不及之處呢？」

盧維章大大方方地啜了口茶，道：「這話問得好！一朝一代有一朝一代的風水、氣度、人心和趣味。同是一盤炒豆芽，家家都能做，可大戶人家的做法跟百姓人家的做法不同，江南的做法跟中原的做法又不同……」

李龍斌不敢再讓夥計們糾纏下去，咳了一聲道：「是盧大東家嗎？」夥計們見大東家來了，一個個退到一旁。盧維章含笑起身道：「今天話說多了，在瓷意齋講鈞瓷，可不是班門弄斧嗎？告辭告辭。」

李龍斌深知盧維章此來大有文章，哪裡肯讓他走，上前一把拉住他的衣袖，連拉帶扯地進了後院的客廳。夥計們得知剛才說話的居然是鈞興堂盧家老號的大東家盧維章，一個個張口結舌，好半天沒回過神來。盧維章在神垕燒出了今人第一件宋鈞，轟動了整個大清國，連朝廷燒造禹王九鼎的重任都派到了他家，那可是貨真價實的皇差！去年又在糧食霸盤生意裡大敗董家圓知堂，在豫省商幫誰不知道神垕盧維章的名號？久而久之，在眾口相傳下，盧維章彷彿成了個無所不能的商賈鉅子，誰又想得到會是眼前這個絲毫不起眼的中年漢子呢？直到田大相公出來吆喝了，夥計們才回到各自的櫃檯邊招呼客人，兀自嘖嘖讚嘆著。

李龍斌和盧維章在客廳落坐，兩人雖說年紀差了二十多歲，卻是忘年之交。盧維章也不隱瞞，開門見山就道明來意。李龍斌越聽越奇，到最後忍不住道：「盧大東家，你莫不是開玩笑吧？」

盧維章正色道：「有拿生意開玩笑的嗎？」

李龍斌難以置信道：「你把鈞興堂洛陽分號開在瓷意齋，從此進貨都走出窯的價錢，這、這真是……」

「太不可思議了，是嗎？不過盧某的話還沒說完呢。坦白說，盧某此舉實在是逼不得已。董家已與十幾家鈞瓷鋪子簽了契約，從此專銷董家鈞瓷。若各大鋪子都到董家那邊去了，盧家今後吃什麼？這是盧家的難處，毋須對李大東家隱瞞，也瞞不過李大東家的法眼。不過，若不同盧家聯手，瓷意齋今後的日子恐怕也不好過，耗子鑽風箱，兩頭受氣啊。所以你我兩家聯手，與其說是水到渠成，不如說是勢在必行。」

「盧大東家高抬瓷意齋了。不知大東家的意思，這紅利要怎麼分呢？」

「二一添作五，就地分帳，有利對半分！不過有一個條件，瓷意齋的招牌還能再掛十年，十年之後，瓷意齋就只能掛鈞興堂洛陽分號的招牌了。但李家依然是分號的大股東，李家子孫年年按股分紅！」

「成交！」李龍斌爽快地站了起來，對一旁聽得目瞪口呆的馬老相公道，「還愣著幹什麼，筆墨伺候！」馬老相公這才明白過來，喜不自勝地奪門而出，五十多歲的人跑得跟個孩子似的。

這場談判出乎意料地順利，連盧維章也想不到李龍斌會如此爽快地答應了所有條件。毫無疑問，盧維章抓住了李龍斌的弱點。一是瓷意齋在董盧兩家的大戰中進退維谷，正處於兩難境地，稍有不慎就可能徹底崩盤。二來盧家的條件遠遠超過董家，按出窯價進貨，等於是把成本降到了最低，窯場跟鋪子五五分利更是聞所未聞，這是何等的大手筆、大氣魄！三來經過盧維章幾天的明察暗訪，已經探知李龍斌平生最大憾事，就是兩個兒子一個比一個不爭氣，都是吃喝嫖賭樣樣精通的敗家子，李龍斌操勞大半輩子才積累下這點產業，一想到身後事就愁眉不展。盧維章將鈞興堂洛陽分號開在瓷意齋，從此李家子孫有了鐵莊稼，只要鈞興堂不敗，李家人就能年年坐享分紅，再沒有「富不過三代」的擔憂，這才是最終打動李龍斌的殺手鐧。不過盧維章也沒有吃虧，從此鈞興堂一家把持了洛陽近半的鈞瓷生意，不用鈞興堂出一兵一卒，瓷意齋上至老相公、大相公，下至跑街迎客的夥計，都成了盧維章旗下的幹將！十年之後更是白白得了一個大商鋪，這樣的生意真是合算到家了。

盧家老號和瓷意齋合股建鈞興堂分號的事，不出半天就傳遍了垂柳巷。剛剛與董克溫簽約的商鋪無不大驚失色，一旦這兩家聯手，從燒製到銷售真正成了一條龍，成本降低了三成還多，遠遠比董家老窯降價一成來得痛快！瓷意齋本來就是洛陽鈞瓷生意的翹楚，再加上盧家老號的鼎力扶持，今後還怎麼做生意？於是各個商鋪的東家們緊急湊到一起，經過商議，集體給董克溫提出了兩個條件：要不就是董克溫按照盧維章的條件辦，要不各個商鋪情願賠錢毀約，從此不相往來。董克溫實在想不到，不過幾天，局面竟有了如此劇烈的逆轉。若是隨之起舞，也降價三成，這些小鋪子在銷量上怎能跟瓷意齋相提並論？出得越多賠得越多。若是同意他們毀約，這些天不就都白忙了？董克溫遭此大變，多年的肺病又發作了，一天咳好幾次血，最後他一咬牙道：「成！咱也跟著降！」

盧維章知道董克溫的對策後一笑置之。他已經明白了，在這次大戰裡，盧家無疑又占了上風，董家的亡羊補牢已經太晚。那些中小鋪子出貨量有限，即便是把價錢降下來，又能吸引多少買主？鈞瓷生意跟別的生意不同，肯花一萬兩銀子買鈞瓷的，誰還在乎那幾千兩的差價？到頭來還是瓷意齋，不，是鈞興堂洛陽分號的生意興隆。在李龍斌等人的精心運籌下，一切事宜都有條不紊地進行著。到了光緒四年三月初三，正是民間俗稱「龍抬頭」的吉日，鈞興堂洛陽分號的招牌正式掛上了門楣，洛陽城萬人空巷，都來垂柳巷裡看熱鬧了。

李龍斌換了身新袍子，外罩棕紅色的馬褂，一綹鬍鬚在頦下飄著。他親自趕到盧維章和盧豫川下榻的客棧，將盧維章迎了出來。盧豫川這幾天待在客房裡獨飲苦酒，對叔叔運籌帷幄的手段佩服得五體投地，年輕人的銳氣收斂了許多，此刻跟在盧維章身後，更不敢輕舉妄動。李龍斌遙遙看見盧維章，立刻道：「來人，給盧大東家戴花，把馬牽過來，我親自給大東家牽馬！」

戴花騎馬是豫商待人的最高禮遇。盧維章趕忙推辭道：「李大東家見外了，今天雖是鈞興堂分號開業，其實也只是掛了個名，誰不知道這還是瓷意齋的生意？這萬萬不可！」馬老相公早把花戴在盧維章胸前，又要扶他上馬。李龍斌笑道，「老漢思前想後，如今董家老窯的分號已經開張了。區區一個瓷意齋，在名號上就輸給了董家！老漢昨天在祠堂裡拜過李家祖先牌位，從今日起，原洛陽城瓷意齋相公夥計全體入伙鈞興堂洛陽分號，再沒有什麼瓷意齋了，只掛鈞興堂洛陽分號這一個牌子！這事我決定得倉卒了些，事先沒跟盧大東家商議，還望盧大東家不要怪罪。」說完，他不待盧維章說話，回頭高聲道，「夥計們，換新號坎！」

李龍斌帶了十幾個瓷意齋的夥計來，聽他發話，一個個解開衣扣，把外面罩著的瓷意齋老號坎脫下，露出裡面清一色大紅的「鈞興堂」號坎。盧維章心裡一動，被馬老相公扶上了馬，李龍斌笑呵呵地牽著韁繩走在前面。盧豫川跟在馬後，與馬老相公並肩而行，心裡又是激動又是慚愧，好端端的生意給他辦成那樣個殘局，叔叔一番作爲又生生地做成了眼下這個全勝之勢！真可謂翻手爲雲，覆手爲雨，偌大的洛陽鈞瓷市場竟給他玩弄於股掌之間。一時間耳畔的鼓樂齊鳴、鞭炮震天都聽不見了，盧豫川恍惚地跟著眾人蜿蜒前行。酒席也在醉春樓，雖說沒有純金請帖的氣派，但鈞興堂洛陽分號的開張喜宴一點也不輸給董家老窯。這頓飯自然是無人不歡，盡興而歸。

洛陽分號開張之後不到三日，盧維章就把生意全權委託給李龍斌等人，自己悄悄帶著盧豫川踏上回神垕的路。盧豫川一路上魂不守舍，整日默不作聲。盧維章心知肚明，卻也沒有說破，只是催著馬車趕路。等一行人出了河南府，到開封府滎陽縣，盧維章才讓馬車停下來打尖歇息。滎陽縣是官道要衝之地，從此往北一路平坦直達京師，往東一百多里就是省治開封府。盧維章領著盧豫川走進一個驛站旁的茶館，要了一壺茶。叔姪二人落坐，茶桌擺在室外，頭上是涼棚。時值農曆三月，天氣乍暖還寒，坐在戶外還有些寒意，一壺茶不久就涼了。盧豫川有些呆滯地看著沉澱在茶杯底部的茶葉，一句話都沒說。

盧維章和盧豫川對坐良久，都不發一言。不知過了多久，盧維章忽然道：「三月天，小孩臉，說變就變。你這次去開封，衣服不能脫得太快，等春天到了，天氣暖和了，我就去開封看你。」

盧豫川臉色陡然一變，脫口而出道：「叔叔要我去開封府？」

盧維章笑起來，打趣道：「一路上憋著不說話，一聽要去開封，精神就來了？」

盧豫川有些不好意思，忙給盧維章倒了杯茶，見是涼的，便回頭道：「店家，快上些熱的來。」盧維章攔住他，道：「不必，我們就要走了。你我叔姪二人在此話別吧，我回我的神垕，你去你的開封。」

盧豫川終於確信無疑了，臉色通紅道：「叔父還信得過我嗎？」

「這是哪裡的話，盧家生意遲早要交到你手裡。這份家業是你爹掙下來的，我不過是替你看管幾年，等你真正成了一代豫商的偉器，叔叔我就歸隱山泉，過閒散日子去。……你這次去開封，主要辦兩件事：一是把鈞興堂的汴號建起來，打通往運河的商路，這條商路一通，山東、江蘇、浙江的局面就打開了，那裡是洋行買辦聚集之地，對盧家來說意義非同小可，這是頭等大事。你去年南下買糧走的就是這條路，問題應該不大。第二個就是疏通與河南官場的關係。咱們豫商與晉商、徽商不同，晉商鄙薄官場，徽商熱衷官場，這就像是一個擔子的兩頭，走在兩頭都不好，進退周旋的餘地不大，走不好就一腳跌下去了。豫商的古訓是不即不離，換句話說是若即若離。我思索了好幾年，尤其是朝廷如今把重造禹王九鼎的重任交給了神垕，交給了盧家和董家……這些年我一直在琢磨，來洛陽的路上我又翻看老祖宗傳下來的《陶朱公經商十八法・補遺篇》，裡面有句話讓我印象深刻。老祖宗盧本定公說：官之所求，商無所退。這句話我以前就讀過，一直不得要領，直到真正跟官場打交道了，才明白其中的深意。豫川，你講講看，這句話是什麼意思？」

「字面來看，就是官場要咱們做什麼，咱們不能推卻。是這個意思嗎？」

「不能推卻之後的事，你看到了嗎？」見盧豫川茫然搖頭，盧維章笑道，「打個比方吧。一個原本很有錢的人破落成了乞丐，來到一個大戶人家要飯，大戶便施給他一碗飯，不料第二天那乞丐又來，大戶該如何？」

「攆得遠遠的！」

「這是晉商。」

盧豫川有些明白了，順勢說道：「悄悄觀察乞丐，若是真有東山再起的希望，就傾力扶持，以圖共榮……」

盧維章讚許地一笑，「這是徽商。」

盧豫川噗嗤一笑道：「那咱們豫商呢？」

「這正是我要跟你說的。如今朝廷國庫空虛，又是割地又是賠款，開銷巨大，去哪裡弄銀子呢？就跟這乞丐一樣，四處要錢。我們豫商結交官場，不能像晉商那樣不屑，也不能像徽商那樣孤注一擲。官之所求，商無所退，給他便給了，也可以把他當作靠山，但萬萬不可將寶壓在官場上。官場變幻無常，昔日座上客，今朝階下囚，除了自己，誰也保不住你的生意！就跟茶館一樣，人走茶就涼，今天你我叔姪二人在這裡指點商場官場，誰又知道十幾年前咱們盧家破敗的模樣？開封府是省治所在，官場深不可測，你此行去結交官場中人，只要不傷筋動骨，朝廷開口要什麼咱就給什麼，銀子花在這地方不吃虧。但你要記住，把官場當靠山可以，當飯碗可不成！真正的大商，把朝廷、官府玩弄於股掌之間，把自己的生意、心思變成官府的一紙公文發出去，這才是大商的手段，大商的氣魄。本朝開國初年金人瑞先生有云：『人無正者，皆因餌不足也。』你要明白，只要開出的價碼夠高，沒有不動心的生意人，也沒有不動心的官僚！這是把劍，操在自己手裡可以所向披靡，操在別人手裡可就岌岌可危了。」

盧豫川重重點頭，嘆道：「所謂不即不離就是若即若離，豫商古訓裡就有『留有餘，不盡之祿以還朝廷』……叔叔放心，我此去一定把叔叔交代的兩件事辦好。」

「我已經派了總號的苗文鄉大相公去開封，他是老商家了，經驗豐富，手段老辣。你拿不定主意的時候，多向他請教。」

「姪兒明白。」

盧維章看著他，千萬道思緒湧上心頭。這番諄諄教誨，這般苦心安排，除了對至親骨肉，誰還能做得出來？盧維章站起身，他實在找不到更多的話來叮囑盧豫川了，洛陽城初戰即敗，應該讓這個年輕人成熟起來了。他看著不遠處的兩輛馬車，一個朝南一個朝東，已經站在不同的官道口上。盧維章久久看著盧豫川，說出來的卻只有簡短兩個字：「走吧。」

陸

官之所求，商無所退

盧維章前腳剛回到神垕，禹州知州曹利成後腳就來了。曹利成與盧維章年紀相仿，是湖南嶽州府人氏，同治年間的進士。剛開始在翰林院做了幾年從六品的修撰，苦熬了快十年才升到從五品的翰林院侍講。直到他的恩師李鴻藻平步青雲，做了吏部尚書、太子少保，他才熬出了頭，平級外放到地方做官。李鴻藻在同治、光緒年間是赫赫有名的清流派主將，與同樣有名望的直隸總督李鴻章雖名字僅差一字，政見卻彼此不合。一個老成守舊，一個傾心洋務，不可開交地鬥了幾十年。慈禧太后當年給年幼的同治皇帝載淳選老師，在滿朝學富五車的大臣裡，獨獨看中李鴻藻一人。李鴻藻憑著天子之師的身分，在朝廷中占有舉足輕重的地位，公認是慈禧太后的一大心腹智囊，也是慈禧太后箝制洋務派的重要棋子。曹利成是李鴻藻的門生故吏，雖說不在京師爲官，但一言一行都事先請示過老師後才敢付諸實施。前些年光緒皇帝繼位，朝廷明詔河南巡撫馬千山督造禹王九鼎。馬千山剛接到明詔，吏部的公函就到了，點名要禹州知州曹利成全權督辦此事。馬千山是工部尚書翁同龢的門生，而翁同龢是光緒皇帝的老師，有名的帝黨幹將，與慈禧太后一黨勢同水火。眼下光緒皇帝還小，帝黨和后黨的爭鬥尚未走到檯面上，但馬千山從吏部這道公函上，已隱約嗅到了兩黨較量的味道。

剛接到這個差事的時候，曹利成如同捧了塊燙手山芋，感到前所未有的壓力。禹王九鼎是皇室神器，象徵著華夏九州，如今光緒皇帝還是個孩子，朝廷這麼急著要重製九鼎，多少牽涉到皇室內部的一些瓜葛。俗話說伴君如伴虎，接了這份差事，稍有不慎誤解了聖意，別說是革官削職，就是掉腦袋都有可能。曹利成把自己憋在屋裡整整一天，依舊想不出什麼兩全之策，只好寫了一封密信，派人火速送往京師李鴻藻處。

三五天後，恩師回了信，信上只有寥寥數語，說當今朝廷是太后垂簾聽政，十五年後光緒皇帝成人，太后就要還政給皇帝了，你我師徒自當報效朝廷，不負太后、皇帝聖恩云云。曹利成看了書信，覺得恩師答非所問。自己爲了禹王九鼎的事急得如同熱鍋上的螞蟻，恩師卻講了一番不著邊際的大道理，這有何用？曹利成有些不相信地翻來覆去看著書信，良久之後終於豁然開朗。恩師原來是用了春秋筆法，應對之策隱藏在字裡行間。第二天一大早，曹利成就來到了神垕鎮，召集所有窯場的東家，當眾宣布了朝廷重製禹王九鼎的詔令。神垕鎮能燒宋鈞的只有董家老窯和盧家老號，這道詔令說白了就是發給這兩家的。曹利成豈會不知？一番公議之後，曹利成將禹王九鼎重製的擔子分攤給董盧兩家，董家負責燒製冀州、兗州、青州、徐州四鼎，盧家負責燒製揚州、荊州、梁州、雍州四鼎，九鼎中最爲重要、象徵天下之中的中原豫州鼎，則由兩家分別燒製，擇優而取。曹利成說得明白，每燒成一鼎，朝廷便補貼白銀兩萬兩，限期五年，務必完成。曹利成辦完了這些事，神清氣爽地回到禹州城，提筆給李鴻藻寫信報功。曹利成看得真切，恩師的意思分明是讓他趕在光緒皇帝親政前把九鼎重製出來，象徵著慈禧太后垂簾聽政上應天命，不然從同治年間就開始重造禹王九鼎了，爲何偏偏在慈禧太后垂簾聽政的時候造出來？天下太平、朝廷清明才有祥瑞出現，后黨藉著禹王九鼎的盛名打壓帝黨的心思，從此可見一斑。

曹利成已是神垕鎮的常客了。神垕鎮本就是禹州的轄區，自從全權監督禹王九鼎重製以來，每個月曹利成都要來鎮上走走，到董家圓知堂和盧家鈞興堂坐坐，詢問工程進度。一晃三年過去，加上去年全省大旱，曹利成忙完了賑災放糧的事後，已是光緒四年的春天。禹王九鼎一直是他心中的一塊巨石，曹利成剛剛鬆了口氣，就馬不停蹄地趕到神垕。誰料曹利成興高采烈而來，迎接他的卻是劈頭蓋臉的一瓢冷水。明年五年期限就到了，董家只燒出冀州鼎，盧家也僅燒出揚州鼎，其他的七隻鼎居然都是屢燒不成，至今連個眉目都沒有！

曹利成沉默良久，咬著細細的牙齒冷笑道：「朝廷既有銀子也有嚴命，之前每家四萬兩銀子的補貼都發下來了，若是按期完工，朝廷的銀子自然還會繼續發，可一旦誤了工期，朝廷下來的可不是銀子，而是亮晃晃的一把大刀！」

董振魁近年來甚少露面，凡事都讓大少爺董克溫代勞。前幾天董克溫在洛陽心力交瘁舊病復發，回到神垕家裡便臥床不起，於是他只好親自出面。曹利成雖是本地父母官，但畢竟只是個從五品官員，董家結交的官場中人比曹利成位高權重的大有人在，董振魁從心底瞧不起這個跟董克溫差不多大的年輕官員，只是礙於面子才裝出一副畢恭畢敬的模樣。見曹利成急紅了眼，董振魁不慌不忙道：「銀子也好，大刀也罷，反正我們董家老窯就這麼點能耐了。知州大人，您也是懂宋鈞的，五年燒出五隻鼎，根本是痴人說夢！知州大人張口閉口朝廷的銀子，您可知一隻鼎燒出來要花費多少人力物力，區區兩萬兩銀子根本不堪使用！盧大東家，你說是不是？」

盧維章微微一笑，道：「要說銀子，恐怕確實不夠用。但以董家圓知堂的財力底氣，並不會在意這兩萬兩吧？我們盧家既然接了皇差，自然全力以赴。眼下工期過半，咱們兩家說別的都沒用，把心思放到宋鈞上吧，少想其他的事，或許還有如期交貨的可能。」

董振魁臉色大變。董克溫在洛陽一敗塗地已經讓董振魁顏面無存了，盧維章這擺明了有嘲諷之意。曹利成多少聽說了些董盧兩家在洛陽交手的事，對兩家的恩怨糾葛也心中有數，剛想說幾句緩和氣氛的話，卻聽見董振魁冷冷一笑道：「盧大東家的言外之意，老漢領教了。去年董家遭遇大難，多虧盧大東家慷慨救濟，可董家已是元氣大傷。

不過請知州大人放心，重製禹王九鼎是皇差，董家當然不敢怠慢，盧家能做到的，董家肯定也能做到。告辭！」

董振魁拄著手杖遠去，樓板上咚咚的敲擊聲逐漸消失，窯神廟花戲樓上只剩下曹利成和盧維章。曹利成氣得渾身發抖，指著董振魁的背影道：「欺人太甚！」

盧維章起身道：「曹大人息怒。話糙理不糙，董大東家雖然說話魯莽了些，但還是有幾分道理的。重製禹王九鼎難如登天，既沒成例可循，也沒有圖樣可仿，全靠《尚書·禹貢》裡幾句語焉不詳的話，在五年內燒出五隻鼎，的確是強人所難啊。去年大旱，董盧兩家為了買糧賑災，銀子花了不下百萬兩，至今還要給西幫票號大筆的利息銀子，周轉起來的確不易。還望曹大人替我們兩家向朝廷講些好話，多少延長些時日，多給些補貼。」

曹利成對這個棄文從商、終成大器的傳奇商人一向頗為禮遇，見他也這麼說，禁不住長嘆一聲道：「既然盧大東家也這麼講，看來這重製之事的確艱難至極，該說的話我自然會上告朝廷。但若不是朝廷在上頭天天催著，我又何苦催逼你們兩家？我這個小小的知州，被朝廷委以全權操辦此一重任，表面上風光極了，背地裡那些焦慮誰又明白……」曹利成感嘆起為官處世的難處，盧維章耐著性子又陪著坐了一陣，才告辭離去。

一走出窯神廟，盧維章的臉色就明朗起來。他並沒有急著回家，反而轉身朝鎮上的壺笑天茶樓走去。董家大管家老詹就在門口站著，見盧維章過來，忙上前行禮道：「盧大東家，咱們老太爺在樓上恭候。」盧維章笑了笑算是回禮，大步走進茶樓。雅座裡，董振魁正饒有興趣地擺弄著一套茶具，聽見盧維章進來，頭也不抬道：「白家阜安堂又出新玩意了。你瞧這套茶具，茶壺裡加了個轉心的套壺，一壺能泡出兩種茶來，想喝綠茶的喝綠茶，想喝紅茶的喝紅茶，真是匠心獨具！」

盧維章落坐道：「南方人心思機巧，這套茶具我也有，剛琢磨出來內在的玄機，已畫好了圖式讓窯場仿做去了。不過我又想出了個小機關，阜安堂的轉心壺不免茶水相互混雜，我把一個套壺做成了兩個，如此便不會滲漏，若是董大東家覺得好玩，我回頭讓人把圖式送到府上去。」

董振魁放下茶壺，笑道：「就不勞盧大東家費心了。這樣的小聰明我們家也能琢磨出來，等克溫病好了，就讓他琢磨去吧。他這個人不是經商的材料，弄點宋鈞什麼的倒是擅長。」

「大少爺的病好些了嗎？都是維章的過錯，還望董大東家見諒。」

「咳，年輕人心眼太窄……哪有他那樣做事的？一口就想吞下洛陽城所有的鈞瓷鋪子，結果只會跌得更慘。他也不想想，是誰在洛陽城跟他交手。」

「董大東家言重了。若是董大東家親自到洛陽督陣，盧某那點韜略哪能鬥得過董家？這話不說了，今天咱們這齣戲一個紅臉一個白臉，看來曹利成是上鉤了。」

董振魁得意地一笑，給盧維章倒了杯茶道：「老漢早知道曹利成的底牌！說什麼五年期限，說什麼一隻鼎兩萬兩銀子，不知他自己在其中暗藏了多少！朝廷的銀子，都是咱們商家繳稅繳出來的，多拿一點也不算什麼，總比賠款給洋人好。光有朝廷催逼他還不成，咱們也逼他一逼，雙管齊下，說不定事情就成了。」

「還是董大東家老謀深算。說實話，我們盧家已經造出了兩隻鼎，不知董家老窯進度如何？」

董振魁狡黠地笑道：「佛曰不可說，不可說啊。」

盧維章大笑，端起茶杯一飲而盡。兩人又說了一會兒閒話，盧維章才告辭離去。剛才在曹利成那裡，兩人不過是演了齣預謀已久的戲，圖的就是逼曹利成多給銀子。商人自然是能多賺就多賺了，在這一點上盧維章和董振魁所見略同，演得天衣無縫。曹利成心情沮喪地回到禹州，叫來手下最得力的兩個幕僚師爺連夜寫了奏摺，只說去年大旱讓董盧兩家元氣大傷，實在無力繼續重製禹王九鼎，希望朝廷追加補貼銀子云云。除了官樣的奏摺，曹利成還寫了封密信給李鴻藻，添油加醋地陳述了神垕鎮各大窯場災後的凋敝，懇求恩師打通戶部關節，再撥下一筆專銀。不到一個月，軍機處轉發了戶部的條陳，同意每隻鼎追加兩萬兩銀子。這筆錢層層扣留，最後到董盧兩家手裡的時候，自然不是兩萬兩了，但畢竟是白白得來的，兩家誰都沒有計較。

盧維章在壺笑天對董振魁說造出了兩隻鼎，並非虛言，如今鈞興堂密室裡，的的確確擺著揚州、荊州兩隻鼎。入夜時分，盧維章隻身一人打開密室，凝望著熠熠生輝的兩隻鼎，不由得悲喜交集，豆大的淚珠奪眶而出。盧家這次能接下皇差重製九鼎，靠的是當年盧維義迴光返照寫下的禹王九鼎圖譜，盧維章睹物思人，想起了大哥大嫂相繼自盡的慘事，焉能不滿腹悲愴！盧維章在密室裡黯然失神，不知過了多久，忽而聽見門外一陣輕輕的腳步聲，夾雜著竊竊私語。盧維章皺眉起身，猛地拉開房門，但見屋外三個身影鬼鬼祟祟，正朝這裡窺視著。

盧維章沒好氣道：「豫海！晚上不去讀書，在這裡做什麼？」

黑暗中，盧豫海垂著頭走出來，道：「我跟司畫妹妹讀完了書，在院子裡走走，沒想到走到這裡來了。」

盧維章看著從黑暗處走出來的兩人，一個是陳司畫，另一個是她的貼身丫頭關荷。盧維章見有女眷在場，只得狠狠瞪了盧豫海一眼，斥道：「還不回房睡覺！你司畫妹妹是大家閨秀，怎麼能跟你一樣目無家規！以後再到這裡來，小心你的皮！」

盧豫海聽見這訓斥如蒙大赦，忍住滿臉笑意，一手拉著陳司畫，一手拉著關荷，一溜煙地跑了。一直跑到自己房外，方才停下腳步。陳司畫和關荷都已是氣喘吁吁，關荷見自己的手被他緊緊握著，又羞又急道：「二少爺，你怎麼能……」盧豫海放了手，故意黑著臉道：「關荷，這次都是因爲妳！讓本少爺想想，該怎麼罰妳呢？」

關荷瞪大眼睛道：「怎麼會是因爲我？」

「要不是妳說從來沒去過密室的院子，我怎麼會領妳去？」

關荷不服道：「小姐也說了，你怎麼不罰小姐？」

陳司畫氣息剛平靜下來，聽見關荷這麼說，揮著粉拳連連捶她，氣道：「真沒王法了，一個丫頭居然敢教訓起小姐！看我不打妳！」

關荷笑著跑開，回頭道：「來來來，妳追上我我就讓妳打。」

盧豫海看著兩個妙齡少女彼此鬥嘴嬉鬧，頓時春心蕩漾起來。自從陳司畫到了盧家，三人便日日在一起玩耍讀書，頗爲親密。盧豫海和陳司畫雖是少爺、小姐的身分，但自從上次盧豫海被毒蛇咬傷，多虧關荷從容搭救之後，盧豫海對這個小自己一歲的丫頭便另眼相看，不再擺什麼少爺架子了。陳司畫尚未成年，心機不多，加上對盧豫海言聽計從，也處處學著他。日子一久，關荷也漸漸沒大沒小起來，三個人玩得分外投機，竟是誰也離不開誰了。可惜青春歲月總是匆匆即逝，過了中秋，陳司畫在盧家待了整整一年，身體已然康復，禹州城裡的陳漢章夫婦耐不住思念，就派人接回了陳司畫。走的那天，鈞興堂上至盧王氏，下至盧豫海和關荷，都對這個十四五歲的小丫頭難捨難分，陳司畫更是哭得像淚人一般。直到陳家來的馬車消失在遠方，盧豫海才悵然若失地朝回走，不經意瞥見關荷，看到她兩眼腫得像桃子似的，不由得心思一動，道：「我這就去跟母親說，讓妳留在我身邊。」關荷還在暗自垂淚，聽他這麼說，倏地抬頭，臉上的戚容一掃而空，急切地問：「真的嗎？」

盧豫海拍胸脯道：「包在我身上。若是母親問妳願不願意，妳怎麼說？」

關荷脫口而出：「願意！」

盧豫海聞言哈哈大笑，邁步走進鈞興堂。關荷彷彿懷裡揣了隻小兔子，惴惴不安地跟上，隱約感覺到歡喜，又有一種難以名狀的憂慮。

人不風流枉少年

光緒四年，盧豫海年滿十六歲，是盧家子弟進場燒窯的年紀。盧維章在鈞興堂年輕一輩裡遴選一番，看中了一個三十多歲、名叫苗象天的年輕相公。苗家兩代人都在鈞興堂做事，苗象天的父親苗文鄉是外駐汴號的大相公；苗象天在盧家老號維世場做工多年，從燒窯夥計一步步做到掌窯相公，在鈞興堂年輕一輩裡也算是頗有才華。盧維章思前想後，把盧豫海去維世場見習燒窯的事交給苗象天全權辦理。盧王氏雖說臨近分娩之期，知道了這個消息，還是按不下愛子心切，把苗象天叫到房裡好生叮囑了一番，最後道：「豫海他生性頑劣，不服管教，一天到晚淨給我捅婁子，都快愁死我了。這次他父親把他交到你手上，你務必好好管教他，該打就打，該罵就罵，好歹讓他學點真本事，也不枉他父親和我的一番苦心。我現在身子不便，要是在平時，一定給你行個拜師禮的。」

苗象天哪裡敢受這個禮，忙站起來施禮道：「夫人言重了。請夫人放心，樹大自然直，二少爺聰明過人，一定會學到盧家燒窯的真本事！」盧王氏又嘮嘮叨叨囑咐了半天，才讓苗象天告辭出去。等屋子裡人都走了，關荷上來伺候她更衣就寢。盧王氏看著她忙前忙後，冷不防道：「關荷，妳先別忙，我有話對妳說。」關荷一愣，放下手裡的事，垂手站在她面前。

盧王氏看著她，緩緩地嘆道：「那年春天，大少爺把妳送到這裡來，說妳舉目無親，活不下去，我就說咱們盧家也是苦日子裡熬過來的，不能眼看妳一個孤兒無依無靠。想想妳剛到我身邊的時候，還是個沒多大的小丫頭，這才幾年，就出落成個大姑娘了！我跟妳雖說是主僕，這麼多年來我疼愛妳，妳孝順我，跟親生母女也沒什麼差別。

關荷妳說，我王氏待妳如何？」

關荷剛開始一肚子詫異，後被盧王氏幾句話勾起了往事，不禁淚溼雙頰。聽見她這麼問，關荷兩腿一軟跪倒在她面前，泣道：「夫人大恩大德，關荷甘願爲夫人去死！」

盧王氏和藹地撫著她的頭髮，輕輕道：「哪裡談得上生死？二少爺豫海跟我說了好幾次，要妳去他房裡伺候，我一直沒答應。如今他房裡的劉媽年紀大了，伺候不動他了。明天老爺就要在祠堂給他辦個成年儀式，從明天起他就要以少東家的身分進場燒窯。我尋思著窯場的工作辛苦，煙熏火燎的傷人呢，董家的大少爺董克溫不就落下肺病了嗎？他身邊沒個得力的人伺候總是不成。當娘的就是這麼愛惦記……我盤算幾天了，準備把妳派到他房裡伺候。妳年紀小他一歲，爲人處世卻比他細心，在他成婚娶妻之前，就靠妳照顧他了。妳若是還記著我對妳的好，就全心全意伺候他，別讓他染上什麼毛病，完完整整地交到他妻子手上……這樣，我盧王氏對妳感激不盡！」

關荷聽了這一席話，禁不住又驚又喜，又是滿腔依依不捨，伏在盧王氏腿上啜泣了好久，才抬起頭來，淚眼婆娑道：「關荷一切都聽夫人的。讓關荷再伺候夫人一回吧。」

盧王氏撫著大肚子站起來，笑道：「什麼再伺候一回，等豫海成了親，妳還是會回到我身邊來。說實話，這麼多年讓妳伺候慣了，妳一走，我心裡還真是不捨得。」關荷聞聲又落下淚來，忙悄悄擦了去，攙著盧王氏上床休息，一顆心卻突突直跳，早飛到了盧豫海身邊。

盧王氏的紅木臥床是請南方巧匠花了三個月功夫雕成的，由六百零六塊木頭拼接而成，一根釘子都沒用，工藝精妙絕倫。整個大床有三進，盧王氏自然是睡在最裡面，外面還有個半高、窄一些的臥榻，再外面是放衣服鞋襪的踏板。關荷這樣的貼身丫頭就睡在臥榻上，隨時聽從主子吩咐。夜深了，關荷躺在臥榻上一動不敢動，生怕驚動盧王氏，也怕自己的心事給她看破。她實在不明白盧王氏究竟爲何要把她派到盧豫海身邊，若是真心要她去貼身照料，爲何又要說什麼「完完整整地交到他媳婦手上」，這不是明擺著對她不放心嗎？想來想去，想得她再也靜不下心來。盧王氏也沒睡著。盧豫海跟她討關荷做丫頭好幾次了，每次都被盧王氏一眼瞪了回去。盧王氏是過來人，焉能不知少男少女整日相處會有什麼結果？可她只有這一個兒子，整個心思都在盧豫海身上，要是他真在窯場裡落下什麼病來，身邊又沒個得力的人照顧，將來該怎麼辦？左思右想，只有關荷去他房裡照顧最合適。盧王氏原本對關荷沒什麼戒心，只是盧豫海再三央求讓她有了點警覺，故而今天晚上特意說了些等到盧豫海成了親後，再要關荷回來之類的話，目的就是提醒關荷不要忘記了主僕的身分，二少奶奶的位置不是她一個丫頭能坐的。盧王氏側耳聽著外面，關荷的呼吸聲平靜如常，倒不像是個懷春的女子，她這才放下心來，安然入睡。

少東家進場燒窯是長大成人的象徵，也是盧家的大事。盧豫海正式進場的那天，盧維章在盧家祠堂辦了個儀式，親手將一件嶄新的鈞興堂盧家老號的號坎穿在兒子身上。盧豫海平素大鬧天宮的膽子都有，卻最怕盧維章，此刻規規矩矩地站著，一點也不敢馬虎。盧維章給他繫上扣子，拍拍他的肩膀道：「豫海，從你穿上這件號坎開始，你就是個成年人了。按照咱盧家的規矩，成年的子孫要去窯場見習燒窯，從燒窯的艱辛裡體會祖先創業的不易，慢慢去琢磨如何才能做好一個真正的盧家子孫！以前都是你母親管教你，但從今天開始，我會親自過問你的一言一行，要是你做了什麼不合規矩的事，輕則打罵，重則趕出家門，絕不顧及父子之情。你以前做了不少出格的事，可那時候你年幼無知，我沒罰你，希望你今後能好自為之，不辜負為父的一番苦心。」

盧豫海撲通跪倒在盧家先人牌位前，朗聲道：「祖宗在上，不肖子孫盧豫海一定謹記父親教誨，不負祖宗期望！」

話雖這麼說，盧豫海一出鈞興堂，立刻就換了副模樣，對身邊的苗象天嬉皮笑臉道：「苗相公，咱們這就去維世場嗎？不然等吃了午飯再說吧。」

苗象天心裡暗暗叫苦，急道：「那可萬萬使不得！少東家頭天進場燒窯，相公夥計都等著呢。」

盧豫海興致來了，翻身上馬道：「瞧你急成那樣，我逗著你玩呢！還等什麼，快走啊！」

苗象天也上了馬，但盧豫海早揚鞭催馬跑遠了。苗象天苦笑一下，邊趕邊喊道：「少東家慢點，留神別摔著了！」

盧豫海勒住馬，回頭笑道：「你才三十多歲，做事怎麼這麼拖拖拉拉！」

苗象天趕上來，答道：「少東家責怪得是，維世場是盧家的產業，少東家一進場就是最大的爺，連大相公楊建凡都得聽少東家的！您得有少東家的排場，這麼匆匆忙忙地去，大東家怪罪下來，我們可擔待不起！」

盧豫海一聽到盧維章，頓時老實起來，把馬拉住慢行，不耐煩道：「我就討厭別人說什麼盧家的產業，盧家產業再大，能跟皇上比嗎？還有什麼排場不排場的。照你的意思，非得八抬大轎抬我去，再擺幾臺大戲唱唱，就有排場了？我爹可精明了，他才不在乎這些面子上的事，快走吧，別耽誤燒窯。」

「少東家放心，您不到，沒人敢開工！」

「真的？那我非得快馬加鞭了。」

盧豫海說著，又忘了苗象天的提醒，一鞭子下去，馬兒立刻飛奔起來，眨眼間就衝上了乾鳴山。苗象天身邊一個老夥計皺眉道：「苗相公，瞧見沒，才剛開始就管不住了！」苗象天卻露出笑容，道：「那也未必，從言語上看來，咱們這位二少爺斷不是凡品！」說著，也催馬趕了上去。

盧家老號一共三座窯場，分別是維世場、中世場和庸世場。盧維章自幼飽讀詩書，經商後又以正統豫商觀念治家，給窯場命名也是取「維、中、庸」之意。盧家老號維世場一共有四百多口窯，占了盧家老號所有窯口的一半，在神垕鎮也是數一數二的大窯場了。盧豫海騎馬趕到維世場的時候，大相公楊建凡早領著相公夥計排成兩列，在維世場外恭候著了。正門處擺著個香案，供奉的自然是窯神的牌位。盧豫海說到底還是個少年，從未見過這樣的大場面，一時愣住了，下了馬來不知如何是好。大相公楊建凡一介窯工出身，相當老實的一個人，對於燒窯諸事無所不精，應酬接待卻是一竅不通，盧維章用他就是看中他忠誠厚道。楊建凡見少東家傻傻地站著，一時間也不知道如何是好，急得直搓手。幸虧苗象天尾隨而至，見眾人都愣在那裡，便用力推盧豫海朝前走。盧豫海越發慌了，兩隻腳死死地站在原地不動。苗象天急中生智道：「鈞興堂盧家老號少東家到！」

楊建凡這才回過神來，忙道：「盧家老號維世場全體在此，恭請少東家上香！」

苗象天伸手道：「少東家請！」

一千多雙眼睛立刻聚集在盧豫海身上。他無法再愣著不動，只得振作精神，從楊建凡手裡接過香，大步走到香案前，舉香跪倒，說道：「窯神爺在上，燒窯夥計盧豫海求窯神爺保佑盧家維世場太平吉祥！保佑全體相公夥計福壽綿長！」

這番話卻是出人意料，眾人都暗暗稱讚。少東家才十幾歲的年紀，剛來的時候是有些慌，可一到正經處就顯出大家少爺的風範了，到底是盧維章大東家一手教出來的，姿態、言語、氣度竟都跟他父親一個模樣！楊建凡一揮手，旁邊立刻揚起鼓樂震天，鞭炮炸響，他和苗象天一左一右扶起盧豫海。

楊建凡衝著窯工們喊道：「鈞興堂盧家老號少東家已到，盧家維世場開窯大吉，開窯嘍！」

窯工們的吆喝聲震天響起來：「得——勁嘍！」

一千多個窯工擁進維世場，一片萬頭攢動的景象。盧豫海看著眼前熱熱鬧鬧的場面，激動得兩眼發亮。苗象天小聲道：「少東家，瞧見沒，這就是盧家的產業，這就是少東家的產業！」

苗象天可能不知道，他這兩句簡單的恭維話，在這個少年的心裡留下了深深的烙印。盧豫海正是風華初露的少年心氣，以往雖然也知道盧家是大家子，卻未曾想到這麼大一片窯場，這上千口窯工都是盧家的產業！若不是眾目睽睽之下，自己得裝出一副穩重平靜的模樣，盧豫海真想跳上維世場最大的那口窯，扯著嗓子大喊幾聲。

苗象天哪裡會明白盧豫海的心情，只陪著他在維世場各處觀看了一番，笑道：「大東家的意思是讓少東家見習燒窯，而這個見習法有兩種，不知少東家喜歡哪一種？」

盧豫海狡黠地一笑，「我猜猜看，頭一種就是你們忙，我在一旁仔細看，回去跟父親稟告，是不是？」苗象天有些意外，只好點頭稱是。盧豫海繼續道，「第二種就是我親自下窯，什麼選料、造型、成型、燒成的工序，我都要親手試上一試，與燒窯夥計一般無二……」苗象天撓撓後腦杓道：「正是，只是這第二種見習法苦了些，怕少東家……」

說話間，兩人已來到窯場的大池邊，池笆、澄池的土料堆得高高的。盧豫海大步走過去，抓起一把土料就抹在臉上。瓷土黏稠滑膩，頃刻間就把盧豫海染成了戲裡的黑臉包公。苗象天急道：「少東家，你……」盧豫海抹完了臉，又把土料抹得全身都是，跟身旁一個普通窯工沒什麼兩樣了，才像個頑童般回頭笑道：「苗相公，你看我像不像窯工？」

苗象天哭笑不得道：「這……少東家，瓷土黏性大，少東家皮白肉嫩的，這不糟蹋了嗎？回頭老爺夫人怪罪下來……」

盧豫海搓著手上的瓷土，搖頭笑道：「我若是出了窯場，還是皮白肉嫩的模樣，號坎上一塵不染，才真會讓老爺夫人生氣呢！別廢話了，快帶我燒窯吧，就從這選料取土的第一關做起！」

盧豫海說著，突然從一個挑擔的窯工手裡搶過扁擔，自己扛上了肩頭，得意地走向遠處的工地。這下不光是苗象天，就連一旁的窯工們也看呆了，這是哪門子少東家？誰也不敢再提什麼讓他在一邊瞧著的話。苗象天見眾窯工們都傻了眼，便喝道：「都傻愣著幹什麼，沒看見少東家親自下窯了！」窯工們這才嘖嘖議論著，幹活去了。

遠遠的一口窯後面，楊建凡默默地看著他們，暗自嘆了口氣，一行渾黃的淚水淌了下來，他一邊輕搖著頭一邊往回走。楊建凡今年五十多歲，以前在董家老窯理和場跟盧維義、盧維章兄弟一起燒窯，親眼目睹十幾年來盧家老號的風生水起，是德高望重的維世場老人，就連盧維章都對他十分恭敬。這次盧維章讓盧豫海到維世場見習燒窯，暗中囑託楊建凡悄悄觀察他究竟是不是燒窯的料，有沒有繼承盧家家業的可能。看到剛才那個場面，楊建凡心裡的石頭終於落了地。難怪盧家會以迅雷不及掩耳之勢崛起，難怪盧家會一而再再而三地大敗董家，原來盧家從盧維義、盧維章，到盧豫川、盧豫海這一代，兩輩人個個都不含糊啊！他一步步蹣跚地回到工棚，擦去老淚，對手下一個小相公道：「給大東家寫條子，就說少東家沒有辜負大東家的苦心，盧家有望，神垕有望了！」

窯場裡一天幹下來，饒是精壯的窯工都扛不住，何況是一貫養尊處優的盧豫海。天一黑，苗象天就死活不讓他再做了。好說歹說把他扶上馬，朝乾鳴山的北坡走去。盧豫海表面上裝得若無其事，一個勁地說：「不就是這樣嗎？有什麼好累的，我看也是稀鬆平常。」苗象天知道少東家是在逞強，想笑又不敢笑，只好一路附和著送到鎮上。還沒到鈞興堂大門口，盧豫海就看見關荷孤零零站在門前，朝這裡翹首望著，心裡不由得一暖，回頭對苗象天道：「好啦，我也到家了，你趕緊回去歇著吧。」苗象天哪裡肯走，一直送到大門口才打馬離開。

苗象天一走，盧豫海的模樣遽然一變，咬著牙低聲道：「他娘的，真不是人幹的活兒！」關荷正扶著他朝門裡走，被他冷不防冒出來的話嚇了一跳，噗嗤笑出聲來：「瞧你這死樣子，剛才跟苗相公怎麼說的？什麼不礙事，什麼一點問題都沒有，原來全是騙人的！」盧豫海忍著腿腳酸疼，瞪了她一眼：「有妳這麼做丫頭的嗎？敢嘲笑本少爺，小心挨打！」關荷憋住笑，道：「想打我？你倒是打呀。」

兩人說笑間已回到盧豫海的房內。盧豫海一頭倒在床上，再不肯起來。關荷端來的晚飯他也不吃，只是一個勁地喊疼，要關荷給他捶背。關荷只好扶他起來，一雙小手在他肩上輕輕揉捏，哄他道：「好了好了，我給你揉揉，你好好吃飯行不行？窯場裡活兒累，不多吃點不成，傷身子呢。」

盧豫海乖乖地端起碗來狼吞虎嚥，頃刻間一碗飯已經下肚。關荷看著他的吃相，忍不住又是一番奚落。盧豫海經她剛才這番揉捏，渾身疲勞已去了大半，興致也上來了，把白天在窯場裡見到的新鮮事一一說給她聽。關荷托著下巴，眼睛眨也不眨地聽他講，一會兒嗤嗤笑，一會兒睜大了眼睛，覺得比在茶館聽人說書還有趣。其間盧王氏差人過來詢問，盧豫海只好去盧王氏的房裡說了會兒話，再回來繼續跟關荷聊天。兩人嬉鬧到三更天，關荷見夜色深了，便替他收拾好床鋪，道：「今天不許再說了，明天一大早你還得去窯場呢，沒精神可不行。」

盧豫海有些不情願道：「還早呢，咱倆再說會兒。」

關荷正色道：「二少爺，夫人讓我照顧你，可沒說讓我陪你聊一晚上不睡覺！再說天這麼晚了，一會兒打更的過來，見你屋裡燈還亮著，回頭又會怎麼說我？畢竟你是少爺，我是丫頭，男女有別……」

盧豫海忽然一把拉住她的手，笑道：「我若討了妳做妻子，不就可以聊一晚上了？」

關荷的臉色驟然通紅，猛地抽回自己的手，叫道：「二少爺再這樣，我就喊人了！」

盧豫海彷彿被鞭子抽了一下，愣在那裡，一句話也說不出，眼睜睜看著關荷氣鼓鼓端著食盤出去，心兀自亂跳著。剛才那句話是脫口而出的，連他也想不到自己會說出那樣的話。他和關荷相處這一年多，頗為親密，拉拉手原本是平常之舉，不想今日關荷卻如此敏感，如此莊重。盧豫海忽地發現到，自己穿上了盧家老號的號坎，已經是個成年人了，關荷也已不是以前那個和他親暱玩耍的小丫頭，剛才她那嬌嗔的模樣，漲紅的臉頰，跟個待字閨中的大姑娘沒什麼兩樣。

一股倦意襲來，盧豫海倒在床上，草草拉了被子蓋著，滿腦子胡思亂想。到了盧豫海這樣十六七歲的年紀，難免有些朦朧的思春之情，但他平時接觸的同齡女子只有關荷和陳司畫兩人，而陳司畫乖巧羞赧又天真無邪，關荷精明俏皮又潑辣幹練，都是如此鮮明，如此別緻，各有一番韻味。盧豫海想著想著，忽而臉龐發熱，心想，難道自己該娶妻了嗎？大哥盧豫川娶了陳家的大小姐，自己娶陳家二小姐陳司畫似乎也順理成章，可這麼一來，關荷怎麼辦呢？她伺候自己和陳司畫一年多了，照顧得細緻入微，從沒見過像她那樣懂事伶俐的丫頭，一雙靈巧的小手，一腔靈動的心思，一副窈窕的身段，對自己好像也情有所鍾，可她剛才又為何……可惜大哥盧豫川遠在開封府，若是他在，自己這點心緒多少能向他傾訴一番。盧豫海越想，心裡越像有千萬隻貓爪在抓撓。不成不成，關荷再好也是個丫頭，怎能做盧家的二少奶奶？就是自己願意，母親會同意嗎？陳司畫倒是門當戶對，兩家又是世交……最好是兩個都娶進來，陪著自己，要是那樣就太好了……盧豫海就這麼雲山霧海地遐想著，時而發愁時而傻笑，不知何時酣然入夢。

病虎能奈惡犬何

盧豫海在神垕家裡為朦朧的少年情懷而輾轉反側的時候，盧豫川在開封府最大的青樓會春館裡流連忘返。在開封府幾個月來，盧豫川接連做了幾件大事，全都是風光體面大有斬獲的。他先是借鑑叔叔盧維章在洛陽的做法，說動了開封府最大鈞瓷鋪子雅格居的大東家高維權，以出窯價進貨、按股分紅並補貼五萬兩白銀的代價，全盤接手了雅格居。高維權拿了五萬兩現銀後從此隱退商海，穩穩當當地享受那四成股份帶來的紅利。雅格居的招牌被鈞興堂汴號的名號取代，苗文鄉坐鎮開封領東汴號，做了汴號的大相公。其餘的中小鋪子聞風而動，紛紛簽下契約，訂購十年的盧家老號宋鈞。盧豫川做成了這件大事，得意之餘立刻寫信告訴遠在神垕的叔叔。盧維章自是開心不已，回信大加勉勵了一番。盧豫川再接再厲，又請人牽線搭橋，跟開封府走河道船運生意的康建琪結成了拜把兄弟。康建琪，字鴻軒，是鞏縣康店康鴻猷的堂弟。康家本就是靠船運起家，水上商路四通八達，有了康建琪這個拜把兄弟，盧家何愁運河商路不通，何愁江南各地的生意不旺？盧豫川不出半年就完成了盧維章交給他的第一個使命，把盧家老號的宋鈞源源不斷地透過水路送往各大通商口岸，換回來的，自然是白花花的銀子。

手裡有了銀子，盧豫川雄心勃勃地開始了盧維章的第二個計畫，也就是打通與豫省官場的關係。開封府是豫省省治所在，所轄祥符、陳留、尉氏、新鄭等縣都是要衝之地。開封城裡巡撫衙門、道臺衙門、知府衙門、知縣衙門等四級衙門共處一城，加上河運總督的行營衙門，豫省的駐防將軍衙門、學政衙門、藩司衙門、臬司衙門等，一個開封城裡僅是正五品以上的衙門就有十七八處。若想全部打通，送多少銀子也跟投到水裡差不多。盧豫川秉承叔叔的教誨，並不急著下手，冷眼旁觀了許久，才決定直搗黃龍，從豫省巡撫馬千山下手。但他不敢擅自做主，跟汴號大相公苗文鄉商議了一番，親筆寫信給盧維章，信中詳細分析了豫省官場的派系實力，點明了馬千山撫豫以來種種施政手段，連他府裡有幾房夫人、幾個兒子、婚嫁與否、性情如何之類，都一一列舉出來。盧維章覽信之後同意了他們二人的判斷，又從鈞興堂總號撥出了巨銀十萬兩，用來疏通盧家與豫省官場的關係。

盧豫川接到叔父的回信後欣喜若狂，打算立刻付諸實行，不料大相公苗文鄉卻對此心存疑慮。苗文鄉經商四十多年了，他早年跟盧維章一樣，也抱著讀書入仕的念頭，後來屢考屢敗，才放棄了科舉改行經商。苗文鄉一開始在晉商的茶莊當夥計，處處受到上司掣肘，快五十歲了還只是個帳房先生。盧維章創立鈞興堂盧家老號之初，痛感手下缺乏良將，四處張貼求賢告示。恰好苗文鄉正處於鬱鬱不得志的關頭，當下便辭了號，投奔盧維章。盧維章求才若渴，自然是委以重任，讓他做了鈞興堂總號的大相公。汴號開張在即，盧維章又讓他協助盧豫川，領東汴號。開封府是豫省商、政兩界風雲際會之地，地位極其重要，汴號大相公跟總號的老相公其實也相去不遠了。苗文鄉二十年磨成一劍，終成大器，對盧維章感激涕零，對鈞興堂也是忠心耿耿。可這麼一個獨當一面的大將，卻無法跟盧豫川平起平坐。上次就疏通官場一事聯名寫信請示盧維章，苗文鄉已是看在盧豫川的面子上勉強答應的。他原本以爲盧維章不會允許這麼明目張膽地收買朝廷命官，沒想到盧維章居然同意了，而且一出手就是十萬兩銀子！苗文鄉兢兢業業地主持汴號生意，深知這每一兩銀子都是辛辛苦苦掙下來的，就這麼送給那些無惡不作的貪官汙吏，他實在心有不甘。再加上在晉商裡待得久了，他實在是看不慣盧豫川熱衷官場的作風。故而當盧豫川拿著十萬兩銀票興沖沖找他商量下一步行動的時候，苗文鄉積聚已久的不滿終於爆發了出來。他冷冷道：「少東家有錢了，就這麼扔出去嗎？」

盧豫川冷不防聽他迸出這麼一句，有些吃驚道：「怎麼，大相公的意思是……」

「對官場那麼熱衷，是徽商的做法！崽賣爺田不心疼，你這麼個花法，咱汴號可消受不起！再說，那些官老爺貪欲旺盛，全是他娘的無底洞，你這十萬兩能買回來什麼？還不如在神垕多建幾處窯才是正經。大東家也是一時糊塗了，怎麼能由你這麼胡來？你藉口疏通官場，天天流連煙花柳巷，這是正經生意人做的事嗎？不成，我得寫信去總號！」

盧豫川聽了半晌，已然明白苗文鄉一肚子牢騷的由來，一陣冷笑道：「看來苗大相公是看不慣豫川的做法了，也罷，這事是我叔叔定的，你不願幹，我幹！有什麼火衝我叔叔發去吧。不瞞大相公，我剛約好了馬巡撫的大公子，今天晚上賭錢、逛窯子，我不怕你背後告我的狀！告辭了！」

苗文鄉在鈞興堂十幾年，功勛卓著，從來沒人在他面前說過這樣的狠話，立刻氣得瞪圓了眼睛，一頦白鬍哆嗦著，他盯著盧豫川拂袖而去的背影，連連嘆道：「驕奢淫逸，敗家之道也！」

苗文鄉和盧豫川的信幾乎同時送到了盧維章的書房。苗文鄉在信裡痛斥盧豫川行為不檢，要盧維章收回成命。而盧豫川則是再三懇求叔叔召回苗文鄉，說他披著豫商的皮，長了晉商的心，豫省千百年來士農工商的風氣人心，怎能跟唯商為重的晉省相比？兩人針鋒相對，爭執不下。盧維章從信中嗅到了汴號裡瀰漫的火藥味，頓感焦躁起來。自古將帥不和是兵家大忌，也是商家大忌，汴號又是剛剛建立起來，怎麼經得起這番內鬨？苗文鄉在鈞興堂勞苦功高，斷不能因為跟東家的人有衝突就召他回來，不然會讓在鈞興堂領東的外姓大小相公們寒心。但盧豫川說的也不是毫無可取之處，疏通豫省官場是他們叔姪兩個精心謀劃的大計，苗文鄉觀念較老舊，有些不理解在所難免，也絕不能因爲這樣就放棄了全盤計畫。盧維章苦思惡想之後，才字斟句酌地給苗文鄉寫了封密信，先是對汴號的生意大加褒揚了一番，接著委婉地讓他專心經營汴號，不要操心盧豫川的行爲。信末，盧維章誠懇地寫道：「兄為領東大相公，弟為總號大東家，然兄弟間之情分，已非生意二字所能道也。兄且在汴號好生作為，待他日兄榮休歸隱，弟當率鈞興堂全體同仁為兄樹碑立傳，以彰兄之豐功偉績也。弟維章頓首。」

盧維章把信交給下人的時候，長長吁了一聲。他覺得苗文鄉看到這封信後，至少不會再干擾盧豫川了，而盧豫川大概也會見好就收，不再與苗文鄉鬥氣。

盧維章萬萬沒想到，汴號的局面好了沒幾天，更大的衝突又發生了。他只想到調解盧豫川和苗文鄉這一帥一將間的隔閡，卻忘了鈞興堂外虎視眈眈的對手，而這次的衝突恰恰是由外而來的，不期而至。董振魁在洛陽慘敗，痛失一處大買賣，自然不會就這麼心平氣和地接受。他和盧維章都看出洋人是今後宋鈞的最大買家，又幾乎同時把視線投向了開封府。這一次董振魁選擇了靜觀其變，任由盧豫川在開封府裡縱橫捭闔，又是收購鋪子，又是打通船運，他一直袖手旁觀，待在神垕家中蓄勢待發。董振魁看準了一點，苗文鄉老派守舊，而盧豫川年少氣盛，一老一少、一舊一新的兩個人朝夕相處，焉有不生間隙之理？事態的發展果然如他所料，就在苗文鄉和盧豫川矛盾公開化的當天，董家在開封府的眼線就把這個消息傳到了神垕。董振魁拍案而起，狡黠地笑道：「老大，你說咱們該怎麼辦？」

董克溫大病初癒，臉色還略顯蒼白，咳嗽了一陣道：「父親莫不是要我去開封？」

董振魁滿意道：「正是！他們窩裡鬥起來了，正是咱們下手的好機會。我已經給鞏縣康店的康鴻猷大東家寫了信，你先到鞏縣一趟，帶著康鴻猷的親筆信到開封去，親手交給康建琪。咱們也不求康家別的，起碼在康家的船運上，董家要跟盧家一個待遇，這是其一。」

董克溫有些不解，道：「都是做生意，康家不會厚此薄彼吧？又何必屈尊寫信求康鴻猷呢？」

董振魁搖頭道：「盧豫川跟康建琪結了拜把兄弟，那康建琪是個性情中人，你兩手空空地去了，難保不會碰個軟釘子。康建琪平生最服的就是他大哥康鴻猷，你只要拿著他的親筆信去，就可以制住康建琪，確保萬無一失。」

董克溫心悅誠服地點頭道：「還是父親考慮周詳。這其二呢？」

「第二件事說起來也簡單，你約苗文鄉喝茶，力邀他離開鈞興堂，到咱們圓知堂來，我讓他做總號二老相公！」

董克溫不由得一愣，「那苗文鄉與盧維章十幾年交情了，就算是父親鐵了心要挖他，只喝個茶哪裡說得動？」

董振魁呵呵笑道：「我豈不知苗文鄉大器晚成，現在正是對鈞興堂忠心不二的時候？我不是要你說動他，而是要你在請他喝茶的時候，一定要讓盧豫川知道。」

董克溫頓時明白了個中玄機，笑道：「好一個借刀殺人！克溫明白了，這就動身趕赴鞏縣。」

董振魁看他還有些憔悴，便道：「你病剛好，再等兩天不遲。」

董克溫新敗於洛陽，正是圖謀報仇雪恨之際，哪裡肯耽擱，況且商場態勢瞬息萬變，容不得片刻延遲。董克溫謝過父親的好意，回房收拾了一下，即刻便啓程了。有董振魁的書信在先，而且董家的要求也並不過分，康鴻猷很爽快地就答應了董克溫，給二弟康建琪寫了封親筆信。康鴻猷再三挽留他多住幾日，董克溫心急火燎地婉拒了。臨別之際，康鴻猷道：「克溫兄走得這麼急，怕不僅僅是爲了船運的事吧？」

董克溫微微一笑道：「家父常說，佛曰……」

康鴻猷哈哈大笑道：「不可說，不可說也！」

董克溫含笑告別康鴻猷，從康家在洛河的碼頭上了太平船。康家不愧是靠船運起家，一條太平船能容納七八百人，若是裝運貨物，不下十幾萬斤！董克溫在太平船上無心觀賞兩岸風景，一路上順風順水，不出半日就到了開封府汴河碼頭。圓知堂董家老窯在開封也有分號，只不過名氣不如鈞興堂的汴號響亮。圓知堂汴號大相公馬瑞宇早得了書信，在碼頭恭候著。董克溫與馬瑞宇彼此再熟悉不過，見面也沒說別的話，直接趕奔圓知堂汴號而去。

圓知堂汴號在開封府相國寺大街上，隔不遠就是有名的茶館熙熙樓。開封府雖不似北宋年間爲天下第一首府時那麼風光，作爲一省都會，如今仍是相當繁華，大街上往來穿梭的南北商人絡繹不絕。熙熙樓始得名於北宋末年，至今不下六百年了，其間幾次遭戰火焚毀，如今除了名字如舊，其他地方已很難找到北宋年間的韻味。唯獨四面牆壁上龕匣裡陳列的一件件宋鈞，還能多少帶給人一些北宋的遺韻。董克溫讓馬瑞宇約苗文鄉喝茶，約的就是這個地方。馬瑞宇聽了董克溫的吩咐，一時竟不知所措，站在那裡，疑惑地看著他。董克溫又道：「放心地去吧，不要大搖大擺地從正門進，也不要做得悄無聲息，明白嗎？」馬瑞宇到底是個精明人，聽明白了後面這幾句話，趕緊點頭去辦了。

不出董克溫所料，苗文鄉果然一個人來了。熙熙樓的雅間布置得古樸雅緻，兩人落坐後，旁人都識趣地退下。董克溫端起茶杯，輕吹著漂在杯口的茶葉，笑道：「苗大相公，久仰大名。」

苗文鄉冷冷一笑道：「董大少爺有話就請明說，老漢櫃上還有些事情要忙，沒功夫多待。」

董克溫笑道：「苗大相公果然爽快！克溫就開門見山地說吧。敢問苗大相公一句，如今鈞興堂汴號裡，是苗大相公主事，還是盧豫川少爺主事？」

苗文鄉一愣，隨即道：「鈞興堂上下幾千口，無論相公還是夥計，吃的都是盧家的飯，自然是我們大少爺主事了。老漢只是替人領東而已。」

「這就奇了，豫商自古都是東家出錢，相公夥計出人，哪裡有堂堂汴號不是大相公主事的？」

「大少爺若是要講這些，老漢就不久留了。告辭！」

董克溫叫道：「且慢！克溫還有話說！」苗文鄉又重新落坐，氣鼓鼓地看著他。董克溫道：「大相公和我都是明理人，如今大相公在汴號被一個黃毛小子欺負，豫省商幫裡早就議論紛紛了。如若大相公肯從鈞興堂辭號轉到我董家來，家父許諾讓大相公擔任圓知堂總號二老相公，僅次於老相公遲千里！待遲老相公榮休，你就是圓知堂董家老窯的老相公了！」

苗文鄉盯著董克溫的雙眸，眼中閃動著一簇火花，忽而大笑道：「真是可笑至極！荒謬至極！苗文鄉一介書生，不得已棄文經商，二十多年默默無聞，直到盧大東家起用之後才見天日。你要我背叛盧家，背叛鈞興堂？可笑！可鄙！莫說盧家和董家有世仇恩怨，就是毫無瓜葛，老漢背主求榮，又會引來多少人恥笑！董大少爺有臉說這些話，老漢我還沒臉聽呢！可笑，可笑！」

苗文鄉一面說著，一面站起來，連招呼也不打便拂袖而去。董克溫面無表情地看著大開的房門，馬瑞宇小心翼翼地進來，察言觀色道：「少東家，您……」董克溫淡淡一笑道：「這件事做得漂亮，茶錢記在我頭上。」說著，離開了雅間。馬瑞宇目瞪口呆地看著他的背影，嘟囔道：「這個大少爺，真是病昏頭了……」

苗文鄉又可笑又可氣地回到鈞興堂汴號，看著案頭堆積如山的帳房單目，一點做事的興致也沒有。他實在捉摸不透董克溫的用意，若是真的想挖盧家的牆腳，爲何些許挽留的意思也沒有？若是虛張聲勢，爲何自己惡語相加他也絲毫不生氣？真是奇怪透頂。不多時，有小相公來報，說是大少爺盧豫川有要事相商。苗文鄉接到盧維章書信之後頗爲感動，已打定主意不再過問盧豫川的所作所爲。見是盧豫川派人來請，又說是有要事，自知沒有推託的藉口，只好把單目一推，起身趕赴後堂。

苗文鄉走進後堂，頓時一愣。原來不止是盧豫川，鈞興堂汴號的相公、小相公十幾個人都在場，一個個神色肅穆，坐在盧豫川兩側。中央空著一個座位，自然是留給苗文鄉的。盧豫川看見苗文鄉到了，站起來拱手笑道：「苗大相公姍姍來遲呀。」

苗文鄉不願失了禮節，一笑回禮道：「櫃上生意太忙，來晚了，還請少東家不要怪罪。」他說著，走到座位旁欠身坐下。還沒等他落坐，盧豫川突然變了腔調，還是一副笑臉道：「既然這麼忙，還有時間跟董克溫在熙熙樓裡喝茶？」

苗文鄉驟然一驚，一屁股坐了下去，額頭上冒出一層汗珠。他畢竟在商海裡打滾幾十年了，商家彼此間的鉤心鬥角無不爛熟於心，此刻他已看出董克溫這陰毒的借刀殺人之計。然而盧豫川一向與自己不和，又是個得理不饒人的狠角色，而且在這件事上苗文鄉多少有些理虧。頃刻間，千萬條計策在他頭腦裡閃過。不成，爲了維護鈞興堂的大局，他只有沉默以對，等將來有機會再慢慢解釋。苗文鄉打定主意，便淡淡一笑道：「老漢的確是跟董克溫去了熙熙樓，不過一杯茶也沒喝，話不投機，就回來了。怎麼，少東家已經知道了？這不過是商家之間的尋常來往，老漢覺得也沒什麼吧。」

盧豫川今天召集汴號所有有身分的人來，就是爲了一舉扳倒苗文鄉，哪裡會讓他這麼簡簡單單一句「沒什麼」就帶過了呢？他咯咯一笑道：「好個尋常來往！若是別的商家倒也罷了，苗大相公在鈞興堂日子也不短了，董盧兩家的恩怨你豈能不知？身爲汴號大相公，跟仇家的人品茶聊天，咱們鈞興堂的底子董克溫已了如指掌了吧？敢問苗大相公一句，他還許給你什麼好處？是老相公還是二老相公？遲千里在董家老窯資歷極深，你一個外人進去，充其量也就是個二老相公吧？這不是背主求榮、吃裡扒外嗎？我若是這樣的人，自己羞也羞死，哪裡還有臉坐在這裡，一口一個『也沒什麼』！」

這番殺人不見血的話劈頭蓋臉而來，不但是苗文鄉本人，就是在座的各位相公都頗感吃驚。盧豫川絲毫不給苗文鄉解釋的機會，一個吃裡扒外的罪名就穩穩當當地扣在他頭上了！豫商最講究誠信，對商伙、對東家、對同僚，都講究誠意待人，這樣背叛商號的事是人人不齒的。一旦背上這個名聲，在豫商裡的前途也就毀了，哪個商家還敢用他？可苗文鄉對盧家的忠心眾人皆知，在座的人又都是他一手提拔上來的，誰也不相信他會做出這樣的事。但苗文鄉再大也不過是個領東的大相公，說白了除了地位高，其實也跟個夥計一樣，都得聽東家的意思。如今東家的人就坐在當場，東家說什麼，下面的人誰敢不聽？誰敢不信？

眾目睽睽下，苗文鄉老臉漲紅，一肚子委屈憋在心裡，額頭上青筋暴凸，卻一句話也說不出來，只是連連搖頭。盧豫川看著全場鴉雀無聲，心裡暗暗得意，道：「人往高處走，苗大相公正是春風得意的時候，大概是嫌鈞興堂的池子小了，養不了你這條大魚吧？可圓知堂的池子就真的比鈞興堂大嗎？我看也未必。鈞興堂講究來去自由，既然苗大相公另有高就，何時讓我們鈞興堂汴號的同仁給你辦個餞行酒席，敲鑼打鼓地歡送苗大相公呀？說不定董克溫此刻就在門外，正準備騎馬戴花地迎接二老相公你呢！」

苗文鄉被這一連串惡毒的嘲諷激得渾身哆嗦，扶著桌子站起來，霎時間感到天旋地轉，忽而喉嚨裡一陣腥甜，一口血再也壓不住，隨著劇烈的咳嗽噴了出來，灑滿前襟。

在座的人無不大驚失色，一個個全都離了座，想上去攙扶，但都礙著盧豫川冰冷的目光沒有動彈。只有一個伺候茶水的小夥計驚叫一聲，扔掉茶盤撲了過去，眼裡噙淚道：「大相公，您這是怎麼了？」苗文鄉嘴角還流著血，欣慰地看著小夥計，道：「沒什麼，老了，病虎能奈惡犬何！罷了，總算還有你一個人沒忘了我。小潘子，扶我出去吧。」

小潘子用力攙著苗文鄉離開，十幾雙眼睛羞愧難當地看著他們倆。苗文鄉邊走邊嘆道：「人言可畏，眾口鑠金啊！小潘子，你記下了，從今往後我不是什麼大相公了，你還會跟著我嗎？」

小潘子道：「我這條命是大相公給的，不管您做什麼我都跟著您！雖說我只是個小夥計，但我知道您對盧家的忠心，老天爺都看著呢！」

苗文鄉搖頭嘆息，目不斜視地看著前方，像是對小潘子，也像是對所有在場的相公們說著，聲音冷峻得刺人：「一個小夥計又怎麼了？說書的講得沒錯，仗義多是屠狗輩，負心總是讀書人！老漢對盧家、對鈞興堂的赤膽忠心蒼天可鑒，商號裡誰人不知？可今天在座這麼多有頭有臉的相公，卻連一個肯爲老漢說句話的都沒有！我還說董克溫可笑可鄙呢，照今天這樣子看來，這天底下第一可笑的人，無疑就是我苗文鄉啊！」

小潘子含淚道：「大相公您放心，今天這事，大東家不會不管的！」

兩個人旁若無人地說著話，走出了後堂。盧豫川鐵青著臉，一語不發地背手而立，臉布寒霜。在場的人紛紛感到無地自容，他們幾乎全受過苗文卿的知遇之恩，有的還是他破格提拔上來的，眼看他今日受到這樣的奇恥大辱，誰都不忍心再保持沉默。一個小相公鼓足勇氣道：「少東家，苗大相公不是那樣的人，他絕不會做出吃裡扒外的事，還請少東家明察！」

尷尬的場面一打破，幾乎所有人都叫了起來：「對，請少東家明察！」

「苗大相公不能走啊！」

「在下敢擔保，苗大相公不會背叛鈞興堂！」

盧豫川冷眼掃過眾人，七嘴八舌的議論戛然而止。盧豫川鼻子裡哼了一聲，大步走出後堂。相公們靜寂了片刻，又爆發出更加激烈的議論聲。不管怎麼說，苗文卿在鈞興堂的地位不是一天兩天建立起來的，畢竟是二十年的苦心經營，上上下下的關係盤根錯節，哪裡是說扳倒就扳得倒的？莫說汴號了，就是在總號也有不少他的心腹。剛才大家全都被這突如其來的襲擊弄得不知所措，等到明白過來，無不為苗文卿鳴冤叫屈。有的相公更是提議聯名上書給盧維章，給大相公討個清白。群情激憤下，大伙一窩蜂地來到苗文卿的住處，不料卻撲了個空。門房老漢說苗文卿剛剛收拾了東西，和小潘子一起匆匆離去，看樣子是回神垕的總號了。眾人面面相覷，不知該如何是好。

柒

投鼠忌器的玄機

盧豫川接到盧維章書信的時候，剛剛從馬千山的府上回來。苗文鄉離開汴號一月有餘，盧豫川開始是惴惴不安，靜待了幾天之後，心情才慢慢平復下來。看來叔叔並沒有因爲苗文鄉告狀而對他有所不滿，到底是至親，打斷骨頭還連著筋呢，一個外人的挑撥能有什麼用？扳倒了苗文鄉，汴號上下自然都唯他盧豫川馬首是瞻了。原本憤憤不平的相公夥計們見總號那邊遲遲沒有音訊，可見盧維章對汴號發生的一切都已默許，想想自己無非是賣力氣掙錢養家，跟東家的人過不去總不會有好下場，誰還敢再去碰盧豫川的鋒芒？苗文鄉那麼德高望重的老人，不就是因爲跟他發生了抵牾，被一番辱罵後掃地出門了？加上盧豫川除了花錢較沒節制，對相公夥計們還算客氣，汴號的生意也風平浪靜，一切照舊，外人絲毫看不出內部的巨變。

沒了苗文鄉在一旁掣肘，盧豫川做起事來更加順手了，他重新打起河南巡撫馬千山的主意。馬千山共有兩個兒子，老大馬垂章在外地做官，老二馬垂理還沒有功名，整日流連在青樓賭場，光在城南得勝坊就欠下了五萬兩銀子的巨債。不但如此，他還在會春館裡包了個叫錢盈盈的頭牌妓女，一包就是兩個月，花銀子跟流水似的。馬千山雖貴爲一省巡撫，每年的養廉銀子不過是一萬多兩，哪裡夠馬垂理這般開銷？馬千山早放話出去，冤有頭債有主，兒子欠下的債兒子還，跟老子不相干！話雖這麼說，馬千山主政豫省七八年了，一個知府做上三年都有十幾萬兩銀子的積蓄，何況是堂堂一省巡撫？馬垂理的那些債主們一個個咬牙切齒，誰也不敢真的去巡撫衙門裡討債。偏巧京城裡跟馬千山有仇的一個監察御史得了消息，一封奏摺直達天聽，添油加醋地告了他一狀。軍機處照章辦事，轉發給吏部考功司核查。自古為官者哪有不怕彈劾的，但馬千山經營官場幾十年，無論是京城還是河南都有盤根錯節的關係網，這麼一點事他自然毫髮無損。可終究是一樁提起來就皺眉的事，他為了這個不知痛斥了馬垂理多少回。久而久之，馬垂理一見老子就躲，跟老鼠見了貓似的，唯恐被訓得灰頭土臉。

這件事傳到盧豫川耳裡，居然成了天大的好消息。其實馬垂理不窮，也不是還不起，只是作威作福久了，不想還錢就是。盧豫川接近馬千山的主意早已定下，只是苦於沒有機會，眼下正是個千載難逢的時機。盧豫川和馬垂理是賭場上的老相識，他立刻發了帖子約馬垂理出來喝酒，馬垂理是個饕餮之徒，自然是欣然前來。酒過三巡菜過五味後，盧豫川故意問起他躲債的事，馬垂理頓時跟霜打的茄子似的蔫了。盧豫川趁機拍胸脯保證，馬垂理欠下的銀子，全部由鈞興堂汴號代為償還，算是交個朋友。馬垂理聞言大喜，當即就要跟盧豫川結拜為兄弟。兩人有模有樣地跪倒在地焚香拜天，盧豫川表面上裝出一副興高采烈的模樣，心裡卻對這個腦滿腸肥的紈褲子弟鄙夷至極。誰家的銀子是天上掉下來的？若不是爲了打通他老子的關節，誰願意花這個冤枉錢？

靠著那張五萬兩現銀的銀票，盧豫川終於邁入了夢寐以求的巡撫衙門。馬千山聽說有人替兒子還債，倒不像馬垂理那樣歡天喜地，反而細細詢問了盧豫川的底細。再三考慮後，馬千山終於同意見上盧豫川一面，地點就在巡撫衙門的後院花廳。躊躇滿志的盧豫川在花廳裡苦苦等了近兩個時辰，從傍晚一直等到深夜，才見到馬千山。盧豫川遙遙看見一群人簇擁著一個衣著華麗的人走過來，忙雙膝跪倒，朗聲道：「神垕鈞興堂盧家老號盧豫川，叩見巡撫大人！」

馬千山一臉愕然，彷彿真的是公務繁雜，剛剛才想起來還約了這麼個人。盧豫川伏在地上，聽見一個漫不經心的聲音道：「你就是盧豫川？我聽垂理講過你，很好，很好。」

盧豫川又磕了個頭，直起身子道：「鈞興堂是小字號，今後還望巡撫大人多提攜！」這是他第一次見到巡撫一級的官員，激動得牙關哆嗦，熱切地盯著馬千山。馬千山撩袍坐下，早有人送上了茶，他接過去端在手裡，微微一笑道：「鈞興堂急公好義，很好，很好。」說著，把茶杯輕輕一舉。

端茶送客是清末官場的風俗，盧豫川和官場中人打了那麼多交道，自然知道這個動作的含義，本來準備好的一套說詞看來是白費功夫了。他雖不甘心，卻也只好站起來道：「巡撫大人過獎了，草民自當安分守己，做個巡撫大人的順民百姓。」

馬千山斜了一眼，一個師爺會意，迎上來笑道：「時候不早了，馬大人還有許多公務要辦，盧東家這邊請。」

盧豫川又看了眼馬千山，百般不捨地隨師爺走出花廳。直到進了鈞興堂汴號，他還如同做夢一般。五萬兩銀子，就換了那兩句話？這個買賣真是賠大了。盧豫川懊惱地回到房裡，心緒難以平復。他胡亂翻了幾本帳冊，心情越發煩躁，便披衣出門，對外面睡眼惺忪的車夫喝道：「備馬，去馬行街！」車夫揉著眼睛套車去了，嘴裡小聲嘟囔著什麼。馬行街夜市聞名全國，是開封府最繁華的地段。會春館就在馬行街上，看來少東家又要去找那個叫蘇文娟的粉頭去了。豫商裡有嚴規，外出駐號跑碼頭的人，無論是大相公還是跑街夥計，一律不得帶家眷、不得喝花酒、不得捧戲子、不得逛妓院，盧豫川死了老婆後鰥居獨處，所以除了帶家眷之外，其餘幾條全都破了。可在鈞興堂汴號裡，他就是最大的爺，誰敢說他的不是？不一會兒，車馬已經備好，盧豫川心急火燎地上了車，吩咐道：「去會春館！」

車夫應了一聲，揚鞭趕馬，心裡卻連連長嘆。規矩有人定，自然就有人破，盧豫川這麼肆無忌憚地敗壞豫商行規，難道大東家盧維章一點都不知道嗎？

月兒彎彎，慘白地懸在天際，照得開封城裡城外清亮無比。相國寺大街上寂寥無人，一輛馬車吱吱嘎嘎地出了鈞興堂汴號的大門，朝城東的馬行街逶迤而去。

苗文鄉回到神垕家中，一連三日閉門不出。汴號人事巨變的消息眨眼間傳遍了神垕各大窯場，有幸災樂禍的，有替他鳴冤的，也有冷眼旁觀的，大家都在揣摩盧維章的心思。苗文鄉膝下有兩子，大兒子苗象天在盧家老號維世場做掌窯相公，二兒子苗象林在鈞興堂總號做學徒，尚未出師，一家人吃的都是盧家的飯。苗文鄉受辱辭號，家裡人反應最激烈的就是老二苗象林。苗文鄉回家的頭天晚上，苗象林聽了父親的講述，氣得怒髮沖冠，當即就要找盧維章評理。苗文鄉瞪了他一眼，罵道：「就你火氣大。你一個學徒，能見著大東家嗎？自不量力的蠢材，要是逞匹夫之勇能辦成事，哪裡輪得到你？」

苗象林急道：「那也不能就這麼辭號算了啊，你一個大相公，是大東家親自下聘書定的，照豫商的規矩，就是辭號也得經過大東家批准，他一個盧豫川憑什麼這麼擅權？」

苗象天自始至終都沒說一句話，只是默默地坐著。苗文鄉看著苗象林，搖搖頭道：「虧你還在總號幹了這麼多年，豫商最講究每臨大事有靜氣，事情既然發生了，你著急有什麼用？多學學你大哥，遇事不要慌張，所謂亂中出錯，自己陣腳一亂，那就一點翻盤的希望都沒了。」他斥責了老二一番，轉臉看著苗象天，淡淡道：「老大，你琢磨半天了，說句話吧。」

苗象天思索良久，一直沒言語，見父親點了名，才終於說話。他第一句話就語出驚人：「爹，您說得對。我看盧豫川如此待你不但不是禍事，反而是天大的好事！」

苗象林皺眉道：「大哥越說越離譜了，不明不白地遭了吃裡扒外的罪名，這算什麼好事？」

苗象天笑道：「你慢慢聽我說。盧豫川此舉甚不明智，原因有三。其一，爹在鈞興堂勞苦功高，對鈞興堂、對大東家的知遇之恩沒齒難忘，這是盡人皆知的，傻子才相信爹會背叛鈞興堂！爹跟盧豫川一向不睦，也是盡人皆知，就算是爹私見董克溫不對，大家也會覺得盧豫川多少有公報私仇之嫌，在情理上就說不過去。其二，盧豫川憑一個道聽途說的消息，不問青紅皂白就把爹趕出了汴號，絲毫不去調查，連『駐外大相公打理生意，東家不得妄加干預』的老規矩都不顧了，這就違背了祖訓。違背了祖訓就是不孝，他又輸在了道義上。其三，董克溫此舉擺明是借刀殺人，利用盧豫川和爹的矛盾下黑手，背後的主使者毫無疑問就是董振魁。盧豫川中了圈套還洋洋自得，可大東家何等精明，董家這點把戲豈能瞞得過他？有了這三點，爹看似被動實則主動，盧豫川看似春風得意實則處處樹敵，勝負之勢已是不言而喻了。」

苗文鄉喟然嘆道：「盧大東家也是人，一個是親姪子，一個是老朋友，他偏向哪邊都不好辦啊。」

「這正是我所說的天大好事。大東家深諳豫商之道，在突發大變之際不會忘了規矩。正如爹所言，大東家現在是左右爲難，而左右爲難的結局最有可能是各打五十大板，然後不了了之！可這次爹無疑是受了委屈，大東家爲了平息眾怒，維護鈞興堂本姓外姓一視同仁的信譽，自然會對爹加以撫慰。爹已經是汴號的大相公，汴號在鈞興堂地位尊崇，跟半個總號老相公也沒什麼差別。如今大東家自領總號老相公，而爹再升一級也是總號老相公了。所以我說，大東家很可能會辭去老相公，將爹扶上鈞興堂一人之下萬人之上的高位！我現在在維世場輔佐二少爺盧豫海見習燒窯，在我看來，將來鈞興堂大東家未必是盧豫川，姪子再親能有兒子親嗎？爹不必擔憂，二弟也不必急躁，我斷定盧大東家遲早會給大家一個交代！」

苗文鄉目光炯炯地看著他，道：「依你之見，老漢哪兒也不去，就坐在家裡等？」

苗象天笑道：「對！爹萬萬不能去見大東家，一見就擔上了告狀之嫌。此事事關重大，大東家此刻心裡怕是已有了對策。用不了多久，汴號的生意就會被董家打得落花流水，到時候，就算大東家想爲盧豫川開脫，恐怕也做不到了。爹何必同一個心胸狹隘的人計較，您就待在家裡好好歇上一段日子，靜觀其變吧。」

苗文鄉哈哈大笑，盤旋在他心頭整整一天的陰霾終於散盡。在回神垕的路上，他已經從最初的慌亂中理出了頭緒，而苗象天不過一頓飯功夫，居然就把整個事件分析得井井有條，大有青出於藍的架勢！天底下最讓男人得意的事，莫過於自己的兒子出類拔萃了，這倒是個意外的收穫。他滿意地點點頭：「你這番見解跟爲父一般無二，看來這幾年你在窯場裡歷練得有長進了。象林，明天你照舊去總號上工，凡有人問起，別的什麼也不要講，就說老爺子年紀大了身體不好，在家歇息養病。」苗象林撓著腦袋，總算是聽出了一些門道，不再嚷嚷著告狀了。第二天他到總號帳房，果然有不少人旁敲側擊，苗象林就按照父親的交代，照本宣科地回應。眾人無不感到詫異，誰都不明白苗老爺子到底打的是什麼主意。

真正明白苗文鄉心思的，只有盧維章一個人。苗文鄉返回神垕當天，就有人把汴號發生的事情原原本本地告訴他了。清末豫商講究東家出錢，相公出力，大東家名義上不管具體的生意，但在各個分號都有安排人，不然誰放心把自家生意全部交給外人操辦？小相公蘇茂東就是他在汴號的眼線。蘇茂東論年紀比盧維章還大，也識得幾個字，算是略通文墨，平日裡又喜歡喝茶聽書，一封密信寫得有聲有色，雖說是白字連篇，讀起來竟也跟本稗官小說似的。盧豫川的咄咄逼人，苗文鄉的張口結舌，眾位相公的敢怒不敢言，無不躍然紙上。盧維章看後呆了半晌，彷彿親臨汴號後堂，不禁被當時驚心動魄的場面深深震撼，好不容易才從想像裡抽身而出。他默默放下書信，在書房裡來回踱步，心思就像荒地裡的野草般滋長著，腦海裡一片混亂。他知道盧豫川年輕氣盛，滿腦子想做個一等一的豫商大家，也明白苗文鄉在經商上太過於老成持重，但他怎麼也沒想到以盧豫川之精明，苗文鄉之忠誠，會在汴號鬧出這麼一齣戲來，會被董振魁如此明顯的伎倆弄得滿城風雨。苗文鄉負氣還鄉，等於把汴號統統交給了盧豫川，而汴號肩負著盧家老號東西南北商路的中轉重任，董振魁父子對汴號又是虎視眈眈，稍有不慎就會連累到整個鈞興堂的生意。盧豫川就是再有手段，經商上畢竟還是個生手，哪裡能把整個擔子挑起來？還是需要像苗文鄉這樣德高望重的老人坐鎮汴號，才能做到萬無一失。可盧維章轉念一想，盧豫川在洛陽辦砸了差事，一顆心都在汴號上，何況前幾個月的生意經營得著實不錯，實在是找不到合適的藉口。盧豫川趕走苗文鄉，說白了也是嫌他觀念守舊，爲的是自己放開手腳大幹一場，若是在這個節骨眼召他回來，會不會冷了他的心？年輕人的心性還不定，一旦在春風得意的時候受到打擊，難免會頹廢下去，再想振作起來怕是難上加難，這麼一來，如何對得起爲盧家死於非命的兄嫂呢？

所謂關心者亂，一邊是自家生意，一邊是骨肉親情，盧維章苦思惡想了整整一夜，竟是一點對策都沒有。權衡再三後，他只好給蘇茂東去了封密信，一則要他留心盧豫川的一舉一動，如有意外立即來信告知；二則是打聽汴號各位相公夥計的態度，如實回報。汴號剛剛建起來，相公夥計都是盧維章親手從總號挑選出來的，個個都是鈞興堂得力的人才，雖然沒了苗文鄉坐鎮指揮，只要盧豫川不太過胡鬧，一時半刻倒也不會出什麼大事。這一點上盧維章還是能放心的。

盧維章送走了信使，東方天已大亮。不知不覺一整夜過去，盧維章感覺周身疲憊。快二十年了，自從他首創鈞興堂盧家老號開始，幾乎每個夜晚都是在千頭萬緒的生意裡度過，六千多個日日夜夜一晃而過，把一個四十多歲的中年漢子操勞得身心俱疲。尤其是從去年跟董家的霸盤生意後，接連幾場惡戰下來，盧維章雖是大獲全勝，可無論是精力還是體力都大不如前了，種種蒼老的痕跡在他身上暗暗滋生。盧維章在小院裡打了一趟太極。他這套標準的陳氏太極是特意到懷慶府溫縣陳家溝學的，一招一式都透著陳氏太極的精髓。一趟拳打完了，他才覺得恢復了一些元氣，忽然想起當年哥哥盧維義嘔心瀝血強記禹王九鼎圖譜的往事。那時的盧維義身子骨多麼精壯，不就是因爲費心太過而瞬間衰老的嗎？盧維章感到一陣凄涼。多少人羨慕富商之家應有盡有，錢財用之不盡，可商家夙興夜寐的操勞，求一宿安眠的艱難，周旋在暗濤洶湧商海中的戰戰兢兢，卻無人能知。縱觀天下各省商幫，又有幾個大商之家不是如此？又有幾個大東家不是未老先衰？想到這裡，盧維章再也無法把第二趟拳打完，便收了勢，默默在院裡佇立靜思。

不知過了多久，一個人悄然進了小院，無聲無息地站在盧維章背後，凝視了好久，慢悠悠道：「聽說老爺又是一夜沒睡，身子熬得住嗎？」

盧維章睜開眼，回頭道：「妳怎麼來了？」

盧王氏人到中年，雖不如年輕時俏麗，卻也有一種成年婦人的風致。她跟盧維章成親二十年，一起從苦日子裡熬過來，夫妻感情根深蒂固。在盧維章艱辛創業的時候，盧家家徒四壁，盧王氏一個人帶著一大一小兩個孩子，還要處處爲盧維章著想，難處可想而知，可她從沒讓盧維章爲家事分心，獨力承擔了下來。盧維章對此頗爲感激，功成名就後便立了一條規矩，盧家子孫不得納妾，只准娶一房夫人。這在豫商裡倒是特立獨行的做法，自古商家都認定多子多福，娶個三四房夫人不但自己享受，還可以在他人面前誇耀，只有神垕的盧家與眾不同。不過別的大家子裡妻妾爭風吃醋、眾子爭奪家產的事情，在盧家卻從沒發生過。再加上盧王氏持家有道，把鈞興堂裡百十口人整治得有條不紊，從沒出過一點亂子，盧維章才得以全心投入到生意裡。

盧王氏深情地看著丈夫，輕手挽住他的胳膊，笑道：「今天覺得精神還好，在家裡四處走走，聽下人說老爺書房裡的燈亮了一夜，怕是又沒能歇息吧？」

盧維章感到陣陣暖流流過心中，微笑道：「也沒什麼，操勞的日子久了，生意再熬人，能比燒窯更累嗎？夫人就要生產了，有事打發個下人來就行，何必親自來呢？」

兩人說著話，盧王氏扶他走進書房，給他倒了壺熱茶，看他喝下去，才道：「我從沒問過盧家生意上的事，不過此事牽連到豫川，我不能袖手旁觀。」

其實，盧維章早就看出她是爲何而來，只是沒有說破。見盧王氏開了口，他便笑道：「就是夫人不說，這麼大的事我也要跟夫人商量商量。既然夫人來了，不妨就說說吧……豫川的事情，妳怎麼說？」

盧王氏見他這麼問，反而有些不自然了，臉紅道：「我一個婦道人家，本來不該管分外之事。但大哥大嫂是爲了盧家而死的，他們就留下豫川這一點血脈，如今豫川犯了錯，也是咱們叔叔嬸嬸教導無方，不能把罪過都算在豫川頭上。」

盧維章臉色凝重起來，道：「我也正是因爲這個才難以決斷啊……汴號發生的事情，家裡的人都知道了嗎？」

「神垕就這麼大的地方，我想此刻不但家裡人，就是全鎮各大窯場都傳遍了吧？」

「如此說來，這件事不容再拖，必須盡早做個了斷。不瞞夫人，我昨晚想了整整一夜，什麼法子都想到了，還是難以抉擇。豫川不問青紅皂白就趕走苗大相公，出於公義，出於生意，我都不能坐視不管，不然規矩何在？沒了規矩，還拿什麼做生意？但除了這件事，平心而論，他在汴號做得的確不錯，貿然召回恐怕會傷了他的心氣，也會讓他對咱們有所不滿。他畢竟是盧家的少東家，將來盧家全部家業都要交給他的。家大了，最忌諱的就是人心不齊，一旦內鬨起來，難免會給外人可乘之機……」

盧王氏深深地看著他，忽然道：「豫川一心要做個比你還大的大商家，他在汴號是想做大事，咱們不妨把他召回來，也分他個大事去做，照樣能遂了他的心願。這樣不好嗎？」

盧維章心思一動，看著她催促道：「夫人快快講下去！」

盧王氏撫著肚子，笑道：「我以爲眼下鈞興堂最緊要的事，一個是四處開拓生意，一個是重製禹王九鼎。豫川在汴號做的是頭一件，咱們把他召回來督造禹王九鼎，不也是爲盧家做大事嗎？何況朝廷催得那麼急，禹王九鼎的圖譜又是他父親寫成的，讓他回來督造順理成章，我想他也不會想太多。只要豫川離開了汴號，不管是派苗文鄉大相公回去，還是另外選派個人去，起碼在豫商裡不會有人再說盧家內外有別，只顧東家不顧生意了。豫川另外有了更大的差事，也是體體面面地離開汴號，也沒什麼丟臉……我這是婦人之見，老爺就當聽個閒話吧。」

盧維章聽得眼睛發亮，騰地站起急促地走了兩步，道：「這怎麼是閒話！夫人一席話，讓我豁然開朗，這正是兩全其美的辦法，可嘆我盧維章苦苦想了一夜，卻沒想到這樣的計策！」

盧王氏羞赧道：「老爺是當局者迷，我是旁觀者清……這麼一來，大可放心豫川了，但老爺不要忘了另外一個人啊。」

盧維章拍了拍頭上的月亮門道：「你是說苗文鄉？夫人放心，我已經有了打算……今天晚上我就去苗家，見見苗文鄉去。」盧王氏看他興奮的模樣，嗤嗤笑道：「看老爺一提起生意就如此振奮，剛才是誰在院子裡愁眉苦臉的，跟別人欠了幾吊大錢似的，笑死人了……」

我要你毀了禹王九鼎，你敢嗎？

苗文鄉在汴號大半年了，這還是第一次回家。老伴苗李氏做了幾十年的商家婦，對這已經習以為常了。豫商的規矩，駐外字號裡不得攜帶女眷，無論是大相公還是小夥計，一律得駐外整三年才給兩個月的探親假。這次苗文鄉是被少東家趕回來的，算不上光彩，但在苗李氏看來也沒什麼，六十歲的人了，還能做幾年？眼下孫子都有了，正好一家人團團圓圓，盡享天倫，再不用去攪和什麼生意了。故而剛用過早飯，苗李氏就抱著小孫子來到苗文鄉房裡，見他兀自坐在桌前發呆，便笑道，「好啦好啦，都幹了一輩子了，這回可不是我不讓你幹，是盧家的人把你攆回來的，你還有什麼好說的？好歹也是從大相公位置上退下來，還有什麼不知足的？你看咱家淘氣，跟他爹一個模樣。」說著，苗李氏把小孫子遞給他，「看咱們小淘氣，爺爺回家了也不來看看，心裡可委屈呢！」

苗象天得子的時候，苗文鄉還在汴號張羅生意，只聽說兒子生了個胖小子，乳名叫淘氣，卻從沒見過。昨天他黯然地回到家裡，也沒心情去看看孫子。如今看見襁褓中的小淘氣，一時間滿腹思緒全拋卻腦後，接過孫子再也看不夠了。苗文鄉在生意上操勞了大半輩子，從未享受過含飴弄孫之樂，跟淘氣嬉鬧一番，不由得喟然嘆道：「也罷，盧大東家不來找我，我也不去找他。反正每個月二十兩銀子領著，你我老兩口也有著落，就算是榮休吧。」

鈞興堂十五年大慶的時候，盧維章為了答謝各位相公，特意定下了規矩：凡是從鈞興堂草創時期就在盧家老號做事的，六十歲榮休之後，每個月依然能領半俸，算是鈞興堂的一番心意。新堂規宣布那天，鈞興堂大小百十個相公無不感激涕零。盧維章在眾人的注視下端起酒杯道：「天下四行，士農工商。人家都說上三行好幹，商家最是難當。為什麼？當官的老了有俸祿，種地的老了有兒子，做工的老了有手藝。咱們做生意的也是人，老了，病了，也得過人的日子。從此往後，鈞興堂是我盧家的，也是在座諸位的，大夥不為別的，就是為了日後養老，也得同心協力，好好幹吧！」他的話才說到一半，大廳裡已是歡呼雷動，簡直要把房頂掀了。回憶起那時的場面，苗文鄉不免又是一陣長吁短嘆，「要說我還有什麼遺憾，就是沒能看到鈞興堂在我手上發揚光大……唉，辜負了盧大東家的一番苦心了。」

苗李氏還沒來得及接話，就聽見外面有人高聲說道：「苗大相公此言差矣！」苗文鄉一聽來人的聲音，臉上立刻現出激動的神色，抱著淘氣就往外走，跟來人正好撞個滿懷。苗李氏早呆了，看著盧維章笑意盈盈地進到屋裡，竟一點反應也沒有。盧維章見他還抱著孩子，就笑道，「我說苗大相公回了神垕，怎麼也不去我那裡說個話，原來是躲在家裡抱孫子呢。幾個月了？」他一邊說著，一邊掏出塊碎銀子，塞給苗李氏，「象天也真小氣，這麼大的好事也不知會一聲，連個送禮的機會都不捨得給我！孩子取名了嗎？」

苗文鄉這才發覺自己還抱著淘氣，尷尬地把孩子遞給老伴，道：「只有個乳名，叫淘氣。」

盧維章放聲大笑道：「好名字，好名字！男孩不淘氣，將來怎麼能成才？」

苗李氏靈機一動道：「那老婆子就斗膽，請大東家取個官名吧。」

盧維章此行就是爲了打消苗文鄉的顧慮，維護鈞興堂上下親如一家的名聲，當下便不推辭，仔細想了想道：「就叫苗陶鈞吧。陶在鈞之前，因爲陶是鈞的老祖宗，鈞又是咱們神垕的特產，苗大相公的孫子，值得起這樣的名號！」

苗文鄉沒想到盧維章真的給孫子起了名字，又蘊涵那麼深的期許，自己分明是被趕回家賦閒的，可盧維章一口一個「大相公」地叫，難道大東家真的對自己還是一如既往嗎？他的心急劇地跳動起來，瞪了老伴一眼道：「就妳會添亂！快抱淘氣下去吧，我跟大東家還有話說。」苗李氏喜不自勝地抱孩子下去，一路上「陶鈞」、「陶鈞」地叫個不停。

盧維章笑著看了看苗文鄉，打趣道：「原來苗家的規矩，是不請客人坐的嗎？」

苗文鄉這才發覺兩人都還站著，老臉頓時一紅，忙招呼他坐下，「大東家，我剛才……」

盧維章開門見山道，「大相公且聽我一言。今日我是替豫川請罪來了。大相公在汴號受了委屈，這我都知道，你也不要跟個年輕人一般見識。聽象林說你身子骨不好，那就在家休養一段日子，等痊癒了再出來做事。我自領老相公的日子也不短了，一直尋思著找個人來分擔。你在總號幹了那麼多年，又在汴號幹得有聲有色，遍觀鈞興堂各路英才，這個老相公的位置非你苗大相公莫屬啊……」說罷，盧維章一臉誠懇地看著苗文鄉，又道，「這事就這麼定了，聘書我明天就讓人送過來。不過老相公還得等上幾天，等我把汴號那邊安置妥當……我眼下也有不少難處，不能立時讓你上任。等時機成熟了，我自會照豫商規矩，爲老相公榮升擺上三天的大戲慶賀，你看如何？」

苗文鄉還能說什麼，只有俯首帖耳道：「老漢何德何能，竟讓大東家如此看重……」

盧維章擺手笑道：「老相公莫要自謙了。剛才我聽見你說什麼榮休，說什麼每月二十兩銀子，我就當沒聽見。難道老相公的抱負志向，僅僅是二十兩銀子嗎？眼下我有個辦法，是跟晉商學的，今天正好跟老相公好好商議一下。」

苗文鄉擦了擦老淚，道：「苗文鄉這輩子算是給鈞興堂了！大東家說吧，若是老漢沒猜錯，可是學晉商的身股之制？」

盧維章讚許道：「薑果然是老的辣！這次汴號發生的事，前前後後我都了解了。董克溫以二老相公之位為條件，老相公卻堅辭不受，實非常人所能及。你剛才也說，要把一輩子都交給鈞興堂，我當然求之不得，但只有老相公你一個還不夠。鈞興堂的生意要想長盛不衰，只有每個人都像老相公這樣才有希望。晉商裡為什麼很少有人辭號？就是因為一個身股制。一辭號，過去的辛苦全白費了。只有這樣才能留住人，有了人才有做事的本錢！我昨天想了一晚上，畢竟每個人的秉性和心胸各不相同，不是人人都像老相公一樣有坐懷不亂的氣度，那種誘惑若是在別的分號大相公眼前，說不定就正中下懷了。所以我思索再三，還是得推行身股制。今後每個鈞興堂的人，上至老相公，下至夥計，都在帳上領一份身股，具體多少等咱們詳細商量了之後再定。一旦身股制建立起來，鈞興堂人人都是東家，每年按股分紅，不但沒人能挖走盧家的人，就是其他字號的人才，也會擠破頭想到鈞興堂來？」

苗文鄉跌足嘆道：「不愧是大東家，居然從董家借刀殺人之計想到了推行身股制！老漢沒有二話，只要大東家下定決心，老漢一定全力協助大東家，做成這件豫商裡開天闢地的大事！」

盧維章起身笑道：「此事非同小可，我看老相公這些天有得忙了，你就在家好好籌畫此事，務必想出個詳細的章程來。等老相公正式上任那天，我就可以騰出手來，一面全力重製禹王九鼎，一面專心推行這身股制！好了，我今天真是不虛此行，告辭了。」

盧維章前後不過待了一盞茶功夫，卻在談笑之間定下了建立身股制這樣的大事，也徹底征服了苗文鄉這員幹將。有了這個豫商精英的傾心輔佐，何愁大業不成？

盧豫川第二次走進巡撫衙門，心裡多少有些忐忑不安。他本來在蘇文娟房裡聽她彈琴解悶，琴音婉轉，卻化解不了盧豫川的滿腔心事。這些日子裡因爲馬千山的事，他的心情實在是沮喪到了極點。思慮再三，他還是提筆給神垕家裡寫了封信，告訴叔叔五萬兩銀子花得不明不白，人家似乎並不領情，根本沒得到預期的效果。好在盧維章並沒有怪罪，反而回信安慰他說跟官府打交道急不得，只要錢花了出去，遲早會有作用，放長線才能釣大魚。可盧維章越是這麼說，盧豫川的心裡越是愧疚。爲了實行買通馬千山的計畫，他不惜藉故趕走掣肘的苗文鄉，在汴號引發軒然大波，也破了豫商的傳統，叔叔卻未因此責怪他。原本是志在必得地出手，馬千山竟不冷不熱地用幾句話就把他打發了，整整五萬兩銀子就像是丟進水裡，誰會不心疼？他原本以為這次必定會引來一番責怪，可叔叔偏又是輕描淡寫地一筆帶過。就算叔叔不在意，總號那麼多張嘴會閒著嗎？人言可畏啊。

盧豫川想到這裡，再美妙的琴聲也聽不進去了。他悵惘地站起身，走到窗前。樓下就是熙熙攘攘的馬行街，沿街叫賣的小販，往來穿梭的行人，視線所及之處無不是一派繁華鼎盛的景象。盧豫川呆呆地看著窗外，滿腹愁緒湧上心頭，鬱結成團，彷彿橫在河中的一塊巨石。他沉思良久，忽然感到腰際一陣溫暖，低頭看去，卻是蘇文娟的兩條玉臂環扣在腰間，背後一陣嬌聲道：「少東家有什麼心事嗎？連奴家彈琴都聽不下去了。」盧豫川回身抓住她的手道：「生意上的事情，跟你不相干。來吧，再彈一曲〈春江花月夜〉。」蘇文娟輕輕搖了搖頭，道：「好曲子要配上好心情，少東家心情不好，再好的曲子聽起來也跟廟裡和尚念經差不多，還有什麼趣味？不如看看窗外的景致吧。」

蘇文娟是江南揚州府人氏，十八九歲的妙齡，在會春館賣藝不賣身，人稱琴棋書畫「四絕粉頭」。盧豫川與她初相識的時候，並未覺得她有何獨到之處，點了幾次她的牌子，再與其他姑娘一比就覺得高低立現，竟有「曾經滄海難爲水」的感觸。蘇文娟也對他情有獨鍾，一顆心都在他身上。兩人相處久了，越發心有靈犀，經常會心一笑，用不著言語。此刻他們相擁站在窗前，蘇文娟軟軟地靠在盧豫川胸前，感受著他的心跳由快而慢，繼而平靜如常，臉頰上不由得露出兩個深深的酒窩。美人如玉擁在懷中，盧豫川似飲醇酒，漸漸地手上也不老實起來，時而掠過她的兩腮，時而輕觸她的酥胸。蘇文娟嚶嚀一聲，掙開他的懷抱，滿面含羞地笑道：「少東家，奴家可是賣藝不賣身的。」

盧豫川正值青春年少，渾身的血液已經沸騰起來，怎能甘心就這麼給她逃脫，便快步追了上去道：「妳就真的一點也不動情？」蘇文娟笑而不答，只是一味地躲閃。兩人在房裡你追我趕，盧豫川終於扯到了她的衣袖，順勢一拉，披在她身上的輕紗罩衣頓時脫落，圓潤的玉肩裸露出來。蘇文娟驚叫一聲抱住雙肩，急道：「少東家莫再追了，給媽媽聽見可不得了！」

盧豫川欲火中燒，大聲道：「不就是三千兩的梳櫳錢嗎？我給！」

蘇文娟又羞又急道：「少東家且慢！」盧豫川把她攔腰抱起，大步走向床邊。蘇文娟用力掙扎道：「少東家，你能聽我說句話嗎？」盧豫川只顧抱著她，一句話都不想再說了，把她橫放在床上，兩手亂扯著小衣。蘇文娟拚命直起身來，叫道：「少東家！你若是再這樣，奴家真的要叫了！外面有人時刻守著，到時候真的衝進來豈不是兩方尷尬？」

盧豫川聞言一愣，蘇文娟將散亂的衣服拉好，低聲道：「少東家對奴家的心，奴家豈能不知道？但會春館有會春館的規矩，奴家此刻還是姑娘身子，一旦給少東家梳櫳，就跟尋常娼婦一般了，難道少東家真的要這樣做嗎？」

盧豫川懊惱地坐在床上，默不作聲。蘇文娟輕輕靠在他肩頭，道：「既然如此，奴家也就不要臉面了……實話告訴少東家，奴家贖身的銀子只要一萬兩！奴家這幾年自己的積蓄也有四五千兩，少東家就是只圖奴家的身子，也得花三千兩啊……少東家、少東家若真是對奴家有心，加上奴家的私房銀子，把奴家贖出去吧。就算沒有八抬大轎明媒正娶，入不得廳堂，奴家也情願跟著少東家做個使喚丫頭，伺候少東家一生一世！」

盧豫川一驚道：「妳真有此意？」

蘇文娟正色道：「奴家若是有半句虛言，死無葬身之地！」

盧豫川心頭一熱，猛地抓住她的手道：「文娟，我……」

門外不知哪個不長眼的，偏在這時候敲起門來。重重的敲門聲打斷了盧豫川的話，他沒好氣地罵了一句，在蘇文娟臉上輕吻一下，回頭大聲道：「是誰？」

「少東家，是我啊！」

盧豫川聽出來人是蘇茂東，便為難地看了眼蘇文娟，起身開門，用身子擋住門縫道：「大白天的你亂喊什麼，汴號被人搶了不成？」

蘇茂東急得滿臉是汗，也顧不得擦，尷尬萬分道：「少東家，是馬二少爺心急火燎地要找你，說是馬大人有請，讓你立刻去巡撫衙門！要不然，我也不會來這裡……」

盧豫川不耐煩地道：「好了好了，我知道了，你在樓下等著，我這就來。」說著，他把房門重重關上。蘇茂東呆呆地看著門，旁邊一個龜奴笑道：「不打勤不打懶，就打不長眼。我說蘇相公，人家正做好事呢，你這不是自討沒趣？」蘇茂東狠狠瞪了他一眼，嘟囔著轉身下樓。

盧豫川匆匆話別了蘇文娟，馬不停蹄地直奔巡撫衙門。一路上他坐在車裡思緒百轉，剛才在蘇文娟那裡的春情暖意早扔到了一旁。他怎麼也猜不透馬千山爲何這麼著急地要他去，難道是馬垂理又惹禍了，讓他趕去掏銀子嗎？這次萬萬不能那麼爽快就答應了，汴號的生意剛剛做起來，有多少銀子去塡這樣的無底洞？

出乎盧豫川的意料，他剛在巡撫衙門前下了車，上次那個師爺就迎了上來，滿臉笑容道：「盧東家來了？大人在書房恭候，請隨我來吧。」盧豫川一頭霧水地跟著他穿廊越閣，來到衙門後宅的書房。馬千山果然在裡面，沒有其他人，師爺將盧豫川送進房門，施個禮便退下了，並輕輕闔上門。屋子裡只剩下他們兩個，盧豫川慌忙跪倒磕頭道：「神垕鈞興堂盧家老號盧豫川，叩見馬大人！」

馬千山道：「免禮免禮，盧東家不是外人了，這邊坐吧。」

盧豫川忐忑地落坐，拘謹地斜欠著身子，道：「不知馬大人讓草民來，是……」

馬千山咳嗽一聲，道：「本官叫你來，是想跟你商量一件事。此事事關重大，無論你能否做到，都要老老實實回答本官，你可聽明白了嗎？」

盧豫川點點頭，心臟劇烈地跳動著，屁股下彷彿有盆炭火，怎麼也坐不住。馬千山不動聲色道：「這事情說簡單也簡單，說難辦也難辦，我就開門見山地說吧，盧家老號是不是承接了重製禹王九鼎的皇差？」

盧豫川一愣道：「是！」

馬千山陰鷙的臉上掠過一絲笑意，道：「你一定在想，盧家老號和董家老窯承接皇差的事，豫省誰不知道？我是一省巡撫，你是一介商家，卻都是給皇上、給太后做事。鈞興堂家大業大，出手闊綽，這一點我已經知道了，如今我要你再為我做一件事，你可願意？」

盧豫川有天大的膽子也不敢明著跟馬千山頂撞，只得硬著頭皮道：「只要盧家做得到的，萬死不辭！」

馬千山滿意地點點頭，「這就是了。你也莫怪我上次疏於禮節，那時人多嘴雜，我不便多說。只要你肯幫忙，辦成了這件事，今後給皇宮大內的鈞瓷貢奉，我就讓你盧家包了！」

盧豫川心中一喜，皇宮大內鈞瓷貢奉的專差，可不就是他們叔姪二人夢寐以求的嗎？他連忙離座跪道：「豫川代叔父盧維章，謝過大人美意！」

馬千山擺擺手道：「你起來吧。這件事只要你們盧家想做，就一定做得到。不瞞你說，兩個時辰之前，董家老窯的董克溫剛剛離開我的書房，同樣的話我也對他說過，不過他沒有立即答應下來。我也知道你沒有答應這件事的權力，你連夜趕回神垕，把這件事告訴你叔父盧維章。三天之後，我要聽你們兩家的答覆。哪家能得到朝廷貢奉的專差，就看你們哪家能做到這件事了。」

盧豫川抬頭道：「不知馬大人所言究竟何事？」

馬千山臉上浮現鬼魅般的笑容，緊盯著盧豫川，一字一句道：「我要你毀了禹王九鼎，你敢嗎？」

皇差與后差

盧維章書房裡的燈亮了整整一夜。

盧豫川回到神垕已是掌燈時分，他一反常態地連盧王氏都沒去拜見，就直接趕奔盧維章的書房。恰好盧維章在房裡跟苗文鄉商量推行身股制的事。兩人談興正濃，冷不防見盧豫川破門而入，兩人都是一驚。苗文鄉在汴號跟盧豫川近乎反目，猛地見了面，自是萬分尷尬，站起身道：「老漢見過少東家。」盧維章一看見盧豫川張皇失措的表情就知道汴號出了大事，但他沒有驚慌，反而平靜道：「豫川，還不見過老相公？」

盧豫川一愣，「老相公？」

盧維章淡淡道：「對，我已經正式下了聘書，苗文鄉現在是鈞興堂盧家老號的老相公了。按照咱們豫商的規矩，東家的子孫在老相公面前行子姪之禮，難道你不懂嗎？」

盧豫川做夢也沒想到被他趕走的人居然成了老相公，但從盧維章凜然的神色和嚴肅的語氣裡，他知道這一切都是真的。他只好順從地躬身一禮道：「老相公在上，學生盧豫川這廂有禮了。」

盧豫川如此順服倒是出乎苗文鄉意料，苗文鄉也算是大風大浪裡走過來的，自然知道這個場合該說什麼。他連忙上前攙起盧豫川，道：「少東家這般作爲，我老漢還有何話說？以前都是老漢太執拗了，一氣之下就離開了汴號，把千鈞重擔都丟給了少東家，要是汴號生意真出了岔子，千錯萬錯都在老漢一人身上，老漢先給少東家賠罪！」說著，他也是深施一禮。苗文鄉也看出汴號出了大事，不等盧豫川說就慨然將罪過都攬下來，這就是老相公的肚量。盧維章見二人都表明了態度，心裡頗爲欣慰，笑道：「好了好了，說到底都是自家人，就一笑泯恩仇吧。豫川，你這次回來，可是汴號出了事？」

盧豫川看了眼苗文鄉，有些猶豫道：「這……」

盧維章斬釘截鐵道：「豫商的規矩，除了家事，東家的一切都不背著老相公。你說的是家事，還是生意上的事？」

苗文鄉再也站不住了，不安道：「老漢還是暫且迴避一下吧。」

盧維章刀子般的目光盯在盧豫川身上，刺得盧豫川一哆嗦，只得道：「這……是家事，也是生意上的事，而且事關鈞興堂的前途……」

「那就說吧。」

盧豫川嚥了口唾沫，再也不敢支吾，竹筒倒豆子般把馬千山的密令講了出來。盧豫川在路上早盤算好了措詞，剛開始因為見到苗文鄉有些慌亂，後來他越講越快，聽得盧維章和苗文鄉目瞪口呆。等他講完了，長長地吁了口氣，他們兩個卻是汗流浹背，如坐針氈。

盧維章眉頭緊鎖，跟苗文鄉交換了一個眼神。盧豫川道：「馬大人只給了三天時間，豫川這才不等叔父發話就自行回來了，望叔父恕姪兒擅離職守之罪！」

盧維章緩緩道：「這不怪你。我說你剛才進門時怎麼那麼慌張，這件事還真是非同小可。豫商講究每臨大事有靜氣，你這麼手足無措，如何成就大事？你先喝杯茶靜一靜再說。」

盧豫川面帶慚愧地垂手站在一旁。盧維章看著苗文鄉道：「大變在即，老相公有什麼見解？」苗文鄉搖頭道：「事發倉促，老漢一時也沒有什麼好對策。不過有一條我不明白，馬千山是堂堂豫省巡撫，督造禹王九鼎的雖說是禹州知州曹利成，但若真出了什麼亂子，難道他馬千山就一點都不怕嗎？這真是讓人百思不解。」

盧維章默默點頭，一語不發。書房裡一時靜謐異常，三個人彷彿泥胎木塑般一動不動，似能聽見彼此的心跳。這樣壓抑的氣氛不知持續了多久，一陣腳步聲響起，一個人冒冒失失地推門進來，叫道：「大哥，你真的回來了嗎？」

進來的正是盧豫海。這些日子他一直在維世場見習燒窯，今天剛回家，就聽關荷說大少爺盧豫川回來了，滿身的疲憊頓時一掃而光，恨不能立刻見到他。盧豫海知道每次盧豫川回家都要向盧王氏請安，就匆匆扒了兩口飯來到後宅。盧王氏臨盆在即，身子越發重了，話也多，嘮叨個不停。盧豫海滿腹兒女之情要跟盧豫川傾訴，哪裡有心情聽母親閒聊。可他左等右等卻不見盧豫川來，便急不可待地出門找了個下人詢問，才知道大少爺一回來就進了老爺的書房，快兩個時辰了也沒出來。盧豫海再也等不及了，不分青紅皂白地闖進了書房。他從沒見過父親、大哥和老相公苗文鄉閉門議事的場面，一進來就愣了，有些進退失措地站在門口，膽怯地看著盧維章。

盧維章直直地看著他，胸口急劇起伏著，眼看就要發作了。苗文鄉忙笑著打圓場道：「二少爺，這裡沒你的事，快回房去吧。」

盧豫海聽了這話轉身就走，溜得飛快，邊跑邊心有餘悸地回頭看，一不留神腳下絆了一跤，撲通摔倒，卻也不喊疼，忙爬起來接著跑。盧豫川看他一副狼狽樣，忍不住笑了，又連忙咳嗽掩飾。房中壓抑到極點的氣氛被盧豫海這麼一攪和，輕鬆了許多，三個人都放鬆下來。盧豫川開口道：「不管怎麼說，我覺得這件事萬萬做不得！」

盧維章臉上波瀾不興，道：「說說看。」

「禹王九鼎是皇差，毀了它就是跟皇上過不去！皇上一惱火，腦袋都保不住了，還談什麼朝廷貢奉？」

盧維章道：「可你說的大禍在往後，若是不聽馬千山的，大禍就在眼前！」

苗文鄉沉思良久，道：「我倒覺得少東家說得有理。馬千山是巡撫不假，手握生殺大權也是真，但盧家老號向來是誠信經商，光緒三年大旱還給朝廷出了不少力，他總不會無視這些，胡亂安個罪名吧？禹王九鼎是皇差，誰敢拿皇差當兒戲？」

盧維章聽著他們倆說話，時而搖頭時而頷首，最後才道：「你們兩個說的都沒錯，但都沒說到要害上。」盧豫川和苗文鄉都懵了，他們互看一眼，一起把目光放在盧維章身上。盧維章慢慢站起來，在屋裡緩緩踱步，道：「禹王九鼎是皇差，貴就貴在一個

『皇』字。皇自然就是皇上、是朝廷、是黎民百姓的依靠。可你們想過沒有，如今的朝廷是誰在主事？是誰說了算數？是光緒皇上嗎？」這一連串的問話把盧豫川和苗文鄉都問呆了，不約而同地搖頭。

盧維章道：「我告訴你們，如今執掌朝綱的是太后！光緒只是個尚未成年的孩子，一切都得聽太后的吩咐。重製禹王九鼎與其說是『皇』差，倒不如說是『后』差，究竟要不要毀掉它，就要看太后的意思了。豫川，你在豫省官場打聽了這麼久，你可知道馬千山的後臺是誰？」

「是工部尚書翁同龢！」

盧豫川到底是在官場裡混了些時候，大把的銀子也花出去了，這點官場的派系分別當然是爛熟於心。他乾脆地回答出來後，忍不住斜了一眼苗文鄉，目光中多少帶著揶揄之意。苗文鄉自知在這件事上是他理虧，便裝作沒看見，心裡卻不由得撲通一下。盧維章沒在意這些細枝末節，繼續道：「那翁同龢是何許人物，你知道嗎？」

「翁同龢是有名的清流，也是光緒皇帝的老師。」

盧維章倏地站住，兩眼閃著精光道：「你還不明白嗎？翁同龢是帝黨，馬千山以翁同龢為靠山，自然也是帝黨。而禹州知州曹利成的恩師是吏部尚書李鴻藻，李某人是誰？是太后欽點的先帝同治的老師，是不折不扣的后黨。如果照這麼分析，那就是后黨想要禹王九鼎，而帝黨則千方百計要毀掉它。眼前的局面是一個巡撫跟一個知州較勁，可到了京城，就是帝黨跟后黨在角力，是光緒皇帝跟太后在角力！真是禍從天降啊，沒想到咱們一介商人，居然會牽扯到朝廷黨派紛爭之中，稍有不慎，莫說是生意，就是性命都懸在一根頭髮上，殺身之禍近在咫尺！」

書房裡剛剛緩和下來的氣氛又驟然緊張起來。盧維章雖然久居鄉野，對朝廷局勢的看法卻是入木三分，這番見地說得盧豫川和苗文鄉心悅誠服。他們深知盧維章的看法並非杞人憂天。從接下這份皇差開始，鈞興堂的命運就不可抗拒地跟整個朝廷的局勢綁在一起了。在朝廷眼裡，他們這些黎民百姓的性命跟一片樹葉、一隻螞蟻又有什麼分別？頓時一陣惡寒從手腳開始蔓延，逐漸遍及全身。

盧維章看著他們，深邃的眼中湧動著大海波濤般的思緒。他慢慢坐下，點上一袋煙，默默吸了起來。書房裡一時輕煙繚繞。這捉摸不定的朝局，難以預測的帝后黨爭，就跟眼前的煙霧一般，看得鮮明，但伸手去抓卻是一無所獲。然而，他們必須從這片縹緲的煙霧裡，抓出個結結實實的東西來，這東西就是鈞興堂的命運！而他們只有三天時間。

盧維章突然道：「老相公，汴號裡除了你和豫川，誰還能主持大局？」

苗文鄉不假思索道：「小相公蘇茂東！」

盧維章又把目光投向盧豫川，「你說呢？」

盧豫川同樣是毫不猶豫道：「我看成！」

「那就這麼定了。豫川你別待在開封府了，蘇茂東做事精明幹練，我早有提拔他的意思，老相公就這麼通知下去，蘇茂東由小相公破格擢升為大相公，主持汴號的生意。老相公也多操點心，總號跟汴號的通信由三日一封改為一日一封，再亂也不能亂了汴號，這是鈞興堂將來開拓生意的本錢！豫川，如今禹王九鼎是盧家最大的事，你就留在神垕督陣吧。至於馬千山那裡，你就說我答應他了。」

兩人都是一驚，盧豫川急切道：「叔叔真要毀了禹王九鼎？」

「毀的前提是什麼？是做出來。有東西才能去毀，連東西都沒有，你毀個什麼？做不出禹王九鼎，誰都不會放過咱們，你能指望馬千山出面保住盧家嗎？我今天答應馬千山，不過是權宜之計罷了。你跟老相公一個負責督造禹王九鼎，一個坐鎮總號的生意，越是亂越要冷靜，只有冷靜才能左右大局，而不是被局面左右。」

苗文鄉聽了半天，終於插了句話道：「老漢和少東家都有差事了，那大東家呢？」

盧維章敲了敲煙鍋，第一次露出了笑意道：「我自然有我的事做。現在是什麼時辰了？」

盧豫川掏出懷錶看了看，道：「叔叔，快丑時了。」

盧維章站起身道：「你們各自去忙吧，我即刻就啓程。」

盧豫川和苗文鄉不約而同地跟著站起來，問道：「去哪裡？」

盧維章掃了一眼這兩個鈞興堂的支柱。不久前他們都還是惴惴不安，一夜長談後，他們的臉上都煥發著大戰在即的激越和豪情。這才是豫商的作風！每臨大事有靜氣，一逢惡戰自壯然。盧維章心中又何嘗不是激蕩著一腔男兒熱血？但這一切都被那張一貫波瀾不驚的臉隱藏住了，他淡淡一笑道：「京城。」

兒女之情猶可待

盧豫海直到早飯的時候，才聽說父親連夜出了遠門。至於去哪裡，盧豫川卻是隻字不提。盧豫海有心追問，但看到大哥的黑眼圈，知道肯定是大事，也就沒再問下去。盧豫川一夜沒睡，此刻看著滿桌的食物，竟一點食欲也無。看著盧豫海在一旁狼吞虎嚥，他啞著嗓子道：「你是在維世場見習燒窯嗎？」盧豫海塞了一嘴巴東西，胡亂地點著頭。盧豫川笑道：「燒窯是體力活兒，我跟著你爹、你大叔進場燒窯的時候，比你還小了幾歲呢！真是時光飛逝，轉眼間連你一個孩子都長大成人了……燒窯很辛苦，飯不能隨便吃，你午飯是回家吃還是在場裡吃？」

盧豫海頭也不抬道：「哪有功夫回家？在場裡吃，家裡有人送。」

「還是那個劉媽伺候你嗎？」

「她早就不在我房裡了，那麼大年紀，還指不定誰伺候誰呢……他娘的，這胡辣湯是越來越不道地了，油餅也欠火候，就捨不得多放些羊頭肉？」

一旁侍立的管家老平忙解釋了幾句。盧豫川嗔怪道：「小小年紀，怎麼滿口粗話？」

「大哥不知道嗎？窯工們全是大字不識一個的漢子，你跟他們文縐縐的，誰待見你？要真想跟他們打成一片，還非得學幾句粗話不可！說來也怪，我這麼一改口，他們聽見了比我誇他們還親！」

「真是胡說八道，小心你爹掌嘴！……那現在是誰跟著你？」

「在家裡是關荷，在窯場裡是苗象天苗相公。」

盧豫川一聽見「關荷」兩個字，手不由得一抖，剛夾起來的糕點掉了下去。盧豫海愣道：「大哥，你……」盧豫川竭力平靜心思，卻還是不禁脫口而出道：「是我買回來的那個小丫頭嗎？怎麼是她？她不是在你娘房裡？怎麼會到你房裡？」

盧豫海被這一連串的發問弄得臉紅起來，支支吾吾道：「是、是我娘讓她來的，我怎麼知道娘是怎麼想的？……不過那丫頭很機靈，挺討人喜歡的……等回頭再跟你說吧。時候不早了，維世場楊建凡大相公死板得很，誤了時辰可不得了，我走了。」盧豫川欲言又止，呆呆地看著他跑遠，心想：嬸嬸也真糊塗，怎麼能把關荷派到盧豫海房裡去？二人都正值青春年少，整日朝夕相處萬一出了事……唉，都怪自己一時大意，偏偏把這個丫頭帶進鈞興堂，這不是造化弄人是什麼？盧豫川再也吃不下了，推開飯碗道：「都撤了吧。夫人起床了嗎？」老平忙道：「夫人已經起來了，怕是正在用早飯呢。大少爺不是要去窯上督造禹王九鼎嗎？怎麼……」

盧豫川心事重重地搖了搖頭道：「先去給夫人請安吧，我還有些事要說。」說著，他朝門外走去，腳步沉重異常，彷彿心有千斤巨石，壓得整個身子都搖晃起來。盧豫海提起關荷時不自然的表情和吞吞吐吐的口氣，讓過來人的盧豫川瞧出了幾分端倪。他實在想不到在這個節骨眼上，竟然會發生這種事。事已至此，總不能一錯再錯，坐視盧豫海和關荷就這麼發展下去，真出了事誰能擔待？但他又怎能對盧王氏挑明關荷的身分？若是從頭說起，這大錯都是他一念之差鑄成的，此時此刻真是萬難開口啊！盧豫川一路思前想後，不知不覺已來到盧王氏的小院門前，他驀地停下腳步。老平上前便要推門，盧豫川卻像是大夢初醒般，低聲叫道：「且慢！」老平奇怪地回頭看著他。盧豫川來回踱了幾步，思忖一陣，黯然道：「罷了，還是先去窯上吧。」說著轉身便走，連頭也不回。

盧豫川按照盧維章的交代，在第三天又去了巡撫衙門一趟，向馬千山表明了合作的態度。馬千山自然是心中大快，又是設宴款待又是大加讚揚，當下開起了帽子鋪，什麼豫商魁首、商賈楷模之類的高帽子慷慨地送出一頂又一頂。盧豫川心裡叫苦連天，表面上卻是非常謙恭，把馬千山吹捧得跟孔明轉世一般，一個巡撫算什麼，早晚得入閣拜相！酒至半酣，馬千山又把朝廷貢奉的誘餌拋了出來，拍著胸脯打包票。可盧豫川知道，這飯桌上的包票就像嫖客與妓女間的海誓山盟一樣，哪裡有半分可靠之處？

從巡撫衙門出來，一輪彎月悄然躍上西天。盧豫川心頭牽掛著蘇文娟，便找了個藉口支開汴號的人，獨自趕赴會春館。他就要離開開封府了，汴號的生意是重要，可與禹王九鼎相比，汴號又算得了什麼？神垕家裡還有千斤重擔等著他去挑，此番分別不知何時才能再跟她見面。走到會春館樓下，他不禁躊躇起來。上去見了面又能說什麼呢？蘇文娟對自己一往情深自不待言，她此刻肯定盼望著他能為她贖身，從此與他形影不離，白頭到老。說實話，幾千兩銀子盧豫川並不在乎，他在乎的是蘇文娟的身分。他一個堂堂少東家流連青樓妓館已犯了豫商的大忌，娶個做過歌妓的女人回家，更是聞所未聞之舉。盧家的規矩是只能娶一房夫人，若是讓蘇文娟進門，無疑得給她大少奶奶的名分，就算自己不在意，叔叔和嬸嬸會應允嗎？總號上上下下幾千張口會放過他嗎？何況他一心想做出一番事業，天有多大，他的抱負就有多大，日後跟商伙見面談生意，提起家裡有個做過歌妓的夫人，面子還往哪裡擺？盧豫川在會春館樓下徘徊良久，最後那一步竟是萬難邁出。正彷徨間，一個丫頭悄悄地跑過來道：「是盧少東家嗎？文娟姑娘有信給你。」

盧豫川認出她是蘇文娟貼身的丫頭靈兒，恍然明白了什麼，急忙展信一看，果然是蘇文娟的親筆，寥寥數語，節錄的是前朝詩人的名篇：

去年元夜時，花市燈如晝。
月上柳梢頭，人約黃昏後。
今年元夜時，月與燈依舊。
不見去年人，淚溼春衫袖。

信箋上有幾處皺痕，想必是蘇文娟的點點淚珠。盧豫川身子一顫，眼中不覺泛出淚光。忽然，會春館樓上的一扇窗戶打開了，琴聲幽幽響起，彷彿遠在天邊，又像近在咫尺。盧豫川不自覺抬頭看去。窗戶微啓，琴聲綿軟純淨，宛如汩汩清泉從那扇窗子流瀉而出，正是那曲〈春江花月夜〉。靈兒也是淚眼迷濛，低聲道：「盧少東家，文娟姑娘自你走後就不再掛牌接客了，每天都拿私房銀子交給媽媽，就等著見你一面！盧少東家剛到她就看見了，見少東家一直沒上去，她就讓奴婢下來傳個話，說如果少東家要忙大事，她就一直等下去，今夜見不見面都沒關係。如果少東家顧忌到上次的談話，就莫要再見面了，請少東家日後多多保重吧。」

盧豫川急道：「文娟姑娘到底是什麼意思？」

琴聲戛然而止，大概是琴弦斷了，可斷的何止一根琴弦？盧豫川只覺周身上下的血脈都隨著琴弦斷裂，他痛感剛才的徘徊逡巡是何等怯懦，何等可鄙！他再也無法這麼站下去，他攥緊了信箋大步走上會春館。一進門，蘇文娟便撲了上來。盧豫川見她兩眼紅腫，想來是剛剛哭過，不由得一陣心疼，握住她的手道：「都是我的錯，讓妳如此傷心……」蘇文娟仰頭痴痴地看著他道：「少東家休要這麼說。我剛才在窗口看見少東家，一開始滿心歡喜，可怎麼也不見你上來，便明白了。奴家雖說是一介歌妓，卻也讀過幾本書，知道些事理。你們男人，特別是你這樣家大業大的男人，一到了認真的時候，沒有不猶豫不動搖的。我說過，只要少東家肯要我，什麼夫人太太的我不敢奢求，能做個使喚丫頭，伺候少東家一世，奴家就心滿意足了……」

盧豫川被她說中心事，不無尷尬地道：「其實替妳贖身也沒什麼，不過我們盧家家規森嚴，妳總得給我個解釋的時間吧？妳從今往後就不要掛牌了，每個月的月錢我替妳出，不就是二百兩銀子嗎？妳好歹保著姑娘的身子，等我手頭上的事情忙完了……」

蘇文娟伸手遮住他的嘴，淚眼中萌動著笑意，道：「不消少東家使銀子，奴家自己的私房錢足夠應付兩年了……兩年，我給你兩年的時間，好嗎？」

盧豫川不由得一愣，從沒聽說過一個粉頭拿私房銀子來保住自己名節的。面對蘇文娟清澈的眼神，他還能說什麼呢？只有深深地抱著她，一陣耳語呢喃。二人不過小別了幾天，在他們心裡卻跟幾年差不多，自是有說不盡的閨房蜜語。娼家也有娼家的規矩，蘇文娟此刻還是個賣藝不賣身的姑娘家，光是梳櫳的銀子就得三千兩，老鴇哪裡肯看著白花花的銀子從手上溜走？龜奴不時在外面咳嗽提醒，偶爾還尋個藉口進來窺探一番，卻絲毫沒有壞了二人的興致。

房裡的燈火徹夜未滅。

第二天一早，蘇文娟服侍盧豫川用了早飯，含淚送他離開會春館，果真從此再不掛牌接客，任憑那些花花公子出再高的價錢也堅辭不受，連首曲子都不肯再彈。惹得會春館的老鴇暴跳如雷，卻也無計可施。一來蘇文娟按規矩每月都交了月錢，更要命的是盧豫川離開開封府的時候，再三託付馬垂理幫忙照應，務必保全蘇文娟的貞節。馬垂理自和盧豫川結拜，拿了他五萬兩銀子之後，對他佩服得五體投地，爽快答應下來。馬垂理是省治開封府尋花問柳的魁首，在這幫紈褲子弟裡一言九鼎，他一發話，再無人敢來會春館點蘇文娟的牌子。不僅如此，他又仗著自己是巡撫的二少爺，欺壓百姓頗有手段，對老鴇又是恐嚇又是威脅，把她嚇得魂不附體，再也沒膽子故意刁難。蘇文娟閉門謝客，苦苦等候盧豫川來贖身，把滿腔思念都化作一封封信箋送到汴號，再轉寄到盧豫川手上。她知道豫商的規矩，生意人不能跟青樓女子通信，只得用這個迂迴的法子。而老天彷彿也可憐蘇文娟這番苦心，汴號新任大相公蘇茂東對盧豫川臨走前的暗示心領神會，處處給他們行方便。好在汴號跟神垕總號的書信往來不絕，誰也不會注意這些。

宋鈞不出田、由、申

盧豫川一回到神垕，立刻大刀闊斧地整頓了維世場重製禹王九鼎的專窯，抽調了盧家老號最得力的窯工，全力以赴，日夜趕造。無奈宋鈞燒造極其艱難，即便是在北宋年間神垕鈞瓷業最爲鼎盛的時代，憑藉皇家官窯不計成本的做法，尚且是「十窯九不成」，何況區區一個盧家老號？盧家現在已燒出了揚州鼎和荊州鼎，而梁州鼎、雍州鼎還在試製中，最爲頭疼的就是九鼎之中的豫州鼎。鈞興堂辦這件皇差，全憑盧維義遺留下的《宋鈞燒造技法》和《敕造禹王九鼎圖譜》，說來也是天意，圖譜上其餘八鼎都畫有圖式記載，獨獨缺了豫州鼎。豫乃中原，是整個九州的心臟，地位尤其重要。盧維義在圖譜中寫道，豫州鼎講究「中、庸、和、諧」四字，卻沒有畫出具體圖式，使燒造之事難上加難。僅是一個「中」字，便蘊涵了「中華」、「中州」、「中原」、「中庸」等意，又和「重」、「種」、「忠」等字諧音，想在一隻鼎上體現出如此眾多的含意，無異於讓一頭大象去鑽老鼠洞，談何容易！又到了出窯的時候，盧豫川親自守在維世場禹王九鼎專窯前，臉色凝重。在他身後，大相公楊建凡和苗象天、盧豫海默默佇立著。所有的窯工都屏退了，裡外伺候的全是精心挑選出來、信得過的夥計。盧維章有嚴命，出窯時在場的人都要經他親自核定，嚴防消息走漏。若不是盧豫川拗不過盧豫海百般哀求，連堂堂二少爺也只能待在外面。

盧豫海還是第一次親眼目睹專窯開窯的盛況，激動得臉色潮紅，心撲撲撲地跳。一個窯工上前打開窯門，露出窯室裡上下三層的匣缽[11]格子。在眾人矚目下，一個個匣缽打開了，映入眼簾的，是琳瑯滿目、形態各異的宋鈞成品。盧豫川深深吸了一口氣道：「楊大相公，掌眼[12]吧。」

楊建凡在窯場風風雨雨幾十年了，維世場半數以上的窯口都是他親手建起來的，在宋鈞的造詣上並不亞於大東家盧維章，也是唯一一個接觸過盧家宋鈞燒造技法的外姓人。楊建凡應了一聲，走上前去，從匣缽裡掏出一件豫州鼎，面無表情地搖搖頭，遞給了盧豫川。盧豫川看也不看就用力砸在地上，頃刻間，一隻鼎已化成碎片。盧豫海吐了吐舌頭，輕聲對苗象天道：「只要有一點瑕疵，就留不得嗎？」苗象天卻不敢像他那樣肆無忌憚，只是點點頭，一語不發。盧豫川回過頭來道：「豫海，鈞興堂的宋鈞裡沒有一件帶瑕疵，這就是鈞興堂的招牌，鈞興堂的信譽！以後你在鈞興堂獨當一面了，這條

11　窯具之一。在燒製陶瓷器的過程中，為防止氣體及有害物質對坯體、釉面造成破壞及汙損，會將陶瓷器和坯體放置在耐火材料製成的容器中焙燒，這種容器即稱匣缽。

12　意同鑑定。

根本要烙在腦子裡！」

盧豫海從未見過大哥如此嚴肅的神情，不由得規矩起來，再不敢造次。專窯前鴉雀無聲，只有一件件宋鈞與地面撞擊的聲響。專窯出的宋鈞，一件就是一萬兩銀子，不一會兒，不下二十萬兩銀子就碎在腳下。二十萬兩啊，堆起來差不多半個屋子了！盧豫海被眼前的場面深深震撼了，兩眼中燃燒著火苗。楊建凡從最後一個匣缽裡掏出豫州鼎來，仔細打量後，忽然神色一變，穩健的雙手也顫抖起來。盧豫川迫不及待道：「大相公，幾分成色？」楊建凡顛來倒去地又端詳一番，忽然面如死灰，嘆道：「可惜，可惜！幾乎是完美無缺了，就這一處，怎麼多了幾個氣泡出來？」言罷連連嘆息。盧豫川上前一步，接過豫州鼎看去，底座上果真有一片氣泡，大多已經碎裂，把宋鈞的紋路攔腰隔斷。出現氣泡是宋鈞的大忌，平心而論，如果沒有氣泡，這件豫州鼎真的有十分成色了，可一旦有了氣泡，便是一分成色皆無的下品。盧豫海湊上去道：「大哥，白璧微瑕，自古都有的，我看先別急著毀了，等我爹回來再說，行嗎？」苗象天也忍不住上前附和。盧豫川原本就有幾分猶豫，經這幾個人一攛掇，更是遲疑不決，便把目光投向楊建凡道：「大相公的意思呢？」

楊建凡冷冷道：「盧家老號的規矩，大少爺剛剛說過吧？」

盧豫川百般不捨地看了看那豫州鼎，咬了咬牙，高高舉起。盧豫海急中生智道：

「且慢！」眾人都是一驚，目光落在這個剛剛成年的年輕人身上。盧豫海笑道：「既然一定要毀了，就是不值錢，既然一文不值，不妨就讓我帶回家玩玩。大哥，這你總可以答應我吧？」

楊建凡皺眉道：「二少爺此言差矣！瑕疵品不得流出窯場，這是鈞興堂的規矩！」

盧豫川一時沒了主意。整窯的宋鈞都摔了，他何嘗願意把這最後一件，也是成色最好的一件也摔碎了？盧維章今明兩天就要回來了，他又拿什麼向叔父交代？盧豫海上前對楊建凡深施一禮道：「我爹定下這個規矩，是為了不讓瑕疵品在市面上流通，怕損鈞興堂的名號。我要這鼎只是圖個好奇，又不是要做買賣，怎麼會流到市面上去呢？我在維世場這麼久了，大相公一直照顧有加，這次索性就成全我吧！」說著又是一揖到地。

楊建凡還是皺眉不肯答應，盧豫川實在不忍心，也說了不少好話。眾人七嘴八舌勸了半天，終於打動楊建凡。他長嘆一聲道：「兩個少東家都發話了，我還能說什麼？不過這件豫州鼎必須登記在冊，一旦出了事情與我維世場眾人毫無瓜葛。」眾人見他鬆了口，這才安下心來。

盧豫海歡天喜地地抱著豫州鼎回到鈞興堂，邊推開房門邊道：「關荷，給妳瞧瞧稀奇，妳見過……」話還沒說完，就被眼前站的一個人驚呆了。他上下打量一番，繼而喜出望外道：「司畫妹妹！妳怎麼來了？」

陳司畫離開鈞興堂快一年了，走的時候還是個動不動就哭的小丫頭，不料才不到一年光景，竟和當初判若兩人。眼前的她宛如花蕾初綻，儼然是個亭亭玉立的大家閨秀了。陳司畫見他一進門就喊關荷，故意把臉色一沉道：「你眼裡就只有關荷姐姐，哪裡有我？早知道這樣，說什麼我也不可憐兮兮地等你了！」說著就要離開。盧豫海忙攔住她笑道：「妳還是老樣子，一見面就埋怨個不停。我且問妳，這一年裡我給妳寫過信沒有？妳又回信了嗎？」陳司畫臉紅道：「男女授受不親，你我都大了，怎麼能老是書信往來呢？給人知道了不笑話嗎？哼，我知道你來過禹州城好幾次了，連我家的門都不進一下，這才該打呢。」

盧豫海小心翼翼地放好了鼎，笑道：「該打該打，我就讓妳打吧。」說完便厚著臉皮湊了過去。陳司畫沒想到他還真讓她打，一時滿臉通紅，又羞又氣道：「天底下像你這麼無賴的真是少有！你……」這時關荷端著食盒進來，見到這個場面不禁笑出了聲，道：「一個不願打，一個卻想挨，這倒是有趣。」盧豫海回頭見是關荷，立刻上去打開食盒道：「有什麼好吃的？我都快餓死了。」兩個姑娘見他兩眼發亮的模樣，登時笑成一團。

三個少男少女闊別已久，自然有說不盡的趣事，房中一時笑聲不絕。盧豫海吃飽喝足，剛想把豫州鼎拿出來炫耀一番，卻聽見門外有人咳嗽一聲道：「二少爺！老爺回來了，叫你去他書房。」

盧豫海一愣，道：「是老平嗎？我知道了，這就去。」

兩個女孩收住笑，眼睛一眨不眨地看著他。盧豫海撓了撓後腦杓道：「爹回來了，叫我去做什麼？家裡的大事一向不跟我說的，真是奇怪。」陳司畫憂心道：「叔叔一定是有事，你快去吧。」盧豫海於是朝門外走去，關荷略一沉思，追上他道：「老爺剛回家就找你，是不是你犯了什麼錯？」盧豫海一頭霧水地搖搖頭，「我天天在窯場，到處都有人教導指引，能犯什麼錯？」關荷還是不放心道：「你已經是個大人了，家裡的大事不瞞著你也好，記得多聽，少說，知道嗎？」盧豫海會意地一笑，推門而出。關荷看著老平在前面領著他走遠了，才心事重重地轉身進屋，抬頭卻是一愣。陳司畫似笑非笑地看著她，道：「關荷姐姐真是細心，有妳在豫海哥哥身邊伺候，我便放心了。嬸嬸還在後宅等我呢，今晚要我陪她睡。」說著娉娉婷婷地站起來衝她一笑。關荷心裡驀地一緊，再想說些什麼，陳司畫已然出門走遠了。屋裡的氣氛頓時冰冷下來，關荷呆呆地坐在桌邊，心中五味雜陳，再難以平復。

盧維章從京城回來已是深夜。他此行只帶了一個貼身長隨，主僕二人一路風餐露宿，不到兩天就趕到了京城。趁著九門還沒落鎖，兩人踏著夜色進入德勝門，在一家客棧住了下來。第二天一大早，盧維章一個人出了門，直到夜半時分才回來，臉色跟窗外的天幕一般漆黑。長隨也不敢問，多加了幾分小心服侍他歇息。天色剛亮，盧維章又獨自出門，臨走前吩咐長隨備好車馬，隨時啓程。快晚飯的時候，盧維章回到客棧，這回臉色倒是晴朗了一些，道：「走吧。」長隨在客棧睡了整整一天，精神旺盛得很，立刻趕車出城。誰也不知道盧維章這兩天都到哪裡忙了什麼，但他一臉的疲倦卻是再明顯不過了。一出京城，車裡就傳來如雷的鼾聲。直過了直隸保定府，盧維章才醒來，問長隨道：「到哪裡了？」長隨回道：「回老爺，已經過了保定府。」盧維章想了一陣，道：「掉頭，回保定府，吃了早飯再走。」長隨不解道：「要回去嗎？前頭就是個大鎮，在那裡吃也成啊。」盧維章疲憊地笑道：「保定府是直隸的省治，直隸總督就在保定，這地方比神垕熱鬧多了，你不想瞧瞧嗎？」

盧維章治家規矩甚多，對手下的僕人長隨卻很和藹，不像別的大家子裡階級森嚴。長隨見盧維章開起了玩笑，心裡輕鬆了些，一邊趕馬車掉頭一邊道：「老爺要是想看熱鬧，京城裡熱鬧多了，怎麼才待了兩天就走？」盧維章悠悠道：「辦完了事情，該走就得走啊。」一說完，長長地打了個哈欠。長隨知道他疲累至極，便道：「老爺再睡個回籠覺，我把車趕穩一點。」話沒講完，車裡的鼾聲又響了起來。

保定府是直隸總督李鴻章的衙門所在。李鴻章自咸豐十一年出任直督以來，以「先富而求自強」爲施政綱領，在直隸省內大興「求富」之風，全省氣象爲之一新。保定府是直隸總督駐節所在，在李鴻章苦心經營十年之後，雖不比京城繁華，卻也是個巨商大賈雲集之地。馬車在一間茶館門口停下，盧維章下了車，朝四周張望幾眼，道：「就在這裡吧。」長隨跟著盧維章進入茶館，找了個空位坐下。小二上前殷勤道：「兩位客官要點什麼？」盧維章道：「隨便上點吧。我們在趕路，吃了就走。」小二陪笑下去，不一會兒端上來兩碗茶湯，幾盤點心，道了聲「客官請」就打算要離開。盧維章拉住他道：「不忙不忙，我有件事想問問你。」說著，將一塊碎銀子塞到他手裡。小二受寵若驚道：「大爺客氣！有什麼話您儘管說！」

盧維章笑道：「我是河南來的客商，想在直隸做點小買賣，不知是在京城做好，還是在天津衛、保定府做好？」

小二見茶館裡沒幾個人，索性坐下道：「那要看大爺想做什麼生意了。」

「營造生意。」

「這可是好買賣啊！」

「唔，怎麼個好法？」

「當今太后最講究排場，京城裡到處在大興土木，聽說眼下太后想趁著光緒皇上還沒親政，先把圓明園修起來呢！」

「喲，那可是大生意啊。」

小二一拍大腿，「可不是嗎？您別怪我說話直，我瞧您不像個大商家，生意盤子想必也不大，不用指望大頭生意了。您就是敲敲邊鼓，別人吃肉咱們喝湯，也是大把大把銀子賺！關鍵是要找對人。」

盧維章看看左右，故意低聲道：「你是說走官府？」

「大爺真是一點就透，正是走官府的路子！太后想修園子，朝廷裡一幫子大臣不同意，連工部尙書翁同龢都上摺子請停。說得也是，咱大清國整天割地賠款，哪來那麼多銀子使？再說了，這些大臣都是跟皇上一邊的，不願太后把銀子都花光了，想把銀子留到皇上親政後用。可跟太后一邊的那些王公大臣不這麼想，反正大清國是人家娘倆的，管他有銀子沒銀子呢，討好了太后才是正事！」

盧維章面露難色，道：「那這麼說，究竟這園子是修，還是不修呢？」

「修！一定得修！您到京城瞧瞧就知道了，如今是太后比皇上大！只要太后想幹的事，沒有幹不成的，就是皇上不同意也沒辦法。大清國以孝治天下，從來都是皇上兒子聽太后老娘的，有兒子不讓老娘享福的道理嗎？」

盧維章微微一笑道：「照你這麼說，我就放心了。」小二見他點了頭，便揣著賞錢喜孜孜離去。長隨聽了這半天的話，如墜五里霧中，剛想說什麼，卻見盧維章的臉色大變，便識趣地止住了話頭。盧維章默默地喝了兩口茶湯，道，「付帳吧，該走了。」他看了眼長隨，又道，「真的該走了。」

馬車出了保定府，一路上再沒耽擱，披星戴月地趕回了神垕。走到鈞興堂外已快亥時，盧維章下了車，對出來迎接的管家老平道，「叫大少爺和老相公即刻趕到我書房。」老平見他神色嚴峻，不敢怠慢，剛轉過身去，卻聽見盧維章在背後道，「二少爺回家了嗎？也叫上他。」

盧豫海趕到書房時，盧豫川已經在座，兄弟倆相視一愣。盧維章正吃著麵條，見兒子進來，把碗推到一旁道：「豫海年紀大了，也該學學生意了，今天就算是旁聽吧。」盧豫海想起關荷的囑咐，忙點頭道：「兒子知道，一定只聽不說，好好跟大人學生意。」盧豫川笑道：「誰讓你做啞巴了？有不明白的地方就問，這才是學生意呢。」說話間，苗文鄉也行色匆匆地趕到了。盧維章淡淡道：「老相公請坐。既然人都齊了，就開始吧。豫川先說說窯上的事。」

盧豫川在心中已經盤算好了說詞，滔滔不絕道：「叔父走的這幾天，專窯又出了一窯，不過豫州鼎還是沒一個成色好的。我想還是造型的問題，這一窯出了二十多件造型不一的，按理說總該有一個成形，卻件件都有瑕疵。造型是燒瓷的頭一關，我看這問題就出在造型上。而其餘各個窯場都有掌窯相公和大相公統領，倒也沒什麼大事。」

盧維章未置可否，轉向苗文鄉道：「各地分號的生意怎麼樣？」

「老漢按照大東家的吩咐去做，各地分號的生意有條不紊。從分號的來信上看，今年的生意比往年要好。汴號那邊有蘇茂東大相公主持，水陸商路都暢通無阻。別的也沒什麼。」

三人自顧自地談著生意，都沒注意到一旁肅立的盧豫海。在座的都是他的長輩，盧豫海自然是沒資格坐下的，他垂手站在盧維章身後，豎起耳朵聽，生怕漏掉一個字。此刻，盧豫海的心咚咚地跳著，一團熱火在腹中灼灼燃燒。苗象天不止一次告訴他，大東家決策生意是鈞興堂的最高機密，什麼時候讓他參加，就是大東家覺得他真正長大成人了。他朝思暮想著這一刻，今晚突然成真了，一顆年輕的心激動得難以形容。

盧維章見兩人都說完了，點頭道：「沒什麼大事就好。眼前這些事情咱們就一件一件說吧。豫州鼎屢造不成，豫川說得有理，問題還是在造型上。大哥留下的《敕造禹王九鼎圖譜》裡獨獨少了豫州鼎的圖式，我看這不是大哥不知道，而是大哥不肯寫！他是想留給盧家子孫一個願望，一個靠自己的腦袋做出豫州鼎的願望！天下宋鈞工藝最難的，莫過於禹王九鼎；禹王九鼎中工藝最難的，莫過於豫州鼎。只要咱們把這只鼎燒出來，天底下還有什麼能難倒鈞興堂？說實話，我在窯場裡這麼多年，這個豫州鼎的難度還從未見過。咱們前前後後試了不下一百種造型，沒一個成的。這些天我一直在想，是不是咱們從一開始就弄錯了？」

苗文鄉皺眉道：「天下鈞瓷出神垕，這神垕鎮上最高明的工匠差不多都在盧家和董家，我聽說董家到現在也沒做出豫州鼎來，難道是咱們兩家都錯了？」

盧維章一笑，岔開話題道：「豫川、老相公，我且問你們，宋鈞的造型何止千種萬種，說到底，究竟有沒有什麼萬變不離其宗的所在？」

盧豫川和苗文鄉互看了一眼。苗文鄉是中途轉入鈞瓷生意的，經商理財是行家高手，在燒瓷上卻沒什麼造詣，不禁有些後悔剛才的貿然。盧豫川本就對苗文鄉做總號老相公的事耿耿於懷，見他懷疑自己的見解，心中更是不忿，瞥他一眼道：「我想必然是有的！我還是那句話，問題就出在造型上！」

盧維章敏銳地察覺到盧豫川的神情，便替苗文鄉打圓場道：「老相公也是想到什麼說什麼，豫川大可不必放在心上。依我看，宋鈞造型千變萬化，卻離不開三個字。」

盧豫海聽得心中激蕩，忍不住叫道：「沒錯！」

三人都是一驚，盧維章沉下臉道：「你只是旁聽，用不著多嘴！」

苗文鄉笑道：「二少爺這些日子燒窯辛苦，怕是有些心得了，大東家不妨聽聽。」

盧維章一臉懷疑道：「他一個毛頭小子，能有什麼心得！譁眾取寵而已。」他嘴上這麼說，目光裡卻多了幾許驚訝和興奮。盧豫海給父親冷不防幾句斥責弄得尷尬不已，再也不敢多嘴了。盧豫川笑著鼓勵他道：「豫海，你就說說吧，就當是閒話。」

盧豫海見父親似乎默許了，才朝三人深施一禮，道：「豫海斗膽僭越了。這些日子我白天在維世場見習燒窯，晚上在家讀書寫字，忽然覺得這裡頭還真有些意思。就像父親剛才說的，鈞瓷的造型的確是林林總總，可在我看來，就是三個字：田、由、申！饒是再離奇的造型，也沒脫這三個字！」

這番話真真是語出驚人。三人聽了都默不作聲，細細思量起來，盧豫海說得竟是無懈可擊。宋鈞裡瓶、樽、鼎、皿、杯等眼花撩亂的造型，哪個不是在這三個字裡？盧豫川當即讚道：「豫海真是深藏不露！這般見識，就是窯場裡浸潤多年的工匠也講不出來，他還只是個……」盧豫川本想說「他還只是個孩子」，但面前這個茁壯的年輕人哪裡還是孩子的模樣？便改口笑道：「叔父，今後再也不能把豫海當孩子了，您就讓他跟我，或是跟著老相公學生意吧。」

苗文鄉也跌足嘆道：「後生可畏！後生可畏！二少爺說得對極了。我看這禹王九鼎重製之事，也讓二少爺參與吧。兩位少爺一起衝鋒陷陣，大東家在後掌纛，便沒有鈞興堂辦不到的事！」

盧豫海見這一番話居然撞了頭彩，立刻心潮起伏，傻乎乎地笑出了聲。盧維章回頭喝道：「得意忘形！還不給我退下！」盧豫海漲紅了臉，大氣不敢出地給三人施了禮，乖乖離開了書房。盧豫川和苗文鄉見他走了，不由得都是一笑，連盧維章也不覺莞爾，對苗文鄉笑道：「算他學了些本事，是跟著你兒子苗象天嗎？」

「正是犬子。」

盧維章道：「給苗象天記上一功！豫海今後就跟著楊大相公和豫川學燒窯吧。燒窯是瓷商的根本所在，他年紀還小，打些基礎總是好的。」

三人又是一陣說笑，盧維章沉吟道：「所謂大巧不工，既然之前試了那麼多造型都沒成功，不妨讓工匠們換個思路，不要在『新』和『奇』上費心了……豫州是中原，咱們中原民風淳樸，弄那麼多奇技淫巧的也是不倫不類。這件事就讓豫川去辦，只是時間要抓緊了。」

苗文鄉見此事已有定論，便試探道：「大東家千里迢迢往返神垕和京城，不知那件事可有結論？」

這件事才是今晚議論的正題，盧維章之所以支走盧豫海，是因爲自己見慣了商海的波詭雲譎，不願讓兒子這麼早就身陷其中。他當下斂住笑意，幽幽一嘆道：「久聞京城是天子腳下，首善之都，可只有身臨其境，才知道京城深不可測啊！我這次去京城，拜訪了幾位以前有來往的京官，也在民間打聽了不少消息。不瞞老相公說，打點京官比打點地方官的銀子多多了！我這次帶的二十萬兩銀票，花得乾乾淨淨！」

苗文鄉脫口而出道：「這麼多！」

盧豫川出手大方慣了，聽見這個數字也不禁咋舌。盧維章道：「銀子花到哪兒哪兒順暢，這銀子花得不冤枉。我見的這幾個京官，有帝黨也有后黨，跟咱們想的一樣，兩黨各執一詞。他們一聽見神垕來人就萬分驚奇，反覆追問進度，一聽說困難重重、進度緩慢，帝黨的人便歡天喜地，后黨的人則是面沉似鐵……」

苗文鄉道：「那大東家的意思是……」

盧維章冷冷一笑道：「依我看，這鼎萬萬不可毀！原因有二，第一、如今后黨的勢力遠遠高於帝黨，儘管帝黨盼望皇上早日親政，但我以爲即便皇上親政，這朝中實權仍然在太后手裡。第二、重製禹王九鼎是我大哥的遺願，如果做不成，或是做成了又毀掉，將來我有何顏面見大哥於九泉之下？」

盧豫川憂心道：「那馬千山那裡怎麼辦？」

「還是豫商的古訓：虛與委蛇，不即不離。不是還有董家嗎？如果不出我所料，董家也在爲此事絞盡腦汁。董振魁與豫省藩臺勒憲交情莫逆，而勒憲是馬千山的死黨，我看董家難免會把寶押在馬千山身上。對手之所取即是我之所棄。就算咱們跟董家一樣都答應了馬千山，難道他會把朝廷貢奉交給咱們嗎？兩害相權取其輕，咱們只有老老實實把皇差辦好了，走到哪裡都踏實！」

盧維章和董振魁交手多年，的確非常了解他。盧維章回到神垕那天，勒憲的轎子也從圓知堂後門出來，董振魁父子三人一直送到了門外。看轎子遠去，董克溫疑惑道：「父親，真的就這樣答應他了嗎？」

董振魁詭譎地一笑，轉頭向董克良道：「老二，你說呢？」

年紀輕輕的董克良還是頭一次參與家族生意。身為董家二少爺，他一向都是按照父親兄長的安排，讀書寫字，研習各類鈞瓷、商業典籍，從來沒接觸過生意上的事情。不知道老爺子今天哪裡來的興致，點名要董克溫和董克良一起陪他與勒憲會面。董克良儘管是初出茅廬，但他一向秉承中庸守缺之道，謹言慎行，抱定了「萬言萬當，不如一默」的主意。他沒想到父親會問到自己頭上，倉促間思索了片刻，道：「孩兒覺得父親並沒有答應他什麼呀？」

董克溫笑道：「父親剛才分明說了『一定會把事情辦好』，這還不是答應嗎？」

董克良斟酌著詞句道：「勒大人所指的事情，是毀掉禹王九鼎，或者是拖延工期，不按時交貨。而父親答應他的那句話，既可能是如馬千山和勒憲所指，也可能是如朝廷所願，好好把禹王九鼎給做出來。答應得模稜兩可，跟沒答應有什麼分別？」

董振魁哈哈笑道：「你們兄弟倆說得都對。豫商跟官府打交道，古訓講究『不即不離』，為父如是答應了勒憲，便是『即』，如是不答應他，便是『離』，妙就妙在看似答應了他，實則什麼都沒答應。古人說得好啊，欲先取之，必先予之。董家想做朝廷貢奉的生意這麼多年，眼下正是千載難逢的大好時機，怎能就此錯過？」

董克溫兄弟倆相視一眼，重重地點頭。宋鈞朝廷貢奉的專差每年都要二三十萬兩銀子，除去銀子不說，光這個「朝廷貢奉」的名號一打出去，立時就能招徠多少生意？這才是拿多少銀子都換不來的。儘管如此，董克溫還是擔心道：「若無法按期交貨，曹利成會饒了咱家嗎？」

董克良精明過人，已然看出剛才的回答深得父親賞識，心情大悅下，便笑道：「哥，爹說過不讓咱按時交貨了嗎？」董克溫恍然大悟道：「爹的意思我明白了。馬千山逼得再緊，咱們也得按期完工。只要禹王九鼎好好地交到官府，誰都怪不了咱們。至於這九隻鼎能不能安全送到京城，就不是咱操心的事了。」

董振魁快意地看著他們倆，轉身走進圓知堂，一邊道：「曹利成定的期限差不多到了，你們兄弟二人拿出十分的力氣，說什麼也得在勘驗大會前，把鼎做出來！」

古樸之至與奇異之巔

光緒五年，七月，一年之中最酷熱難耐的時節。禹王九鼎勘驗大會就在這個時候，假神垕鎮窯神廟花戲樓上舉行。上午巳時剛過，花戲樓下萬頭攢動，鎮上的人差不多都是靠燒瓷爲生的，誰不想來看看失傳了六百年的九鼎神器重現世間的盛況？

勘驗大會的確相當盛大，不但是督造專差、禹州知州曹利成，就連省城巡撫馬千山、藩臺勒憲等人都來了。窯神廟裡外站滿了頂盔貫甲的綠營兵，一個個手握刀槍，神情肅穆，把看熱鬧的人遠遠擋在外圍。花戲樓緊鄰著大街，外面人聲鼎沸，曹利成顧不得天氣炎熱，命人關上所有門窗，正廳裡這才安靜了許多。四周幾口大缸裡裝滿了冰塊，是特意從禹州喬家冰行買來的，嘶嘶冒著白氣。即便如此，曹利成還是滿頭大汗。等一切張羅妥當後，曹利成向馬千山和勒憲施禮道：「請大人指示，現在就開始了嗎？」

馬千山憋了一肚子的火。他沒想到董盧兩家答應起來一個比一個痛快，可如今居然誰都沒聽他的，全都如期交了差，真是一群奸商王八蛋！這事要是報到京城恩師翁同龢那裡，少不了又是一番訓斥，也難免會影響自己的前程仕途。他聽見曹利成問自己，便沒好氣地哼了一聲道：「你是全權督造專差，自然你說了算，我跟老勒都是陪客而已。」

曹利成對馬千山的心思了如指掌，暗中冷笑一聲，回頭對堂下的董振魁和盧維章道：「二位大東家，把東西呈上來吧。」

盧維章謙恭地對董振魁道：「董大東家，按照九鼎的次序，圓知堂先請。」

董振魁笑著說了句「承讓了」便揮手示意，幾個家丁抬著五只木箱上來，擺在正廳中央，復又退下。董振魁親手打開箱子，依次取出冀州、兗州、青州、徐州四鼎，每件鼎上都以黃緞覆蓋。董振魁向堂上道：「馬大人、勒大人、曹大人，草民不才，這幾件都是千裡挑一選出來的，全都在這兒了。」馬千山轉著眼珠子道：「不是還有一個箱子嗎？是豫州鼎吧？」董振魁笑道：「馬大人聖明，這只豫州鼎卻還不能亮出來，得跟盧大東家的豫州鼎放在一處，才有意思。」

曹利成便道：「盧大東家，你還藏著做什麼？快亮寶吧！」

盧維章也讓幾個手下抬上五只箱子，跟董振魁一樣親手取出揚州、荊州、梁州、雍州四鼎，跟董家的四鼎並排放著，同樣也以黃緞覆蓋。兩人相互做了個請讓的姿勢，一起抽去黃緞。頓時，正廳裡彷彿霞光萬道，瑞彩千條，八隻鼎形態各異，窯變色精采紛呈。一時間無人不屏息靜靜端詳，繼而是哄然而起的讚嘆聲。盧家以家傳宋鈞「玫瑰紫」獨步天下，而董家父子不甘人後，閉門磨礪十五年，自創宋鈞「天青」一色，在燒造技法上與盧家可謂旗鼓相當。可若論起造型、工藝，到底還是董家老窯開窯近百年，人脈氣度積澱得久了，略占上風。大江南北瓷業同儕所謂「玫瑰紫盛，臥虎藏龍，誰與爭鋒，唯有天青」之語，便是鈞瓷業界對董盧兩家至高的評價。正廳裡早已屏退了閒雜人等，除了官府和董盧兩家的人外，只有幾個神垕大窯場公推的代表，是曹利成特意請來做判官的。饒是他們長年泡在窯場裡，見慣了各種形態各異的上等鈞瓷，此時此刻也看得呆若木雞。

曹利成拊掌嘆道：「天底下竟有如此神物！真是蒼生有福，社稷有福！」

馬千山冷冷一笑道：「曹專差看仔細了，這八隻鼎都完美無缺嗎？」

曹利成道：「大人英明，以下官愚見，這八隻鼎足以送入紫禁城了！當然，下官對鈞瓷一竅不通，還得看各位判官的意思。」曹利成是京城官場出身，是豫省官場有名的「京油子」，爲官最是油滑老練。他見馬千山話中藏著無窮機鋒，便不動聲色地將皮球踢給了眾位大東家。致生場大東家雷生雨是公推出來的判官之一，此刻他實在壓不住興奮，頭一個說道：「我看成！也就是董家和盧家，換了別的窯場，門兒都沒有！」其餘幾個窯場的大東家也是眾口一詞。曹利成放下心來，笑道：「兩位大東家別再藏寶了，把豫州鼎拿出來吧！」

董振魁和盧維章相視一笑，盧維章道：「還是董大東家先請吧。」

董振魁也不推辭，俯身取出豫州鼎。大廳裡短暫的沉默之後，立時響起一陣驚呼。董家的豫州鼎造型精妙絕倫，取的是傳統蟠龍鼎的樣式，八條游龍盤踞鼎上，龍身隱沒在雲濤之中，龍頭昂揚向上直衝雲霄。若是仔細觀察，八條游龍身上鱗甲分明，宋鈞最著名的「蚯蚓走泥紋」和「龍開片」用得恰到好處。八條龍栩栩如生，呼之欲出，分明是盤在鼎上，又彷彿隨時會飛騰而起。尤其是雲濤上隱隱透著藍光，彷似碧空如洗，這正是董家獨有的「天青」之色了。雷生雨極爲挑剔地看了個夠，時而搖頭時而嘆息，兩隻眼睛裡竟恍如有了淚光，喃喃道：「好，好宋鈞，好手段！」

董振魁拈鬚微笑，不無自負道：「雷大東家過獎了。爲了這一件豫州鼎，老漢親自掌窯勘火，燒了整整一百多窯，砸碎了不知多少件才得了這麼一件。出窯之際，神垕鎮大雨傾盆，電閃雷鳴，許多人都隱隱聽到了龍吟之聲！」

幾個大東家附和道：「天降祥瑞，這是天降祥瑞啊！」「我說前些天怎麼忽然下起大雨，原來是董家老窯出寶貝，老天都被驚動了！」

馬千山爲官日久，見慣了所謂的祥瑞異象，對這類討上司歡心的話並不在意，但眼前這個鼎的確堪稱神品，連他也忍不住讚嘆。而勒憲本就是個直性子的人，當下闔起扇子叫道：「乖乖！不得了，真是神了！老子在皇宮大內也沒見過！」

董振魁得意地一笑，睨了盧維章一眼。一派讚嘆聲中，盧維章彎腰輕輕取出了盧家的豫州鼎，跟董家豫州鼎放在一起。原本熱烈的場面霎時冷清下來，幾個大東家面面相覷，面露疑色，就連宋鈞的門外漢馬千山都是一愣。眼前這兩隻鼎雖然都是豫州鼎，卻是大相逕庭。盧家這只除了圓腹三足還像個鼎的模樣外，其餘俱是平平常常，哪裡像個九鼎神器？分明是口尋常人家粗鄙不堪的大鍋。其餘九隻鼎無不是造型新奇脫俗，讓人眼前一亮，唯獨盧家這只分量最重的豫州鼎其貌不揚，簡直有些不倫不類了。判官們低頭私語了一陣，齊把目光鎖在盧維章身上。董振魁開始也是莫名其妙，但他越看表情越嚴峻，最後竟忍不住連連頷首，又複雜地搖了搖頭。

曹利成依舊是滿腹狐疑，猶豫道：「盧大東家，你是不是……」

眾目睽睽之下，盧維章的臉上卻是波瀾不興，平靜地朝四下拱手道，「曹大人、各位同仁，盧家的豫州鼎看起來並無獨到之處，但其奧妙，卻正在這平常無奇之間。此物名爲豫州鼎，豫州者，中原也。中原者，華夏之中也。這只鼎腹圓於中，圓者天也；方足在下，方者地也，天爲乾地爲坤，此爲上乾下坤、天道有序之意。鼎口爲圓，意爲太極，兩耳高聳，意爲兩儀，《易經》有云：『太極生兩儀，兩儀生四象，四象生八卦，八卦生自然萬物』，這只鼎也合著易理。大人、諸位同儕，鈞瓷以釉厚渾活爲本，以出現景觀爲絕，以開片爲奇。該鼎釉色整體呈紅色，正是盧家獨有的『玫瑰紫』，這紅中有紫，紫中泛綠，古樸中透著大氣。諸位不妨細看一看，釉色泛綠之處，紋路平緩，正是豫省中原沃野千里之景觀；釉色金黃之處，紋路奇異聳立，正是山川起伏之韻味；而釉色紅紫之處，隱約有龍行之象，正是皇恩浩蕩之徵兆！最奇的還是這裡——」盧維章指著一處道，「這裡有龍頭的意味，可巧的是龍頭崛起之處，有一片氣泡，恰似龍口吞雲吐霧而成。眾位都是行家，宋鈞最忌諱的就是窯變之後的氣泡，一旦破裂則成色盡失，偏偏這一片氣泡大小一十六個，沒一個破裂，全是自然窯變而成！」

眾人被盧維章這番侃侃而談弄得張口結舌，然後是嘖嘖讚嘆，叫好聲如雷四起。盧維章一番旁徵博引說得入情入理，連董振魁也默默嘆服。盧家豫州鼎無論是釉色、意境和開片，都是上乘之作，尤其是那一片反其道而行的氣泡，真是渾然天成，大拙即是大雅，讓人禁不住嗟嘆造化的偉力。盧家豫州鼎與董家豫州鼎並排而立，卻是各有千秋。古樸的古樸到了極致，可謂是大巧不工、大象無形；而奇異的也奇異到了巔峰，堪稱神工鬼斧、石破天驚！按理說大家都是在窯場裡打滾多年的，孰高孰低看上一眼便心中有數，可誰能想到同是一個豫州鼎，董盧兩家卻做出兩個截然不同的模樣來，又都是獨一無二的神品！要想在這兩隻鼎之間選出一個勝者來，怕是難如登天。七八個大東家凝視良久，全都搖頭嘆息，難以做出決斷。

曹利成皺眉道：「兩位大東家以為如何？」

董振魁看了眼盧維章，慨然道：「草民以爲，不妨將兩隻豫州鼎一起送到京城，讓皇上決斷吧。」盧維章頷首道：「既然如此，草民也同意。」曹利成沒想到兩人竟是如此看法，便向馬千山作揖道：「馬大人，您看……」

馬千山跟勒憲附耳說了幾句，這才道：「既然如此，本撫臺就允了二位大東家所言。事不宜遲，馬參將何在？」一個渾身戎裝的將軍從廳外走進來，厚重的馬靴踩得地板震顫，汗水溼透了層層衣甲，拱手道：「屬下在！」馬千山指了指廳裡的木箱道：「即刻封存這十隻鼎，送到開封府去，擇吉日啓程運往京城，不得有絲毫閃失！」馬參將領命，指揮士兵封好了木箱，抬到樓下。馬千山冷冷地掃了眼董振魁和盧維章，道：「大功告成，兩位大東家心裡都踏實了吧？曹大人，帶隊進京的事情就有勞您了，董盧兩家各出一人隨行看護。衙門裡事情多，本撫臺就不隨大隊進京了，一路上全靠諸位多多費心，務必把禹王九鼎完好地送到皇宮大內！」

曹利成和董振魁、盧維章一起跪倒聽差，其餘的大東家們豔羨地看著他們幾個。押送貢品進京，這是多大的榮耀！皇上和太后老佛爺一高興，白花花的銀子不就賞下來了？何況從今以後，朝廷貢奉的專差就在人家窯場裡落地生根，這又是何等的尊崇！一旦「專供大內御用」的名號打出去，那些洋鬼子當然慕名而來，他們手裡的銀子怕是比皇上還多呢。馬千山這幾句話在旁人聽來無非是官腔罷了，但董振魁卻被他最後那句話激得身子一顫，一抬頭，竟發現馬千山的目光落在他身上，他不由得暗暗叫苦，忙又低下頭去。他細細品味了一番，也罷，俗話說「時也運也命也」，好歹把禹王九鼎做出來了，至於今後的事，就讓那些官場中人、帝后兩黨彼此傾軋去吧！

玖

崑崙崩絕壁，烈風掃寰宇

盧豫川上路之前，盧維章把他單獨叫到書房裡再三叮囑。即便如此，他還是心神不寧了好幾天，暗自後悔沒有親自護送禹王九鼎。數日之後，汴號大相公蘇茂東的密信到了，說大少爺已於今日隨大隊啓程赴京，他離開開封府前，瞞著旁人到會春館裡接走了一名叫蘇文娟的歌妓，可能一路相伴進京去了。盧維章覽信後不禁大驚失色。盧豫川和蘇文娟書信往來的事，他從一開始就知道了，之所以沒有說破，是看在盧豫川喪妻日久，又正值盛年，哪有不偷食的道理？何況只是鴻雁傳書而已，沒什麼更出格的事，盧維章也就睜一隻眼閉一隻眼。可這趟進京的差事非比尋常，一旦出了什麼閃失就是欺君罔上、株連九族之罪！盧豫川哪能如此兒戲，在這個節骨眼上居然狎妓冶遊，把皇差當作遊玩了！

盧維章思索再三，回信給蘇茂東，重重申斥了他一頓，讓他即刻動身追趕押送隊伍，務必把盧豫川替換下來。又反覆告誡他要做得神不知鬼不覺，萬萬不能讓官府的人知道，就算沒出事，一條怠慢皇差的罪過盧家也承受不起。信發出去了，盧維章終究難以平靜，強忍了不到半天，實在放心不下，便匆匆安排了總號的事宜，驅車直奔進京官道。他剛剛到彰德府境內，一個讓他目瞪口呆的消息就傳了過來：大隊人馬在直隸河間府過夜時遭大火，禹王九鼎全部告毀。直隸總督李鴻章大爲震驚，派人勘察原因，最先起火的竟是盧豫川的房間，而隔壁就是放著貢品的倉房。不但如此，從他房間裡還搜出一名女扮男裝的歌妓！李鴻章盛怒之下，當即以狎妓放火的罪名將盧豫川鎖拿進京，即日問斬。而前來給盧維章報信的，不是別人，正是趁亂逃出來的蘇文娟。

盧維章看著眼前這個一身男裝、髮髻散亂的女子，恨不能立刻撲上去一手扼死她。如果不是她，盧豫川不會如此神魂顛倒，盧家又怎會在如日中天之際突然遭此大難？他強壓住心中的怒火，對驚慌失措的長隨道：「立刻回神垕！」長隨呆了呆，道：「那、這個女子……」他膽怯地伸手指了指蘇文娟，盧維章終於按捺不住了，惡狠狠道：「讓她去死！」一說罷大步走向馬車。蘇文娟看著遠去的盧維章，淒然苦笑，踟躕了半晌，才茫然地離去。

官府的人一天之後才趕到神垕，不容分說便封了鈞興堂所有的窯場。在這短短的一天裡，盧維章做了兩件事。第一件是通知各地的分號立即以最低的價格傾銷所有的庫存，把所有的現銀全部換成銀票，祕密送到總號。第二件就是親自到神垕鎮各大窯場大東家府上，以八折的價錢賣出了所有的股份。大東家們本就對盧家在光緒三年的入股之事耿耿於懷，見盧維章主動撤股，無不喜出望外，痛痛快快地答應了。盧家撤股的事眨眼間傳遍了全鎮，大家都在揣測盧維章的用意。盧家辦成了皇差，正是春風得意之際，難道還會缺銀子？等官差們封了鈞興堂，把盧家全家趕到盧家祠堂暫住，神垕人才明白，原來盧家吃上官司，而且惹惱的是朝廷，遠在京城的皇上，看來盧家這次真的是大禍臨頭了！

盧維章領著全家人在盧家祠堂住了下來。官司還沒了斷，鈞興堂一時半刻是回不去了，上上下下一百多個人全擠在狹小的祠堂裡，原本清淨肅穆的祠堂變得擁擠不堪，竟跟鬧市一般。盧王氏剛生下孿生兄妹盧豫江和盧玉婉，還沒做完月子，此刻也顧不得許多，下床張羅著安頓一家人。盧維章站在祠堂外，面無表情地看著惶惶不安的家人，長嘆了一聲，對旁邊的苗文鄉道：「老相公，所謂天有不測風雲，就是這個意思吧？」

苗文鄉淒涼一笑道，「大東家常說豫商之道是『每臨大事有靜氣』，眼下風雲丕變，鈞興堂被封，各個窯場停火，大少爺生死未卜，大東家可千萬慌亂不得！」說著，他從袖子裡抽出一張銀票，遞給盧維章，「大東家，這是我在鈞興堂快二十年攢下的一點銀子，都是大東家給的。眼下大東家有難，正是需要錢的關口，老漢也幫不上什麼忙，這點銀子請大東家務必收下！」

盧維章瞥了眼銀票，搖頭道，「若是我淪落到動用老相公養老銀子的地步，鈞興堂怕是一點指望都沒了。你還是收起來吧。」他滿臉真摯地看著苗文鄉，「老相公的心意，維章明白。沒錯，如今『崑崙崩絕壁，烈風掃寰宇』，鈞興堂被封了，豫川還在大牢裡，的確是危機重重。但我前些天已做了安排，鈞興堂還不至於就此一敗塗地……各地分號的銀子到了嗎？」苗文鄉忙道：「大部分都到了，按照大東家的吩咐，全都在我家存著，一共是四十萬兩。加上在各窯場退股的銀子，足有七十萬兩。只要駐外的那些人不落井下石，十日之內還會有二十萬兩送到！」

「這筆銀子是鈞興堂最後的底子了，有銀子就還有一線生機！你先替我提出五十萬兩，我今晚要進京。」

苗文鄉一愣，「還是打點官場嗎？」

「豫川是我大哥唯一的血脈，我是他親叔叔，怎能見死不救？莫說是五十萬兩，就是把錢都花光，我也要救！錢散人聚，錢聚人散，自古以來不都是這個道理嗎？」

兩人正在談話，忽然祠堂裡有人驚叫道：「夫人昏倒了！」盧維章和苗文鄉臉色大變，一起趕到祠堂。盧王氏躺在關荷懷裡，牙關緊咬，臉色蒼白如雪。關荷掐著她的人中，不斷叫著，聲音都變了調。盧豫海在一旁急得手足無措。良久，盧王氏才悠悠轉醒，睜眼看見丈夫和兒子都在身邊，心裡多少寬慰了些，苦笑道：「老爺，我這身子真是病得不是時候，剛生下婉兒就……」關荷抱著尚在襁褓中的盧玉婉，早已淚流滿面。

盧維章扶起她，柔聲道：「夫人說的是什麼話！鈞興堂沒了，窯場也沒了，可全家人不都在嗎？二十年前，咱們盧家除了這幾個人，還有什麼？今天還多了兩個孩子呢。現在盧家大難臨頭，家裡的一切全靠妳了，妳可千萬病不得！」

眾人見他們夫妻說話，都不作聲地退了出去。關荷一邊垂淚，一邊強裝笑顏，安撫懷裡大哭不止的盧玉婉。盧豫海傻傻地坐在臺階上，望著遠處。可遠處又能有多遠？祠堂裡到處是慌亂走動的人，個個都如同喪家之犬一般。他心煩意亂地站起身道：「好端端一個家，怎會落到如此田地？」

關荷好不容易才哄得盧豫江兄妹睡著，淚眼盈盈地看著他，低聲道：「二少爺，盧家有難，你是大東家唯一的兒子，可不能像我們下人這樣亂了方寸。」

盧豫海自懂事以來一直過著錦衣玉食的少爺生活，這兩年在窯場裡才算吃了點苦。此次鈞興堂突然被封，大哥被打入死牢，整個家說敗就敗了，他還是當初的二少爺嗎？驀地從天上跌進深淵，心情實在難以自持。一聽見關荷的話，他立刻如炮仗般炸響道：「我能做什麼？妳一個丫頭，居然教訓起我來了！」不少經過的下人都吃驚地看了過來，指指點點。關荷窘迫地站在原處，被他突如其來的責罵嚇得腦袋一片空白，好半天才擠出一句：「我明白了！」說完含淚抱著兩個嬰孩跑到一邊。盧豫海也被自己的話嚇到了，呆立良久，才走到她身旁，囁嚅道：「是我不對，給妳賠不是了。」關荷哭得兩眼紅腫，抬頭道：「你原本不是這麼不講情理的人！盧家都成這樣了，你不想想該怎麼應對，卻跟一個下人發火，算什麼？我看這祠堂裡容不下這麼多人，夫人遲早要遣散下人的，你就不想想要是我被攆出去了，該怎麼辦好？」

盧豫海倒是沒想到這一層。但家破人散，也是情理之中的事。他愣了一愣道：「就是遣散下人，也不會遣散妳的。他們都有家人，總還有個退路，可妳一個孤兒舉目無親，能到哪裡去？就算是娘要趕妳走，我也絕不會同意的。」關荷心中一暖，柔柔怯怯地凝視著他，千言萬語只化成了一句：

「我相信你。」

兩人一時無語。此時也不需要言詞，只要默默地看著彼此，多少話語、多少心事都包含在這視線之中。他們不過十七八歲，以前曾有過的朦朧曖昧此刻豁然明亮起來，彷彿潔白的坯布經過歲月洗染，再也不是原來的模樣了。盧豫海感到一陣眩暈，道：「妳說，就目前這亂紛紛的局面，我該怎麼做？」

關荷搖頭，「我一個丫頭，哪裡知道你該怎麼做？」她看著懷裡的盧玉婉，卻對著盧豫海說，「不過我要是你，一定會幫著夫人把家裡安置好。大東家有大事要做，不能讓他分一丁半點的心。」

盧豫海心裡一動，父親總是講『每臨大事有靜氣』，可一遇到事，有幾個人能做得到呢？反倒是關荷，不過是個丫頭，危急時刻卻比自己這個鬚眉男兒還要鎮定得多。盧豫海不禁上下打量著她，彷彿剛剛才認識眼前這個女子。關荷臉頰一熱，抱著盧玉婉走開了。盧豫海一邊思忖著關荷的話，一邊連連點頭，轉身朝屋裡去了。

不出關荷所料，盧王氏身子剛剛好轉，就把所有的下人召集到一處，當眾宣布遣散的事。大東家盧維章不知何時悄然離家，如今能主事的只有盧王氏和二少爺盧豫海。盧王氏一直在主持家務，盧豫海不過是個少年，自然全都聽盧王氏的。下人們雖說多少有些預感，但畢竟在盧家都有些年歲了，老爺夫人也一向平易近人，到了臨別之際自然是哀聲一片。盧王氏等哭聲小了一些，才虛弱地道：「盧家是敗了，但不會就這麼把大家掃地出門。凡是在盧家十年以上的，發銀子五兩。五年以上的，發銀子三兩。五年以下的一律發銀子二兩。大家也莫要嫌少，就算是我盧王氏命不好，用不起大家！盧家遭此大難，再沒有更多可以給了，就請大家受我一拜！」

盧王氏顫巍巍站起來，朝下面眾人深施一禮。在場的人想起盧王氏平日裡的好，又是一陣哭號，其場面之淒慘，泣聲之悲涼，觀者無不扼腕嘆息。遣散之後，盧王氏只留下了兩男兩女四個下人，其餘的幾十個人領了銀子各自去了，祠堂裡頓時顯得空曠起來。

關荷抱著盧玉婉，呆立片刻，猛地發現盧王氏正看著自己，趕忙垂下頭。盧王氏看著她良久，開口道：「妳可知我爲何留下妳？」關荷的眼淚奪眶而出道：「夫人知道關荷孤苦伶仃，出了盧家就是死路一條！夫人大恩大德，奴婢就是死了也難以報答！」

「又是什麼生死的，犯不著說這個。實話告訴妳，是豫海在我面前再三哀求，我才答應他的。妳若真想報答我，就答應我一件事。」關荷直直看著她。盧王氏嘆道：「我怕是活不長了，若是盧家日後真的一點希望都沒有，妳也莫要狠心棄他而去。等我死了，妳務必要好好照顧豫海……我原本是要跟陳家提親的，可盧家如今這個模樣，也不忍讓司畫那丫頭嫁過來受苦……妳答應我，要看著他成家立業，娶妻生子，就算是對我的報答了。」關荷滿腹思緒糾結在一起，酸甜苦辣的滋味一一湧上心間，艱難道：「夫人放心，奴婢一定伺候少爺一輩子，看著他……看著他成家立業，娶妻生子……」說著，心中又湧起一股哀怨，化作兩行清淚滑落面龐。

每臨大事有靜氣

盧家家道中落，神垕鎮人大多發出同情之聲。人們沒忘記光緒三年的那場大災，若不是盧家慷慨出手，多少人根本活不到今天。恩人就是恩人，即便是吃上官司還是恩人，怎麼能萬事只求自保，連人情世故都不管？官府說人家是壞人，咱們就跟著忘了人家的恩情，這是人做的事嗎？這就是神垕人的秉性。何況綠營兵只是封了鈞興堂，並沒有拘禁盧家的人，風頭一過，不少人便來到盧家祠堂，送錢送物的絡繹不絕。就連董振魁這樣的生意對手，都念及當年盧維章寬容待己而挺身而出，與各大窯場的大東家聯名向巡撫衙門上書，祈求朝廷看在盧家在光緒三年賑災的分上，保全盧家人的性命。細心的人都看得出來，盧維章此刻並不在神垕，家裡家外都是病懨懨的盧王氏出面主持，真是難爲這個婦道人家了。除了苗文鄉和盧王氏，誰都不知道盧維章是何時離開神垕的，也沒有人知道他去了哪裡。

一個月後，朝廷的旨意終於下來了：盧豫川判了斬監候，總算逃過一死；而鈞興堂被澈底查封，從此再不是盧家的產業，交由本省巡撫對外招商，繼續燒製宋鈞，但圓知堂董家老窯不得參與。聖旨是河南巡撫馬千山親自趕到神垕宣布的。旨意宣讀到這裡，馬千山故意頓了頓，看著下面的眾人。窯神廟裡外跪倒的何止千人，聞言無不大吃一驚。鈞興堂維世場、中世場、庸世場三處窯場，合起來一千多口窯，占了神垕鎮所有窯場幾乎三分之一，頃刻間就跟盧家沒了關係，盧家老號從此銷聲匿跡了？那誰是這三個窯場的新主人？誰能從巡撫衙門那裡承辦這三處窯場？一個個疑問浮現在眾人的腦海裡，尤其是那些覬覦盧家窯場已久的大東家們，恨不能立刻就放手大幹一場，瓜分了鈞興堂才算盡興。

馬千山輕輕闔上聖旨，道：「旨意宣讀已畢，盧家領旨謝恩吧。」

這場官司因盧家而起，宣讀朝廷旨意時自然少不了盧家的人。大東家盧維章下落不明，大少爺盧豫川又遠在京師大牢裡，此刻盧家能出面的男丁只有二少爺盧豫海。可鎮上誰不知道盧家二少爺是個尚未及弱冠的少年，連家都沒成，能見過什麼世面？看來盧家真是沒人了。上千雙眼睛齊齊落在馬千山跟前，有好奇的眼神，有幸災樂禍的，也有擔心的，大家都想瞧瞧這個盧家二少爺會怎麼應對。窯神廟裡一時鴉雀無聲，忽聽得有人朗聲道：

「草民盧豫海代家嚴上維下章領旨謝恩！」

聲音剛落，一個身材頎長的年輕人大步走向馬千山，從他手裡接過聖旨，朝京城方向跪倒，磕了三個頭，又穩穩地站起來，從密密麻麻的人群裡坦然穿過，消失在大門外。人群發出一陣壓抑的驚嘆，這就是盧家的二少爺嗎？很多人都以為他無非是個紈褲子弟，靠著家勢混日子，一離開父母的庇佑定然手足無措，說不定還會在眾目睽睽之下嚇得尿褲子呢。誰也沒想到，剛才那個步履如常、神態自若的年輕人，居然就是盧豫海！

馬千山也非常意外。他原本打定主意要給盧家來個下馬威，在眾人面前狠狠出盧家的醜，讓盧家再難在神垕立足，也讓不聽話的董振魁領教一下自己的手段。怎知道盧豫海年紀輕輕，卻是一副城府頗深、極有見識的架勢，舉手投足大有乃父之風。他剛才那番應對舉止如此得體，在飛來橫禍之際，就是見多識廣的成年人都未必能處變不驚，他卻從從容容應付了過去，毫無失態。難道真是天不絕盧家，又出了一個像盧維章那樣的人物嗎？馬千山如意算盤落空，自覺無趣，便咳嗽一聲道：「原鈞興堂招商大會擇日在開封府進行，有意的大東家們留心衙門的告示。都散了吧。」臺下跪著的人們紛紛站起，議論聲響了起來。大東家們言不由衷地彼此試探著承辦鈞興堂的事，想從對方身上窺到些蛛絲馬跡。更多的人卻是在議論盧家的二少爺，嘖嘖的讚嘆聲不絕於耳。

盧豫海手裡拿著聖旨，邁著沉重的步子走回盧家祠堂。遠遠便看到關荷坐在門檻上，朝外面張望，目光裡滿是牽掛和不安。盧豫海走上前去，強裝笑容道：「我回來了。」關荷痴痴地看著他，道：「他們沒有爲難你吧？」盧豫海故作鬆快地笑道：「盧家已經是這個慘狀了，那些混帳王八蛋若再落井下石，還有良心嗎？妳放心吧。」關荷看了看裡面，悄聲道：「二少爺，老爺回來了，剛進門。」盧豫海身子一顫，顧不上跟關荷說話，一路小跑直奔後堂。盧王氏床頭，一個男子抱著兩個襁褓面帶笑意，正高一聲低一聲地逗著盧豫江和盧玉婉，這不是父親是誰？霎時間，盧豫海淚如泉湧，撲上去跪倒道：「父親，您可回來了！」

盧維章聽見腳步聲，便知道來的是誰了，不慌不忙地回頭道：「領旨了嗎？」

盧豫海擦了眼淚，把聖旨遞給他。盧維章掂量了一下，黯然笑道：「豫海，你說這個聖旨，有多重？」盧豫海一時不明白父親所指，不解地搖頭。盧維章把聖旨放在桌上，「整整五十萬兩銀子，換來的就是這麼道旨意……」盧維章忽地變了臉色，咬牙切齒道，「這是什麼朝廷？這是什麼皇上？」

盧豫海從未見過父親如此失態，一時不知該如何是好。盧王氏吃力地直起身子，靠在床頭勸道：「老爺，你不也常說財聚人散，財散人聚嗎？豫川好歹撿回了性命，豫海也沒給盧家丟臉，人都在，幾十萬兩銀子算什麼？早晚會掙回來的……老爺，你再給我講講，豫海真的沒丟盧家的臉嗎？衙門的人把他叫走的時候，我都快愁死了，生怕他年紀小，出了什麼差錯可怎麼辦才好……」

盧豫海難以置信地道：「爹，您剛才也在窯神廟嗎？」

盧維章莞爾一笑，目光裡多了幾分寬慰，道：「我是跟著馬千山一路回到神垕的。本來這件事該是爲父去的，可我並沒有露面，就是想看看在關鍵時刻，你能不能替盧家挑起這副擔子！宣旨之際，我就在人群裡看著你，你做得很好，比我想像得還要好！每臨大事有靜氣，你算得上是真正的盧家子孫了！」

盧維章教子歷來多是苛責，像今天這樣大加讚許，還是破天荒頭一遭。天底下最讓母親感到榮耀的，莫過於兒子受人稱道，盧王氏開心地笑道：「豫海，你是個大人了，連你爹都說你做得好啊！」說著又是一陣咳嗽。盧豫海忙上前給母親順背，激動得渾身血脈上湧。盧維章笑道：「妳都聽多少遍了，還這麼興奮？」盧王氏壓住咳嗽道：「我就是愛聽，你講多少遍我都不嫌多！」盧維章見她好了些，便把兩個襁褓遞給她，道：「豫海，今天在這個房間裡的，都是至親骨肉，有些話也到該講的時候了。你坐下吧。」盧豫海順從地坐在母親床邊，火熱的目光追隨著父親。盧維章踱了幾步，忽道：「按照聖旨，鈞興堂從今天起就跟盧家毫無瓜葛了。維世場、中世場、庸世場三處窯場，上千口窯待價而沽，只等馬千山主持招商大會。豫海，在這個關頭，你覺得該怎麼辦？」

盧豫海早有應試的準備，卻沒想到父親一開口就拿這樣的大題目考他。擰眉思索了一陣後，便試探道：「若是孩兒沒有猜錯，父親頭一件要做的事，就是另外再建個字號，重新開張，跟不屬於盧家的鈞興堂鬥！」

盧維章眼中飄過一絲喜色，皺眉道：「說得容易。窯場字號是這麼好建的嗎？」

盧豫海道：「這些日子父親不在神垕，我經常去苗老相公家裡討教，學了不少本事，跟苗家兩位相公也商議過重建窯場的事情。建窯場需要三樣東西：銀子、窯工和祕法。銀子咱們還有，我聽老相公說，家裡足足還有二十萬兩銀子！有了錢，窯工也自然不用擔心了。至於祕法，那更是咱們盧家的祖傳，就跟戲詞上說的那樣，鐵打的江山，誰也奪不去。」

「你只看到有利的一面，可不利的一面呢？」

「不利的一面是鈞興堂盧家老號的牌子打響了多年，瓷業裡無人不知。盧家痛失鈞興堂，原有的心血毀於一旦，得重新建立新牌子，闖出一條商路，這是最大的難處。還有神垕鎮上的各大窯場，雖說以往的關係不錯，但咱們另起爐灶對他們來說分明是多了個搶生意的，難免會被旁人排擠。再加上董家，聖旨說董家父子不能染指鈞興堂，可誰能擔保他們不會想出什麼主意呢？董振魁老奸巨猾，還有個董克溫……孩兒聽苗象天相公說，董家的二少爺董克良跟我同一天出生，在父兄十幾年的調教下，本領見識堪稱同齡人中的翹楚，似乎遠在孩兒之上！以孩兒的愚見，真正的對手恐怕還是董家。」

「既然勝敗之數各占一半，咱家現在也不算窮困潦倒，犯得著再身涉險境嗎？乾脆守著這點積蓄，老老實實過日子，再不涉足生意，不也很好？」

盧豫海睜大眼睛道：「孩兒不信父親會這麼做！身為盧家子孫，離開了窯場，離開了生意，跟行尸走肉有何區別？勝敗乃兵家常事，何況這次是大哥遭人陷害，並不是咱們盧家在生意上敗給了別人！父親一旦重整旗鼓，內有父親和大哥運籌帷幄，外有苗老相公主持生意，盧家復興指日可待！」

盧維章一時無語，像是在仔細品味他的話，又像在想著心事。盧豫海兀自激動著，坐都坐不住了，竟騰地站起來，還想再說下去。盧王氏給了他一個眼色，笑道：「這是大事，總要等你大哥回來，一家人商量商量才好。」她轉向盧維章，察言觀色道：「老爺，你在想什麼？」

盧維章從沉思中回過神來，嘆息一聲，嗓子沙啞地道：「我有些走神了。我剛才在想京城的事……夫人，妳可知聖旨上爲何留豫川一條性命，又爲何點明董家不得參與鈞興堂的招商嗎？」

盧王氏輕輕一笑道：「我不過是個村婦，這豈是我能想得到的？」

「豫海，這些事我原本不打算跟你說。但你今天的表現大大出乎我的預料，看來你雖然剛剛成年，但今後盧家也可以讓你獨當一面了！爲父在京城花的這五十萬兩銀子，只給了一個人，你猜猜是誰？」

盧豫海脫口而出道：「不是皇上，就是太后！」

盧維章點點頭道：「沒錯，這五十萬兩我交給了大內總管李蓮英，他是太后身邊最得信的人，交給他，也就是交給了太后。給他銀子的時候，我對他講了兩件事。其一，盧豫川如果真的問斬，盧家從此絕不再燒造宋鈞，禹王九鼎便再無重製的可能。其二，盧家願意放棄所有的窯場以示悔過，但盧家的窯場絕不能交給董家，否則董家一家獨大，而董家是帝黨的人，自然也不會全心全意重製禹王九鼎。李蓮英聽了我這些話，好半天沒吭聲，最後只說了一句。」

盧豫海急不可待地問道：「是什麼？」

盧維章道，「他說，你若是棄商入仕，定是封疆大吏的前程！」說到這裡，盧維章自失地一笑，「什麼狗屁朝廷，他們眼裡只有銀子，除了銀子還是銀子！」

盧豫海崇敬地看著他。盧王氏道：「不管怎麼說，旨意已經下來了……那豫川什麼時候能回家？這場大禍畢竟因他而起，老爺又準備如何處置？」

「我知道夫人早晚會提到這件事……豫海剛才說得對，盧家不能就此消沉下去，不然有何臉面去見列祖列宗？雖然現在正是用人之際，可豫川行爲不檢，鑄成大錯，按照盧家賞罰分明的規矩，不給他些教訓是不行的，不然也難以服眾。盧家這次的事，在豫省商幫裡鬧得滿城風雨，豫川的名聲已經徹底砸了，今後再出去談生意，誰還敢跟他做商伙？我想讓他從生意裡撤出去，專心協助夫人理家，等風頭過了再說……眼下窯場裡的事有豫海、楊建凡和苗象天他們照顧，生意上有苗文鄉老相公主持，我也就放心了。」

盧王氏和盧豫海都是一驚。盧王氏脫口而出道：「不成！老爺，豫川一門心思都在生意上，你讓他撤出來，這不是要他的命嗎？年輕人見識到底是淺，萬一就此頹喪，那不就廢了嗎？……他爹娘是爲什麼死的，老爺難道不記得了？」

盧維章搖頭道：「我正是爲了保住他的心氣才這麼打算的！夫人想想，他剛從鬼門關走了一遭回來，心性脾氣大不如前，可以說是判若兩人！我到京城養蜂夾道刑部大牢裡探視過他，絲毫不見當初的雄心和氣度，跟個活死人一般。妳以爲就他現在的樣子，能出去做生意嗎？盧家現在無異於從頭開始，前面有數不盡的艱難險阻，讓一個心緒紊亂的人衝鋒陷陣，勝算有多少？又焉能不敗？這一次再敗了，誰還能給他開脫？他自己也無顏再見江東父老啊！我讓他離開生意，就是想在他心裡保留一點生意的種子，不至於幾番挫折後心灰意冷……大亂之後，他首先要做的不是報仇雪恥，而是休養生息，好生檢討以往的失誤，從中得到教訓，爲以後再次出發積蓄力量。古人爲了光復故國不惜臥薪嘗膽整整十年，豫川在家裡韜光養晦幾年又有何妨？此事我心意已決，夫人不用再說了。」

盧王氏這才明白盧維章的一番苦心，除了搖頭嘆息還有何話可說。倒是盧豫海不服道：「父親，大哥一向是經商的好手，前些日子又督造禹王九鼎，就算不讓他出去做生意，起碼還可以在窯場裡出力呀。父親讓他撤得一乾二淨，這跟戲詞裡把娘娘打入冷宮有什麼區別？還望父親三思！」

盧維章臉上結起冰霜道：「張口閉口就是戲詞，你還有心思整天泡戲園子看戲？戲裡說的是娘們，你大哥是堂堂鬚眉！你懂什麼？我就是要冷他一冷，讓他知道天高地厚，讓他明白什麼是生意人該做的，什麼是不該做的。像他那樣包養歌妓，最終釀成大禍，難道是豫商的作爲嗎？」

一家人正說到緊要處，關荷急匆匆跑了進來，神色倉皇道：「老爺、夫人、二少爺，門外來了個人，口口聲聲要見老爺和夫人！」

盧維章和盧王氏相視一眼，道：「是什麼人？」

關荷慌亂地捏著衣角，臉色紅紅道：「是、是個女子，說是從開封府來的。」

盧維章登時怒火上衝道：「是不是個二十歲左右的女子，長得頗有幾分姿色？」關荷膽怯地點頭稱是。盧維章拍案而起道：「這個不要臉的娼婦，還敢找上門來？妳叫上老平，把她打出去！」

關荷轉身欲出，盧王氏急叫道：「且慢！」盧維章回頭怒道：「夫人還想見她嗎？」盧王氏虛弱地苦笑道：「好歹是豫川心儀的人，雖然出身低了些，可咱們商家跟她們歌妓一樣都是下九流，誰還瞧不起誰呢？豫川出事之後，還是她千里迢迢給老爺報的信，不然老爺哪裡會有一天的時間籌畫後路？說到底，這個女子畢竟有些過人之處，無論今後怎麼辦，拒人千里之外總是不好，傳出去也不好聽。老爺既然不願見她，就讓我見她吧。」關荷見老爺和夫人意見不一，手足無措地站在門口。盧豫海俏皮地看著她，眨了眨眼。關荷困窘地低垂下頭，心裡小鹿亂撞。

盧維章思索了一陣，鐵青著臉道：「夫人這麼說，我也不攔妳。只是那些歌妓嘴上功夫著實厲害，夫人千萬不要被她的花言巧語蒙蔽了！」說著，他袖子一甩走出後堂。盧王氏吁出一口氣，道：「讓她進來吧。豫海不要走，跟娘一起會會這個女子。」盧豫海本來就對蘇文娟充滿好奇，自然是求之不得，便站在母親身邊，跟觀音菩薩身旁的韋馱護法似的，抱著臂膀，板起臉盯著外面。

不一會兒，關荷領著一個女子進來。女子一直垂著頭，連走幾步便跪倒在地，道：「奴家拜見夫人、二少爺！」

盧王氏淡淡道：「抬起頭來。」

蘇文娟慢慢仰起臉。盧王氏和盧豫海都是一愣，果然是一張標緻的臉蛋，如畫中走出來的仙女一般！略顯蒼白的臉色，平添了幾分惹人垂憐的憔悴。盧王氏暗暗嘆息，如此可人的女子，難怪盧豫川會痴迷如斯。盧豫海看著蘇文娟，朝關荷吐了吐舌頭，關荷趁盧王氏不備，狠狠瞪了他一眼，眼神瞟向一旁，臉上卻一片緋紅。

盧王氏開口笑了，一副話家常的口氣道：「從開封府到神垕，妳走了多久？」

「回夫人，奴家走了整整兩天。」

「路上還順暢吧？」

蘇文娟臉上泛出苦笑，道：「託夫人的福，還算順暢。」

盧王氏點點頭，忽而厲聲道：「好一個順暢！我且問妳，妳到神垕，是誰讓妳來的？是誰請妳來的？我們家豫川快被妳害死了，妳還來這裡做什麼？難道是給他收屍嗎？收屍也罷，妳怎麼不到京城去？既然來得了神垕，就去不得京城嗎？妳是真心牽掛豫川嗎？出事都快一個月了，怎麼不見妳來？偏偏今天來了聖旨，豫川判了斬監候，妳瞧他還有條性命，才巴巴地跑來？妳圖的是什麼？難道妳以爲盧家會待見妳嗎？豫川還會對妳鍾情嗎？都說戲子無情、婊子無義，我看妳真是名副其實，還得加上一條『無恥』！妳害得盧家家業被抄，二十年的辛苦毀於一旦，我若是妳，哪裡還有臉進盧家的門，早羞得一頭撞死在門口了！妳居然還有臉找上門來，一口一個奴家，一口一個夫人！妳當這裡是妳的會春館嗎？豫海，你給我記清楚了，今後你若是見到這樣的女子，一句話也不用跟她講，就當見到一堆狗屎，遠遠地躲開！」

在場的關荷和盧豫海不禁瞠目結舌，都被她這番突如其來的言詞嚇住了。他們倆一個是貼身奴婢，一個是親生兒子，在盧王氏身邊的日子實在不短，卻從未見識過她這副模樣。原來老實人罵起人來，竟是這般刻薄，這般毫不留情。盧王氏發完了火，冷笑一聲，端起茶杯啜了一口，氣定神閒地看著蘇文娟。

盧王氏剛才那番話，句句都如刀槍，直取人的性命。盧豫海尚且感到頭皮發麻，何況是毫無防備的蘇文娟？她怔怔地跪在地上，像是被抽掉魂魄的木偶，臉上僅有的一絲血色也不復存在，除了劇烈起伏的胸口，再找不到一絲活人的氣息。後堂裡靜謐無聲，四個人紋絲不動，只有床上的盧豫江和盧玉婉偶爾蠕動。良久，蘇文娟青白的嘴唇翕動，艱難地吐出幾句話：「夫人教訓得是，文娟這次來真是不識相，自取其辱罷了。盧家的大難的確因我而起，我還有何話可說？唯有一死而已。」說著，她重重磕了頭，猛地站起來衝出堂外，一頭撞在石柱上。

事出突然，盧王氏和盧豫海離得遠，根本來不及阻止，而關荷雖離得近些，但蘇文娟抱了必死的念頭，速度極快，她也是措手不及。盧王氏認定她是個歌妓，眼裡只有銀子，這次來盧家不過是想繼續糾纏盧豫川，故而有剛才那番苛責她的言詞，哪裡會料到蘇文娟竟真的不惜一死？三人眼睜睜看著石柱上紅光乍現，接著蘇文娟軟軟地癱倒下去，額角鮮血奔湧。盧王氏失聲叫道：「來人！快來人！」

自盧家遭逢不幸，祠堂裡一直是死氣沉沉的，後堂猛地出了這麼大動靜，立刻引來祠堂裡所有的人，全都聚在蘇文娟身旁，見狀無不駭然咋舌。盧維章大步走來，眾人紛紛讓開，都等著他發話。盧維章蹙眉看著蘇文娟，道：「怎麼會這樣？」

盧王氏語無倫次道：「我、我只是說了她幾句……」

「盧家剛剛吃了官司，再弄出條人命來，妳還嫌麻煩不夠嗎？」

眾人從來沒見過老爺對夫人發火，一時間都噤若寒蟬。盧王氏啞口無言，後悔極了。關荷壯起膽子把手探到蘇文娟鼻下，驚喜道：「夫人，還有氣呢！」盧王氏方寸大亂，連連叫著「佛祖保佑」、「菩薩保佑」。盧維章轉頭對老平怒道：「還愣著幹什麼，快請郎中！」

一刀砍出個「拚命二郎」

苗文鄉得知盧維章回到神垕，立刻讓苗象天套了車，父子二人馬不停蹄地趕到盧家祠堂。郎中剛走，盧家的人無不黑著臉。苗文鄉和苗象天互看了一眼，知道出了大事，趕忙朝後堂奔去。蘇文娟已經悠悠轉醒，被關荷連逼帶勸地喝了些藥湯，蒼白的臉上才恢復了些血色。盧維章背手佇立在院中，表情一片愴然。

苗文鄉朝後堂裡張望了一眼，立刻明白剛剛發生的事情，便道：「大東家，屋裡的可是蘇……」盧維章重重點頭，嘆道：「難怪豫川會沉迷在她身上，果然不是個尋常女子……真是造孽！她肚子裡還偏偏有了盧家的骨肉！」

苗文鄉大驚道：「這……大東家準備如何處置？」

盧維章拿出一張銀票，遞給苗文鄉，「這是蘇文娟醒來後，死活要交給夫人的。」苗文鄉見銀票上寫著「憑此立兌現銀七百兩　日昇昌汴號字」，當下納悶道：「這是何意？」

「她自己偷跑了出來，要在盧家做一輩子丫頭來還債。不然，情願以死謝罪。」

苗文鄉奇道：「這真是聞所未聞！一個歌妓偷跑出青樓，要來做丫頭！那大東家的意思是……」

盧維章艱澀地嘆息一聲，道：「罷了，等豫川回來再說吧，解鈴還須繫鈴人。象天也來了？」苗象天剛才看見大東家和父親在商議事情，便識相地退在一旁，這時趕忙上前施了禮道：「象天見過大東家。」盧維章略一點頭，「家務事還有夫人，咱們就不用操心了。既然大家都來了，就說說生意的事吧。鈞興堂招商的事，開封府那邊有消息了嗎？」

三人一邊議論著，一邊朝盧維章的書房走去。關荷站在門口，推了一把盧豫海，低聲道：「他們商議大事去了，你快跟上啊。」盧豫海猶豫道：「這……爹也沒叫我，我怕……」關荷急道：「你現在是大人了，家裡的大事你能不參與嗎？大少爺不在，你就是盧家的支柱！」盧豫海還是有些躊躇，苗象天急匆匆過來道：「二少爺，大東家叫你去議事呢，快走！」盧豫海感激地看了關荷一眼，隨苗象天快步離去。關荷深情地看著他的背影，好久才喃喃道：「二少爺，你快點長大吧……」

過沒幾天，蘇文娟傷勢好了些，可以下床活動了，但她依然整日呆呆地坐著，還趁人不注意又尋了一次短見。幸虧關荷眼尖，瞧見她偷偷藏起剪刀，才沒弄出人命。這次之後盧王氏再不敢大意，讓一個老媽子終日跟著伺候，不容一點閃失。她腹中的骨血雖一時無法確定是誰的，可若真是盧豫川的呢？畢竟是盧家的長子長孫，萬萬馬虎不得。盧維章在燒瓷經商上的功夫爐火純青，可對兒女情長之事卻一竅不通，加上盧王氏百般勸解，也就睜隻眼閉隻眼隨她去了。

盧王氏雖然做主收下了蘇文娟，但到底嫌她是歌妓出身，又給盧家惹下這場大禍，心裡總是有個疙瘩。蘇文娟康復後，讓老媽子領她去給盧王氏請安，盧王氏卻以身子不適為由，根本不見她。蘇文娟知道儘管夫人閉口不提趕她出門的事，其實在心裡還是無法接納她，無非是看在她腹中孩子的分上，才違心地留她住下來。蘇文娟看起來弱不禁風，骨子裡卻韌性十足，憋了一口氣在心裡，再不尋死覓活了。她每日除了堅持去向盧王氏請安外，其餘時間皆閉門不出，替孩子做些小衣小襪，一心等待盧豫川回來。

盧家居然收了個歌妓進門！這個消息不脛而走，轉眼間傳遍神垕鎮，成了茶餘飯後的絕佳話題。就在人們興致正濃的時候，開封府會春館來了人，領頭的自然是老鴇，氣勢洶洶地領了十幾個打手直奔盧家祠堂。

會春館這桶油澆得正是時候。盧維章跟苗文鄉結伴去了開封府，剛剛離開神垕，盧家除了下人，只剩下盧王氏和盧豫海。老鴇把祠堂大門敲得震天價響，吆喝著要把蘇文娟領回去。老平出來好聲好氣地才說了幾句，就被老鴇一陣臭罵給堵了回去。盧家索性緊閉大門，再沒人出面了。此刻祠堂門口聚滿了人，誰都沒見識過開封府老鴇的手段，一個個看得津津有味。老鴇也來了興致，跳著腳罵道：「小淫婦！賤蹄子！天底下有妳這麼不要臉的嗎？還說什麼賣藝不賣身，呸！臭身子給男人爬了不知多少遍了，還給老娘裝正經！今天不把妳這個淫婦抓回去，老娘就不走了！」

周圍有好事之人笑道：「妳不走了？好，我家還空著半張床呢，不妨就去我家吧。」人群裡立刻笑聲四起。老鴇氣急反笑道：「喲，是哪個冤家看上老娘了？就怕老娘有這個心思，你還沒那個東西呢！」那人應道：「我有沒有那個東西，妳不看看怎麼知道？」老鴇瞪著眼睛，擺出一副尋覓的架勢道：「活冤家，你在哪裡呢？給老娘瞧瞧嘛！」說著上前抓住那人就扒褲子，嚇得那好事者狼狽地逃了。眾人見開封府的老鴇果然豪邁，真是開了眼界，紛紛起鬨喝采。老鴇得意洋洋地衝著眾人道：「瞧見沒，老娘就是這脾氣，不把蘇文娟那個小淫婦抓回去，老娘絕不善罷甘休！」說著，她又轉向緊閉的大門，高聲罵道：「盧家的人都給我聽清楚了，我看你們家也沒什麼好鳥！大少爺睡過的婊子，你們當個寶似的收了，怕是老大睡了老二睡，老二睡了老爺睡，反正都是一家人……」

此刻，盧王氏領著全家人站在門後的院子裡，牆外老鴇的叫罵一字一句聽得分外真切，宛如迎面飛來的一枝枝利箭。其實就算加上蘇文娟，盧家也不過才七口人，還有兩個尙在襁褓中的孩子。而男丁除了老平和一個燒火的老漢，便只有盧豫海了。盧王氏緊緊抱著盧豫江，表情由平靜變爲盛怒，氣得渾身哆嗦。蘇文娟早已淚流滿面，又羞又愧，站都站不住了。

盧王氏怒道：「蘇文娟，這就是妳給盧家帶來的禍害！害了豫川還不夠，妳究竟要把盧家害到什麼地步才甘願？事已至此，妳若還有半點良心，就好好閉門思過，好生對待妳肚子裡的孩子吧！」

老平憤憤道：「夫人，我從後門出去，就不信找不來幾個幫手！」

盧王氏厲聲叫道：「站住！」老平悚然一驚，不知該如何是好。盧王氏冷笑道，「叫幫手算什麼，盧家的男人還沒死絕呢！」她轉頭對盧豫海道，「豫海，你給我跪下！」盧豫海撩衣跪倒，全身的關節都在咯咯作響。關荷懷裡抱著盧玉婉，吃驚地張大了嘴，急得滿臉通紅。盧王氏一字一頓道：「你回頭看看，那堂裡擺的是什麼？」

「是盧家列祖列宗的牌位！」

「你可是盧家子孫？」

「是！」

「盧家敗落成這個樣子，如果再讓一個婊子頭光天化日之下如此侮辱，盧家人還有什麼顏面在神皇立足？還有什麼臉面說東山再起？家裡眼下除了外姓人，就只有你一個男人，你既是盧家子孫，今天就是你出頭爲祖宗露臉的時候！愣什麼，去吧！」

盧豫海早就忍無可忍了，聽了母親這般激勵的話，再也沒有絲毫膽怯和猶豫，騰地站起來道：「娘，孩兒就是豁出這條命，也要給盧家爭回這個臉面！也讓全鎮的人看看，盧家的男人不管什麼時候都是頂天立地的！」他轉身從燒火老漢手裡搶過棍子，直衝向大門。關荷不顧一切地拉著盧王氏的衣袖，失聲道：「夫人，外面那麼多人，二少爺他……」盧王氏儘管臉色雪白，卻仍不肯鬆口，「男人不經歷這樣的場面，還叫男人嗎？他若是好好地回來，就是一條漢子，他若是連幾個混混都鎮不住，盧家怕真是沒指望了！」

老鴇正罵得盡興，祠堂的門忽然開了，盧豫海血紅了兩隻眼睛，提著根棒子衝出來，二話不說當頭就是一棒。老鴇驚叫一聲躲開，頭是沒被打到，腰卻結結實實挨了一棍，頓時癱坐在地上。打手們見主人挨打，立刻叫囂著上前，個個摩拳擦掌地把盧豫海圍在中間。盧豫海握著棍子，眼裡像要噴出火來，叫道：「他娘的，誰不怕死就過來，二爺今天不要命了！」

盧豫海一副拚命的架勢，又是初生之犢不畏虎，一下子震懾住那些打手。其實他們都是老鴰臨時找來的混混，誰肯爲了那點銀子賣命？何況強龍難壓地頭蛇，這裡並不是開封府，盧家世世代代都在神垕，雖然敗落了，畢竟還是土生土長的神垕人，真動起手來周圍的人會袖手旁觀嗎？所以那些打手雖然嘴上叫得厲害，卻誰也不願第一個出手。

老鴰被手下攙起來，捣著腰道：「你、你是誰？」

盧豫海輕蔑地哼了一聲道：「我就是盧家老二，盧豫海！」

老鴰惡狠狠道：「老娘腰給你打斷了，你賠老娘銀子！」

盧豫海冷笑一聲，從懷裡掏出一把刀，擲在地上，大聲道，「銀子？哼，今日妳爲何而來，二爺我清楚得很。本來凡事都好商量，可妳出口傷人，連我們祖宗八代都罵遍了！妳也不睜開狗眼瞧瞧這是哪裡，是我們盧家祠堂，供奉的是盧家列祖列宗的牌位！我若是再忍，還是男人嗎？這裡有一把刀，妳不是帶了這麼多人嗎？好，我讓你們一人砍我一刀，砍死了拉倒！砍不死的話，我砍你們一人一刀，也是砍死拉倒！聽明白沒有？」盧豫海說到興頭上，刷地甩掉上衣，露出壯實的胸膛，拍響道，「來，第一刀就往這裡砍！二爺等著你們這些狗娘養的！」

時值隆冬，神垕的冬天歷來都是苦寒至極，即便穿了幾層衣服尚且手腳冰冷，何況赤著身子？盧豫海剛才激動得大汗淋漓，此刻身上冒著白氣，在人群裡分外顯眼。眾人都驚呆了。儘管在領旨那天見識過盧豫海的作風，可此一時彼一時，窯神廟畢竟是個講理的地方，今天卻是以命相搏的廝殺！不是血性男兒，不是敢作敢當，誰能使出這一手？老鴇愣了一下，推著一個打手道：「廢物！他讓你砍，你砍就是了，犯什麼嘀咕？出了事有老娘擔著！」

打手尷尬笑道：「崔媽媽，真出了人命，還不是我吃官司嗎？就妳給的那點銀子，恐怕……」

老鴇怒道：「王八蛋！這時候還惦記銀子！」接著轉向另一個打手，卻見他連連後退道：「李老二都不敢，我充什麼英雄？」

圍觀的人爆出一陣鄙夷的哄笑。老鴇又羞又急，彎腰撿起刀道：「一個毛頭小子，敢跟老娘玩硬的！老娘什麼場面沒見過？我就不信你真的敢……」

「放你娘的屁！」盧豫海勃然大怒，噹啷一聲扔了棍子，咆哮道，「今天我就在全鎮人的面前，讓大家都瞧瞧，盧家的男人說到做到，不管什麼時候都是響噹噹的漢子！」他大步上前，餓狼般盯著老鴇，「妳算什麼狗屁東西，二爺我屈尊讓妳砍，妳還挑理不成？別說妳是個狗屎般的妓女頭，二爺是頂天立地的漢子，就憑妳這股瘋樣，二爺我就敢一刀砍死妳！妳瞪什麼眼？妳發抖了？刀就在妳手裡，那好，頭一刀給妳！二爺還等著砍妳呢！來呀！妳來呀！」他的嗓音尖銳，震得空氣嗡嗡直響。

在場的人都被他嚇呆了，本來冷眼旁觀的人也像木雕泥塑般，看傻了眼。老鴇一時膽怯，又不甘心就此服輸，可握著刀的手實在不聽使喚，根本舉不起來。盧豫海不容分說地攥住她的手，高高舉起，一刀砍在自己的胸前，老鴇嚇得尖叫起來。眾人看向盧豫海，刀過之處粉色的肌肉綻開，像小孩哭泣時張開的嘴，鮮血噴湧而出，濺了老鴇一臉。老鴇倉皇地摸了摸臉上的血，連連叫道：「是你抓著我的手，不是我砍的！不是我！」盧豫海低頭看了看傷處，忍著劇痛反手奪過刀，提在手裡，強笑道：「妳急什麼，二爺怪妳了嗎？妳砍過了，妳手下誰還要砍？」

老鴇領來的混混都是些隨人起鬨的貨色，真到了要拚命的關頭早慌了手腳。第一刀就這樣了，第二刀下去不死也會重傷，誰敢砍這第二刀？盧豫海失血過多，臉色蒼白如雪，兀自叫道：「好，你們都不敢砍是吧？二爺我可要砍了！」說著，他舉起刀，腳步踉蹌地朝老鴇走去。老鴇一臉的血，早嚇得六神五主了，猛地看見亮晃晃的刀朝自己衝來，驚叫一聲，轉身就跑。盧豫海冷笑不已，又舉刀朝打手們衝過去，嚇得他們屁滾尿流，四處逃竄，眨眼間就不見人影了。盧豫海掂刀四顧，再沒有會春館的人，周圍的人全是一副肅然起敬的模樣。眾人矚目下，盧豫海仰天大笑道：「得勁！」笑著笑著，忽地一頭栽倒下去，不省人事了。

盧王氏在門口呆呆地看著這一幕，頓覺眼前一黑，叫道：「兒啊！」便軟軟地靠在門框上，一步也邁不動了。關荷心疼至極，連哭都忘了，衝進人群裡扶起昏迷的盧豫海，在眾人七手八腳的幫助下，總算把他抬到了後堂。苗象天和幾個過去在鈞興堂做事的相公聞訊趕到，見到這樣的場面無不駭然嘆服。苗象天叫來鎮上最好的郎中，給盧豫海敷藥療傷。郎中把脈後，喟然嘆道：「罷了，二少爺哪裡像是個不到二十歲的人！這一刀需要多大的心氣，多大的狠勁才砍得下去！」盧王氏急道：「郎中，能好得了嗎？」郎中安慰她道：「多虧他年輕體壯！要是換成那些整天吃喝玩樂、遊手好閒的大家少爺，說不定一口氣過不來就完了。可二少爺的脈象結實，夫人放心，這傷只是皮肉傷，不礙事。」關荷一直在旁伺候著，聽見郎中這話才淚如雨下，轉身跑出門外。盧王氏回頭看著她，先是一驚，繼而是一陣苦笑。

這時，老媽子過來，附耳向盧王氏說了幾句話。盧王氏臉色倏然一變，故意朝門外大聲道：「妳告訴她，好好守住她的孩子，別的事她少管！盧家的男人是死是活，輪不到她操心！害了我姪兒還不甘心，又來害我兒子！若不是看在她懷了身孕，我早就……罷了，妳走吧。」只聽見門外噹啷一聲，好像是藥罐子打碎的聲音，隨即是一聲壓抑的哭泣和一陣凌亂的腳步聲。

郎中聽得目瞪口呆，不知夫人為何突然動怒。而苗象天猜到她這把火是朝門外的蘇文娟發的，忙岔開話題。盧王氏兀自發怒。送走了郎中，苗象天總算吁出了一口氣，領著幾個相公上前，對盧王氏道：「夫人，大東家還沒回來，難保那些歹人不會再來尋釁滋事。我跟幾個相熟的鈞興堂老人說好了，從今晚開始就在這裡輪流守夜，直到大東家回來。夫人覺得如何？」

盧王氏對苗象天深施一禮道：「我該說什麼好呢……真是日久見人心！盧家雖然敗了，可有這麼多人幫忙，一定還有希望的。」

苗象天忙道：「夫人言重了。今天二少爺一人替盧家出面，打跑了一幫歹人，現在恐怕全鎮都轟動了！今後誰還敢再說盧家一句不是？夫人說得對，有人幫還在其次，盧家後繼有人，這才是希望所在啊！」幾個相公也是交口稱讚：「都說盧家是以儒道經商，卻不知二少爺豪邁過人，真是英雄出少年，渾身是膽。這一刀下去，全鎮人都說盧家出了個『拚命二郎』！」盧王氏聽了他們的話，忍不住又是驕傲又是後怕，想起剛才發生的事情，仍不禁出了一身冷汗。

百念皆灰燼

鈞興堂招商大會在馬千山的主持下，終於定在臘月二十這天，在開封府豫省貢院隆重舉行。說隆重絕不過分，貢院是一省鄉試會場，進了這龍門的秀才生員，一旦中舉，來年或中進士，或中狀元，經三年五載錘鍊之後，就是國之重臣，出將開疆拓土，入相執掌中樞，這是何等神聖莊嚴之地！馬千山特意把招商大會定在貢院舉辦，一來是奉旨，二來也是有心讓這些財大氣粗的商家看看，銀子再多，就像盧家鈞興堂那樣，還不是一道聖旨說封就封，說抄就抄了？誰敢不聽官府的，盧家就是榜樣！

一進臘月，巡撫衙門的告示就貼到了神垕。各大窯場的大東家們聞風而動，私下開了好幾次密會，最終定下一條：全鎮窯場除了圓知堂董家老窯，其餘一起參與鈞興堂的招商，按出錢的多少瓜分維世場、中世場和庸世場，並公推致生場大東家雷生雨爲總頭領，代表全體股東赴開封府出席大會。雷生雨慨然受命，仗著全鎮窯場在背後撐腰，此行志在必得。可他一路上趾高氣揚，一進開封府就傻了眼，全國各地瓷業生意的巨商大賈差不多全到齊了，偌大的開封府，各大客棧都掛出了客滿的招牌。雷生雨靠著老關係，好歹找了家客棧落腳。晚飯去大梁門內大街有名的第一樓吃，他一進門，竟發現旁邊的一張桌上，贛省景德鎮白家阜安堂大掌櫃段雲全正狼吞虎嚥地吃著包子！雷生雨有些忐忑地上前打招呼，段雲全一口江西官話道：「乖乖！不得了，今晚淨碰見熟人了！」雷生雨拉椅子坐下，道：「老段，你也是來參加招商的嗎？」段雲全笑道：「老雷你不也是？」兩人各懷心思，相視大笑。不一會兒，門外又進來幾個老熟人，最後進來的兩個，赫然是鞏縣康店的康鴻猷和康鴻軒兄弟倆！雷生雨和段雲全心裡都是一涼，連康百萬都來了，看來明天的招商會相當精采呢！

雷聲大雨點小，轟轟烈烈的招商大會只開了半天就結束了。大會是奉了聖旨召開的，自然是由馬千山領著眾人先拜了聖旨，又由豫省商幫的魁首康鴻猷領著眾商家拜了財神關帝，才正式開始。馬千山拈著山羊鬍道：「今天的大會，可謂高朋滿座，天下對鈞瓷生意有意的巨商大賈，差不多都在場吧？大家圖的是什麼？有人說是生意，有人說是窯場，我看卻只有兩個字——銀子！」

此言一出，滿座皆笑，緊張的氣氛頓時緩和下來。馬千山笑了笑，道：「千里經商只爲財，在商言商，有什麼可笑的？爲了確保今天招商的公平，本撫臺特意請了本省商幫的領袖康鴻猷大東家，跟本撫臺、勒藩臺一起主持。諸位可有異議？」康百萬的名聲在明清兩代響徹大江南北，經商的誰不知道河南的康百萬？故而無不點頭稱是。康鴻猷起身離座，朝四下拱手道：「既然如此，康某就恭敬不如從命了。昨天晚上，康某跟馬大人、勒大人一起商議出幾條章程，就由在下向眾位同儕說說吧。」

貢院大殿裡鴉雀無聲，無數雙眼睛熱切地看著康鴻猷。他展開手裡的紙，朗聲讀道：「河南巡撫馬，河南布政使勒，爲本省禹州神垕鈞興堂奉旨招商一事，特製章程如下：甲、各大商號代表地無分南北，年無論老幼，皆可報價招商；乙、各大商號代表只許報價一次，當場宣布，以價高者取之；丙、各大商號須交保銀十萬兩，若中標而有意拖延不付者，保銀分文不退，全數充公……」

康鴻猷聲若洪鐘，在貢院大殿裡嗡嗡迴響。這樣的章程真是聞所未聞，既然誰都能報價，為何只許報一次？這不是逼著人出天價嗎？傳聞馬千山跟商家彷彿有殺父之仇、奪妻之恨，看來果然不虛！這樣的念頭在雷生雨心裡翻騰，他素來是直脾氣，等康鴻猷宣讀完畢，便嚷道：「這章程有失公允！」經他這麼一點火，各大商號的代表們紛紛叫了起來，都說章程過於偏頗，說不上公道。一時間大殿裡人聲鼎沸。康鴻猷微笑地看著眾人，待聲音平息了一些，才笑道：「大家都是老生意人了，誰不知有買有賣？章程是臺上二位大人奉旨擬定的，斷無更改之理！康某也覺得無可厚非，不過是誰家銀子多，就誰買了去而已。諸位，凡是肯報價的，就到殿外巡撫特設的帳房交保銀領帖子，不肯報價但想瞧熱鬧的，對不住，就請到開封府街上遛達遛達吧。」

在場眾人面面相覷，大老遠跑來了，誰不想蹚蹚這道渾水？怎麼能連價也不報就打道回府？何況康鴻猷又搬出了「奉旨」這道殺手鐧！眾人嘴裡議論個不停，卻沒一個人像康鴻猷說的那樣，出門遛大街去，反而全都蜂擁而出，霎時把幾個帳房棚子擠得水洩不通。全國各地趕來的商號不下百十家，頃刻間上千萬兩銀子就進了巡撫帳房。等大家重新回到大殿，在老位置坐下來時，一個個全是雙唇緊閉，眉頭緊鎖，捏著帖子的手不停抖著。康鴻猷看著他們的模樣，噗嗤一笑打趣道：「出去遛大街的人，應一聲吧！」

雷生雨悶聲悶氣道：「既然出去溜大街了，哪裡還能應聲？」其實眾人都聽出康鴻猷是在開玩笑，唯獨雷生雨直脾氣不拐彎，把這笑話當真了，當下全都開懷大笑。

康鴻猷見狀正色道：「好了，各位仔細想想，給大家一炷香的功夫，香盡便收帖子！」

眾人有的凝神苦思，有的抓耳撓腮，形態各異，卻都捂著帖子，生怕給別人瞧見。一炷香說完就完了，幾個筆帖式上前收帖子，厚厚的一疊，放到馬千山面前。馬千山翻著帖子，時而點頭，時而發笑，把臺下心急如焚的商號代表弄得坐立不安。馬千山心裡冷笑著想：他媽的王八蛋奸商，你們有錢，老子有權，你們有地，老子有兵！今天就看看是權大還是錢大！他心思已定，便朗聲笑道：「各位商家，本撫臺這就當眾宣讀吧？」

商家們又好氣又好笑，紛紛嚷道：「煩勞撫臺大人了，快宣讀吧！」

馬千山拈了拈鬍鬚，卻又把帖子放下來，笑道：「本撫臺一直很納悶，都說如今國庫空虛，入不敷出，連本撫臺的俸祿都發不下來，我還以爲真的都賠給洋鬼子了呢！如今一看這帖子，本撫臺才恍然大悟，敢情這銀子都在各位手裡啊！」

商家們急得心頭冒火，只好勉強發出一聲笑。雷生雨嘀咕道：「他媽的，什麼狗屁巡撫，我看他根本不是招商，是把咱們當猴子耍。」身旁幾個商家一陣竊笑。馬千山嘆了一番，才舉起帖子宣讀道：「神垕鎮除董家老窯外全伙窯場，公出銀子一百三十萬兩！」

大殿裡一陣喧鬧。神垕鎮各大窯場聯手招商，這可是從來沒有過的壯舉！雷生雨不無得意地四下示意，可還來不及炫耀，馬千山便繼續宣讀道：「贛省景德鎮白家阜安堂，出銀子一百五十萬兩！」雷生雨頓時蔫了，一百五十萬兩！雷生雨絲毫沒有掩飾臉上的嫉妒，對段雲全道：「老段，你腦子出毛病了？」段雲全樂呵呵地道：「咳，就當出了回毛病吧。」周圍一片讚嘆聲，不少人困窘地低下頭。馬千山讀了大半的帖子，那些出幾十萬兩銀子的商號簡直無地自容，好幾個人瞧情勢不對，悄悄溜出了大殿，唯恐再待下去會自取其辱。馬千山讀到最後一個帖子，表情遽然一變，他捏著帖子顛來倒去地看了一陣，終於點頭道：

「禹州梁家藥行，出銀子一百九十萬兩！」

大殿裡一片死寂，倏地議論聲、質疑聲、不滿聲如同響雷般炸了開來。雷生雨難以置信地道：「禹州梁家？是梁奇生梁老爺子家嗎？」旁邊一個人接話道：「梁老爺子早就老得不能主事了，現在梁家是大少爺梁少寧在主事。」雷生雨跌足嘆道：「毀了，毀了，好端端的鈞興堂三處窯場，上千口窯，落在一個賣藥材的人手裡，算是全毀了！」「聽說梁少寧管事的這幾年，梁家都快倒了，哪裡來的銀子？」「是啊，莫非其中另有隱情？」雷生雨連連搖頭，瞥見段雲全也是一臉無趣，便道：「老段，我看你也是白忙一場啊！」

段雲全咬牙切齒道：「老雷，我敢打包票，這裡頭絕對有鬼！」

儘管眾人七嘴八舌地議論著，梁少寧仍是一臉春風得意。只見他穿著蘇州綢面棉袍，外罩牡丹花印的馬褂，一雙開封府馬記鞋鋪的黑面千層底厚靴，胸膛挺到天上去了。他起身離座，快走幾步來到臺前，從馬千山手裡接了帖子，氣定神閒地朝下面拱手道：「少寧不才，承蒙諸位成全。爲答謝各位南北同仁，今晚我把第一樓全包下來，萬望諸位賞光！」

雷生雨氣得再也坐不住，哼了一聲，站起來一腳踢翻椅子，氣鼓鼓地走出大殿，衝棚子裡的帳房先生怒道：「還老子的保銀！」

這麼一齣鬧劇傳到神垕的時候，盧家正在吃晚飯。盧維章苦笑一聲，對老平道：「你一路辛苦了，坐下來吃飯吧。」盧家以往的規矩，一日三餐都是分兩桌，男人一桌，女眷一桌，下人都是在廚房裡吃的，上不了正席。眼下盧家家道中落，那些規矩也就改了，變成主人一桌，下人一桌。說是兩桌，其實總共也不過七八個人。蘇文娟身分比較特殊，盧豫川還在京城，雖說秋審已過，斬刑變成了斬監候，又變成終身拘役，最後判拘役在家交銀子贖罪。但他畢竟還沒回家，蘇文娟到底是大少奶奶還是使喚丫頭，也還沒個定論。蘇文娟自己頗有主見，自動坐在下人這一桌。盧王氏素來不待見她，也就隨她去了。老平見盧維章發了話，才施了一禮下去。盧維章卻是再舉不起筷子，投箸嘆道：「居然還是讓董振魁得手了。」

盧王氏奇道：「不是說禹州梁家嗎？」

盧豫海冷靜地分析道：「董家和梁家是世交，梁家雖然還頂著禹州第一藥行的招牌，其實早已是敗絮其中，別說一百九十萬兩，就是打個對折都未必拿得出來！董家無非是找個傀儡，梁少寧志大才疏，聽說還抽大煙，兩家又有世交，正是董振魁的最佳人選。」

盧維章點頭道：「豫海說得不錯……這些事情，都是苗老相公告訴你的？」

盧豫海忙道：「是的。孩兒這些天跟苗老相公整理身股制的章程，抽空聽他講了不少經商之道。」

盧維章道：「苗家父子三人，除了老二苗象林資質平平，苗文鄉和苗象天都是不可多得的人才！尤其是苗象天，你務必跟他好好相處，此人是我特意簡拔上來的，就是爲了將來輔助豫川和你。」

盧豫海愣道：「父親，您不是說過，要把大哥從生意上撤回來嗎？」

盧維章凝神看了盧王氏一眼，又看著他道：「你記住，這個家業是你大伯拿命換來的，就算你大哥犯了錯，可他還是大少爺，是盧家的接班人。你是他弟弟，今後只能有一個心思，就是輔佐你大哥，好好把家業發揚光大！」

盧豫海凜然道：「父親放心，我一定不會忘記！」

晚飯一過，盧豫海趁著關荷替他收拾房間的時候，把飯桌上的談話講了一遍。關荷俐落的動作忽然放緩了，皺眉道：「別的大家，都是父傳子，哪裡見過父傳姪的？就算再親，姪子能親過兒子嗎？老爺真是個大好人啊！」

盧豫海不以爲然道：「我們兄弟倆自幼親密無間，他管家，我管家，不都是姓盧的管家嗎？有什麼大不了的。大哥是經商的好手，等風頭過去，他出面主持家業了，我跟妳不正好圖個逍遙自在？」

關荷臉一紅，道：「又來了！我不是跟你說過嗎，夫人看上的是司畫妹妹，我一個丫頭，這輩子就是伺候你們的命！」

盧豫海笑道：「即便如此，我也要把妳要去，咱們三個表面上是主僕，暗地裡不還是一樣嗎？」

關荷苦笑道：「二少爺，本來我看你這些日子學生意大有長進，可在這事上卻總不開竅！你不知道，在有些事上，女人的心眼比針孔還小呢！你容得下我，司畫妹妹呢？

她也容得下我嗎？盧家的規矩你又不是不知道，男人只能娶一房夫人，說到底我也只是個丫頭……」

盧豫海一怔，慢慢琢磨著她的話。關荷心緒紛亂，偷偷看著他呆傻的模樣，不由得心疼起來，心裡暗暗嘆息著，卻笑道：「好了好了，咱不說這個了，好嗎？」

盧豫海卻是一點興致也沒了，自顧自地喃喃道：「司畫妹妹有多久沒來了？自打盧家敗了，就沒再見過她了……」

馬千山似乎是有意跟盧家過不去，剛剛主持完鈞興堂招商大會，又遇上盧豫川被押解回開封府。他沒有按照舊俗通知盧家來領人，反倒是派了一輛囚車，十幾個衙役，浩浩蕩蕩地把他押送回神垕。神垕鎮自古民風淳樸，過了上百年太平日子，就是在大災之年也沒出什麼流寇匪盜，猛地見一隊官差進了鎮子，還帶著輛高高的囚車，便都趕過來看熱鬧。可一見車裡的人無不變色，竟然是盧家的大少爺盧豫川！

盧維章聽說了消息，便領盧豫海在門外候著，翹首等待盧豫川歸來。可他們左等右等都不見衙門的人，讓老平一打聽，才知道衙役們不知聽了誰的吩咐，鳴鑼開道，在鎮上遊起街來！這下子盧家大少爺算是出夠了風頭。盧維章一聽臉色鐵青。他知道盧豫川最要面子，幾個月的牢獄之災已夠他受了，又在家鄉遊街示眾，丟人丟到家門口了，對盧豫川而言，這無非是最致命的一擊。盧豫海按捺不住，當下就要去找衙役們評理，被盧維章一聲喝住了。衙役們在神垕大街小巷轉了大半天，直到腿腳疲乏，才掉頭往盧家祠堂而來。衙役頭見盧維章和盧豫海跪在門口，便上前掏出巡撫的鈞令，大聲朗讀道：「茲有犯人盧豫川，狎妓縱火，致使貢品被毀，本應依律處斬。但天有好生之德，皇恩浩蕩，以孝治國，念該犯上無父母，下無子嗣，不忍斷其一門血脈。特於秋審後，將該犯解回原籍，從此閉門思過，圈禁十年，不得有違！如有再犯，定斬不饒！此令，豫省巡撫馬千山。」說罷，衙役頭把鈞令晃了晃，笑嘻嘻地對盧維章道：「大東家，都聽明白了吧？需不需要本差再念一遍？」

盧豫海跪在地上，怒火中燒，聽見他如此盛氣凌人的口氣，憤然站起道：「去你娘的！不就是想要銀子嗎？門都沒有！二爺我沒聽見，你有種再念一遍，念到你累死在這裡，二爺還是沒聽見！」

四周圍滿了看熱鬧的人。自上次獨力挑戰十幾個壯年男子後，盧家二爺「拚命二郎」的名號在神垕變得家喻戶曉，誰不知道盧家出了個血性男兒盧豫海？今日一見果然名不虛傳，光天化日之下，竟然直接跟官府的人叫囂，讓人暗暗替他擔心。衙役頭沒想到盧家還有這樣的血性漢子，惱羞成怒道：「來人！給我拿下！」

盧維章回頭瞪了兒子一眼，轉過身不動聲色道：「他一個毛頭小子，官爺何必跟他一般見識？這點銀子諸位路上買茶喝吧。」盧維章從袖子裡抽出一張銀票，塞到衙役頭手裡。周圍的人鄙夷地看著他們，噓聲四起。衙役頭見了銀票，尷尬地站著，怒道：「你、你大膽！你這是公然行賄嗎？」

盧維章淡淡笑道：「官爺這話就不對了。官爺大老遠從開封府過來，為的不就是銀子嗎？到了鎮上，又是敲鑼又是遊街，怕是累壞了吧？俗話說罵人不揭短，打人不打臉，衙門的規矩我也懂，斬監候的犯人不得遊街示眾，為的就是保全犯人的臉面，讓他還有機會重新做人！連皇上都放了我姪兒，官爺您又何必苦苦相逼呢？這個案子是李鴻章李中堂親自過問的，在下跟李中堂也見過幾次面，官爺就不怕我豁出去，上告到刑部嗎？我看官爺還是接下銀子，回省城去吧。」

「我、我就是不接你的銀子，你能怎麼樣？」

「你不接，就是沒打算了結此事，既然官爺不肯放過我盧家，盧家自然奉陪到底！」

「你、你打算怎樣？」

「盧家不惜傾家蕩產，也要進京找李中堂、找太后告這一狀！不接銀子要吃官司，接下銀子反而沒事，官爺自己瞧著辦吧。」

衙役頭被他這番話弄得張口結舌，仔細想想也句句在理，要是刑部真追究下來，馬千山哪裡會替他擋？到頭來還是自己做冤死鬼！衙役頭萬般無奈，在眾目睽睽之下面紅耳赤地接下銀票，揮手讓衙役們放下盧豫川，一群人悻悻然離去，卻如同老鼠過街，所經之處無不噓聲震天。

待官府的人離開，盧豫海衝上前去，緊握住盧豫川的手，兩行熱淚滾落下來道：「哥，你還好嗎？」

盧豫川這幾個月在牢裡受夠了獄卒的欺負，形銷骨立，殘存的一絲心氣又被剛才的遊街示眾弄得蕩然無存。此刻他目光呆滯地看著盧豫海，一會兒傻笑，一會兒驚恐，竟跟得了失心瘋的人一般。圍觀的人驚訝地看著他，這哪裡像是當初意氣風發的盧家大少爺？眾人都不忍再看，紛紛離去。盧維章痛心疾首地搖搖頭，黯然道：「老平，扶大少爺進屋吧。」

盧王氏讓關荷下了一大鍋麵條，又從齊家肉鋪買了一整塊豬腿肉，一端上來，就被盧豫川一掃而光。眾人圍坐四周，心酸地看著盧豫川，從他狼吞虎嚥的模樣，足見他這幾個月遭了多少罪。盧王氏只說了句「慢點，鍋裡還有」，就再也忍不下去，抽泣著掩面離開。盧維章在一旁默默坐著，黯然神傷。盧豫海大把大把地擦著眼淚，牙關咬得咯咯作響。盧豫川終於放下筷子，長嘆一聲道：

「得勁哪——」

盧豫川說著，傻乎乎笑了起來，忽而又伏案慟哭，發出像是老牛般哞哞的哭聲，聲聲痛澈肺腑。盧維章站起身道：「好好哭吧，哭夠了去我房裡。」盧豫川撲通跪倒在他膝前，抱住他的雙腿道：「叔叔，這都是馬千山陷害姪兒的！不報此仇，姪兒誓不為人！」盧豫海叫道：「哥，我跟你一起去找他！」

盧維章靜靜地站著，緩緩抬起頭，不知何時淚水已淌滿臉頰。他伸出手，狠狠一巴掌打在自己臉上，大聲道：「大哥、大嫂，我對不起你們啊！為什麼不是我，為什麼偏偏是豫川？」

直到深夜，盧維章的房裡還是燈火通明。盧家此刻能主事的人差不多全到齊了，連向來不過問生意的盧王氏也坐在一旁。盧維章吸了整整一袋煙，敲掉煙灰，看了看在座的人，終於開口道：「盧家的人都到了，苗老相公也在，今天說的雖然是家事，卻跟今後盧家的生意息息相關。這場官司到今天為止，總算是過去了。當務之急，就是把盧家的窯場重新建起來！我是盧家的掌門人，就在這裡宣布幾件事：既然有了朝廷圈禁的旨意，從今天起，豫川不便再拋頭露面，就跟你嬸嬸在家打理家事。窯場的事情由我和豫海主持，外面的生意就靠老相公張羅。唉，盧家二十年心血毀於一旦，現在就拿出當年白手起家的精神，不出五年，必要在神垕鎮呼風喚雨！諸位……」

盧王氏一邊聽盧維章說話，一邊憂心忡忡地觀察著盧豫川的臉色。果然，當盧維章說到讓盧豫川撤出生意的時候，盧豫川表情遽然一變，不等盧維章把話講完，便衝動地站起來道：「叔叔，您是信不過我了嗎？」

盧維章皺眉道：「你的事，我一會兒再跟你單獨說，先讓我把話……」

盧豫川不顧一切道：「不！我非說不可！爲什麼不許我做生意？若不是還有這個期望，我早在牢裡自我了斷了！叔叔，我要報仇，我要向馬千山、向董克溫報仇！家裡的事，有嬸嬸就足夠了，我一個大男人窩在家裡算什麼？」

盧維章嘆息一聲，示意他坐下，緩緩道：「既然你非說不可，那就來說吧。我且問你，這次盧家大難，是不是因你而起？」

「……」

「盧家賞罰分明，沒有將你逐出家門已有悖祖訓了，你還想要我怎樣？你別忘了，你現在還是戴罪之身，朝廷下令圈禁你，大清律法不許你再做生意！爲了救你出來，盧家花了五十萬兩銀子，我連眉頭都沒皺一下，今後盧家每年要向官府交納五萬兩的贖罪銀子，一直交十年，爲的就是替你除掉這身罪名，好讓你從頭來過！就算不管這些，就憑你現在心浮氣躁，能做成什麼大事？有商伙肯跟你談生意嗎？盧家眼下是在刀尖上行走，稍有不慎就再無希望了，容不得有絲毫閃失！你是盧家子孫，盧家要你出頭的時候，你便是不肯出頭也不行；盧家要你不出頭的時候，就算你是盧家的大少爺、少東家，也萬萬不能！」

盧豫川面如死灰道：「十年，十年哪……說到底，叔叔還是信不過我！」

盧維章目中飽含痛苦，放慢了口氣，語重心長道：「豫川，你我是至親，你爹媽不在了，我一直當你是親生骨肉。你捫心自問，我這些年待你如何？我今年四十多歲了，這些年勞力傷神，未老先衰，怕是再活不過十年了！我這麼做圖的是什麼？還不是為了重振家業，將來好完完整整地交給你嗎？你要明白，我不是要你從此不再做生意，將來等盧家恢復了元氣，還要靠你執掌家業呢！不管你是無辜也罷，罪有應得也罷，眼下你畢竟是個有罪的人，你出面做生意，只會給盧家的中興帶來麻煩，姑且不論馬千山會不會答應，光是神垕就有多少雙眼睛看著咱們！咱們不能落人話柄不是嗎？你是盧家長子，是接班人，盧家敗了是你的，成了不還是你的嗎？你怎麼就放不下這一時的意氣，好好韜光養晦呢？你若是擔心日後，我今晚就立下誓言，只要你不做出背叛盧家列祖列宗的事情，將來我一定把比鈞興堂大十倍的產業交給你，如有反悔天誅地滅！」

盧維章這般推心置腹的言詞，讓苗文鄉深感意外，盧王氏早已淚流滿面，就連一直懷有異議的盧豫海都熱淚盈眶了。但盧豫川此刻心緒大亂，竟是一句話也聽不進去，「叔叔的好意我心領了，但豫川只想衝鋒陷陣，絕不坐享其成！」

盧豫川的話震驚了在座所有人。屋子裡靜謐非常，大家都被他不管不顧的姿態驚呆了。盧維章愣了半晌，痛心道：「豫川，叔父這番話，一點都沒有打動你嗎？」

「我只想做生意，要我離開生意，不如讓我去死！」

盧維章澈底被激怒了，大聲道：「那你現在就去死！」

盧王氏和盧豫海同時叫了起來，一左一右地攔住盧維章。盧豫川恍惚地看著他，呆了一陣，絕望地冷笑道：「看來豫川鑄成大錯，叔父今生都容不得豫川了！您是大東家，是盧家的掌門人，我又算個什麼東西？好，豫川這就去死，從此與叔父兩不相欠！」

盧豫川的冷笑彷彿鋼刀般切割著盧維章的心，儘管有妻子和兒子攔著，他還是大聲道：「好，盧豫川真是條頂天立地的好漢子！包養歌妓的時候，你怎麼不去死？狎妓失火的時候，你怎麼不去死？被人遊街示眾，丟盡列祖列宗顏面的時候，你怎麼不去死？盧家幾乎傾家蕩產地把你救出來，上上下下都爲你的前程忙碌操勞的時候，你卻口口聲聲說要去死！你以爲你一死了之，就爲盧家立下大功了嗎？除了親者痛，仇者快，還會有別的結果嗎？」

話音未落，一陣壓抑的啼哭聲隱隱傳來。盧豫川聽到這再熟悉不過的聲音，身子頓時一震，衝過去打開了門，赫然看見蘇文娟在門外，肚子已微微隆起，難道是有了身孕？盧豫川懵了，扯住她的手，顫聲道：「妳……真的是妳？」

蘇文娟一句話也說不出來，摀著臉大哭不止，積蓄了好幾個月的淚水，此刻要一股腦兒流乾才肯罷休。盧豫川倒退幾步，渾身無力地靠在門上，語無倫次道：「怎麼會這樣？怎麼會這樣？」

盧王氏追出門外，含淚對盧豫川道：「她等你快三個月了……豫川，你就是看在他們母子的分上，也不能做傻事啊！」盧豫川不解地看了看盧王氏，又看看蘇文娟，喃喃道：「這是真的嗎？」蘇文娟再也聽不下去，轉身跑開了。盧王氏推了他一把，低聲道：「快去吧。」盧豫川不自覺地挪動腳步，循著她的身影而去。盧王氏呆呆地看著他，眼淚奪眶而出。

與鈞興堂相比，盧家祠堂不過是個小小的院落。蘇文娟就住在西邊的一間耳房裡，屋裡只有一床一桌，再無別的擺設，顯得格外冷清。盧豫川追進房間，蘇文娟早已撲倒在床上，後背起伏抖動著，卻一絲哭聲也聽不到。盧豫川木然地坐下，良久才道：「妳還好嗎？」

蘇文娟哀慟了許久，虛弱地直起身子，一看見盧豫川，又是止不住的悲聲。盧豫川握著她的手道：「我在牢裡這幾個月，怕是苦了妳了。」蘇文娟搖頭道：「跟大少爺受的苦相比，奴家的苦算得了什麼？瞧你瘦成什麼樣子……」

「妳既然在神垕，剛才怎麼不見妳出來？」

「夫人有說要我去，但我想你們一家人見面，肯定得先議論大事，就等著。」

盧豫川苦笑道：「真是議論大事啊！妳知道嗎？我今後不能做生意了。」

「那也好，奴家好好伺候大少爺。天天陪著大少爺，你要我幹什麼，我就幹什麼，好不好？」

盧豫川痛苦難耐道：「連妳也這麼說！妳還不了解我嗎？離開了生意，我怎麼活？」

蘇文娟拉著他的手，輕輕放在自己的肚子上道：「大少爺，你摸摸，這是你的骨血。就是為了他，你也要忍過這一時。老爺不是說了嗎？等風頭一過……」

盧豫川彷彿觸到火炭般驟然抽回手，他自己也覺得有些尷尬，便強笑道：「好，好。我問妳，妳怎麼會到神垕？」蘇文娟淒然一笑道：「大少爺吃了官司，開封府上下都傳開了。我在會春館裡再也待不下去，就自己偷跑出來，到了神垕……我尋過一回短見，卻被郎中查出懷了你的骨血，夫人就讓我暫且住下，一切等你回來再說……大少爺，你肯留下我嗎？」

盧豫川思索了一陣。按理說他此刻無論如何也不能再傷害蘇文娟了，但他現在滿腦子都是被迫離開生意的痛楚，心智散亂，竟冷冷一笑道：「我明白了，他們怕我不肯放棄生意，就要妳來做說客，是不是？妳還好意思說什麼我的骨血！我問妳，妳一個女子，會春館是妳說走就走得了的地方嗎？妳贖身的銀子哪裡來的？一萬兩啊，妳有那麼多銀子嗎？」

蘇文娟彷彿被人打了個耳光，驚懼地看著他，「大少爺，你這話是何意？」

「沒錯，在進京路上我是說過要給妳贖身的，不然妳怎麼會把身子給我？我進了大牢，音訊全無，妳拿誰的錢贖身？」

蘇文娟肝腸寸斷道：「我知道大少爺必定會這樣問。奴家清白的身子給了大少爺，是奴家心甘情願的。可這在會春館怎能瞞得住？奴家一回去，就被媽媽檢查出來了，整整打了我一天！第二天非逼著我接客，我寧死不從，你又被打入死牢，我原本想先你而去，但我覺得天底下最對不住的，就是你們盧家，所以我才偷跑出來，要跟老爺夫人謝罪，後來媽媽找上門來要人，二少爺還……」

「他們便收留了妳，是嗎？我全明白了，他們就是要我娶一個歌妓做夫人，從此在商伙面前無地自容，自己離開生意嗎？哈哈，多如意的算盤哪……」

蘇文娟萬念俱灰地看著他，再沒有比這更傷人的話了。她彷彿整個人被丟進寒冰裡，再感覺不到一絲溫情。她輕輕一嘆，道：「說來說去，大少爺還是在意這個。我一個良家女兒，難道生來就是做歌妓的嗎？大少爺，我只要你一句話，你要我死，我這就死在你眼前！」

盧豫川也感覺到自己出口傷人了，但他剛剛從生意場上被貶下來，又遇上這尷尬萬分的局面，實在無法泰然處之。他焦躁地在狹小的房間裡來回走著，不時唉聲嘆氣。他原本以為回到家就可以重新來過，可接二連三的事情卻讓他無法承擔，這般苦楚，這等難堪，竟比在牢裡還難受！蘇文娟定定地看著他良久，厲聲道：「大少爺是容不下奴家了。錯就錯在奴家不該那麼早把身子給大少爺，若今日奴家還是姑娘的身子，大少爺還會這樣對待奴家嗎？」

盧豫川停下腳步，複雜地道，「文娟，妳老實告訴我，妳腹中的孩子，真的是我的嗎？」他見蘇文娟聞言痛不欲生，急道，「妳莫怪我這樣問妳，我……」

蘇文娟心裡涼透了，輕聲道：「大少爺起了疑心，我還有什麼可辯駁的？怕只有以死明志了。可惜我肚子裡的孩子，還沒出生就要……」

說著，她從枕下摸出一個繡筐，裡面全是給小孩做的衣服鞋襪，她心中一慟，不由得淚如雨下。她痴痴地翻看了一陣，冷不防抓起剪刀，朝心窩刺去。饒是盧豫川看見剪刀早有防備，還是讓她深深刺進了皮肉，立時血如泉湧。盧豫川連連叫道：「我不過是問問，妳這是何苦？」蘇文娟朦朧中看了他一眼，軟軟叫了聲「冤家」，便人事不省了。盧豫川拔出利剪，緊緊抱住她，一時間心頭百念皆化為灰燼，他空洞地看著前方，猝然發出一聲厲叫。

拾

暗潮湧於大變之先

沒了盧家老號的競爭，正月初八窯神廟點火儀式又變成董家主持。各大窯場的大東家們看著董振魁點起了第一把火，心裡的滋味都不好受。董家出風頭也就罷了，偏偏在初八這天，由禹州梁家承辦的鈞興堂也點了火。千把口窯冷清了大半年，終於再次火熱起來，恢復往日的人氣和喧囂。大東家們一個個恨得牙關緊咬，他梁少寧算什麼東西，不知在馬千山身上花了多少銀子，居然異軍突起，好端端一鍋飯竟給他搶了去！

其實各位大東家和梁少寧都知道，如今的鈞瓷生意並不好做。自盧家鈞興堂燒出第一窯宋鈞，而董家圓知堂沒多久也燒出了宋鈞後，神垕鈞瓷業便分爲了兩大系：一系是宋鈞，另一系是日用粗瓷。盧家和董家仗著各自的獨門宋鈞祕法，把持了宋鈞一系，害得其他窯場只能靠燒造普通的日用粗瓷爲業。宋鈞在市面上的需求量遠不及日用粗瓷，但價高利厚，一件成色好的宋鈞頂得上好幾窯的粗瓷碗碟。各大窯場苦於沒有宋鈞的燒造祕法，只能望洋興嘆了。

本來兩系的生意還算井水不犯河水，但盧家敗落，朝廷封了盧家所有的窯場，卻鬼使神差地沒有封掉盧家各地的分號。盧維章抓住這個時機，立刻通知各地的分號，把所有的庫存宋鈞傾銷出去，盧家的宋鈞價值一降到底，居然只比粗瓷貴了一兩成！這下子等於在各大窯場，包括董家老窯背後狠狠捅了一刀。宋鈞燒製極難，每年的成品就那麼多，故而價錢一直居高不下。盧家和董家也一直很有默契，不約而同地控制銷量，圖的就是維持高利潤，誰知盧維章臨走之際玩了這一手！盧家各地的分號不折不扣地執行了他最後這條指令，一時間質高價廉的盧家宋鈞充斥市面，嚴重衝擊了市價。買家都不是傻子，盧家宋鈞聲名遠播，價錢又一下子到了底，誰還肯花大錢去買董家的東西？就是自己不喜歡宋鈞，囤積起來轉手再賣，也是一筆可觀的收入。盧家傾銷宋鈞不但攪亂了宋鈞市價，也把靠日用粗瓷為生的各大窯場逼上了絕路。不過是盤子碗碟之類的器皿，卻比盧家宋鈞便宜不了多少，誰還願意買粗瓷？沒多久，各大窯場所產的粗瓷再無人問津，大批退貨一車車地拉回了神垕。

各大窯場見狀大驚失色，不得不降價，跟盧家拚起了價錢。這時盧維章又使出一招，讓各地分號放出消息，說盧家遭難，鈞興堂從此歇業退市，再不燒製宋鈞，市面上盧家宋鈞無一例外全是絕品！無論是大清國內的買主還是洋人收藏家聞訊都激動不已，誰不希望手上的東西是後無來者的絕品？於是全紅了眼睛拚命搶購。就是普通老百姓家，也樂得去買個花瓶、杯盤之類的，好歹是宋鈞啊！雖說是今人仿製的，可那玫瑰紫瞧起來，也跟天價一樣的傳世宋鈞沒什麼區別！結果盧家又收了一大筆銀子，宋鈞和粗瓷的市價一落千丈，每個窯場都積壓了大批的貨物難以出手。每年買宋鈞和粗瓷的就那麼些人，就那麼些銀子，沒個一、兩年的休養生息，這市價怕是回不到正常的水準。這對神垕鎮瓷業堪稱致命的打擊。今後這一兩年裡，就算各家窯場燒出來的東西堆積如山，卻賣不到好價錢。可以說是燒得越多，賠得越多！這正應了茶館說書人嘴裡《三國演義》的典故，真真是「死諸葛嚇走活仲達」，不同的是人家諸葛亮也只是嚇唬一下司馬懿，而盧維章卻把整個神垕折騰得天翻地覆，簡直難以爲繼了。

大東家們無可奈何之下，聯合起來到了圓知堂，懇求董家老窯出面救市，不要再袖手旁觀了。可董振魁卻高掛免戰牌，稱病不出，誰都不見！大東家們吃了個閉門羹，心裡更加驚惶，一個個灰頭土臉地離去。董克溫送走了他們，臉上敦厚的微笑立刻消失。他嘆了一聲，轉身直奔董振魁的書房。他跟那些人一樣，心中也是焦躁不安。盧家傾銷宋鈞，董家老窯遭受的打擊最重，只不過董家是幾十年的老字號了，加之本錢雄厚，比其他窯場日子好過些。董振魁當初對此一笑置之，還說了句：「讓他賣，咱賠得起！」可董家總不能一賠再賠，眼睜睜看著辛苦攢下的銀子都砸進去啊！

董克溫來到書房，卻看見董振魁一副事不關己的模樣，正和董克良你一句我一句地對著楹聯！董克溫又好氣又好笑，捺著性子聽了幾句，才道：「父親，他們都走了。」董振魁回頭看著他，興致勃勃地道：「老大，這書房的對聯該換了，我跟老二商量了半天，湊了這麼兩句，你看好不好：耒耕三省，當思創業艱難；船行六河，須防不世風雲。你覺得如何？」董克溫言不由衷地道：「甚好甚好，我明日就讓人換了。」董振魁道：「有了這句治家格言，董家子孫一定要好好領會，銘記在心，奉爲圭臬！」

董克良一笑道：「爹，您就莫要逗大哥了，他那副急躁的樣子，分明是有大事要跟您講。」

董振魁漫不經心道：「又是那幫大東家吧？他們若是再來，你就告訴他們，董家老窯從不跟人在價錢上鬥氣！盧家就那麼點庫存，不是都賣了嗎？以後好好做生意就是。」董克溫陪笑道：「父親說得是。但眼下咱家各處窯場燒得火紅，可價錢一直那麼高，銷量上不去，都壓在庫房裡了。長此以往不是個辦法。」

董振魁皺眉道：「老二，你說該怎麼辦？」

董克良道：「爲今之計，要不降價，要不減產，怕是沒別的辦法了。」

董克溫搖頭道：「降價之舉萬萬不可，盧家是在退市之際才傾銷的，那是孤注一擲的做法，董家今後的日子還長得很，這一招自然不可取。減產倒是個好辦法，可那些相公、夥計怎麼辦？難道也要散了嗎？」

董振魁收斂笑容，正色道：「老大，我告訴你多少遍，豫商講究『每臨大事有靜氣』，我豈不知個中利害？我剛才故意說什麼楹聯，就是想讓你學會遇事不慌不忙，陣腳穩住了，才好尋思對策。這一點上，你不如你兄弟！」

董克溫慚愧地垂頭道：「父親責罰得對，孩兒的確不如二弟處變不驚！」董克良聞言坐不住了，陪笑道：「父親，遲千里老相公功成榮休，大哥如今是老相公了。他一心全在生意上，我卻是個在旁看熱鬧的，心態不一樣，表情自然也不一樣。其實大哥的經商之道遠在孩兒之上！」

董振魁擺手道，「你們倆別互相吹捧了，都是一家人，搞這個名堂做什麼！克溫，你傳令下去，董家老窯明天起出面救市，率先在神垕減產，遣散之類的事就不必了，但窯工夥計的窯餉、相公的薪俸一律降兩成！你要把話說明白，這都是盧維章鬧的，讓他們有怨氣就找盧家去吧！一旦宋鈞恢復了往日的市價，窯餉和薪俸都會再漲回來！」說到這裡，董振魁仰頭嘆道，「盧維章啊盧維章，想不到盧家就是敗了，還能把神垕攪得天昏地暗！我若是有這麼個兒子，此生再無憾事！你們兩個好生記住，日後若是盧家捲土重來，不到萬不得已千萬不要跟盧家針鋒相對，你們倆眼下還遠遠不是盧維章的對手。」董克良笑道：「父親只怕是多慮了。盧家如今兵敗如山倒，最重要的窯場都沒了，還指望什麼東山再起？」

董克溫搖頭道：「克良，盧維章是沒了窯場，但他這次傾銷宋鈞，得了不下二三十萬兩銀子，這還是小數嗎？盧家當年白手起家，一文錢都沒有，也只用了十幾年的功夫就崛起了。眼下他手裡有銀子，還有祕法，我看他用不了幾年就能重新做起來！父親剛才吩咐得極是，董家老窯帶頭降薪，其餘窯場估計也會如法炮製，到時候神垕所有窯場、所有窯工都對盧家怨聲載道。就憑這一點，盧維章的中興計畫就得拖上一年不止。」一席話說得董克良嘆服點頭。董振魁莞爾一笑道：「好啦，大事已定，老大你去安排吧，我跟老二再琢磨琢磨堂裡的楹聯……」

盧家祠堂這幾天人來人往，前來求見盧維章的大東家、老相公絡繹不絕，幾乎都是懇求盧維章放各大窯場一馬，莫要再傾銷下去了。盧維章倒不像董振魁那樣稱病不出，待誰都是滿臉笑容，一口一個「好好好」、「是是是」地答應著。盧維章是出了名的深藏不露，他越是這樣滿口應承，來人越是心驚膽顫，心裡怎麼也無法踏實。入夜時分，盧家總算清靜下來了，盧維章對老平道：「去把苗老相公父子請來，還有楊建凡大相公，就說我有要事相商。」老平招呼了一天，剛打算閉門打點晚飯，見大東家發話，便試探道：「大東家，不先吃飯嗎？」盧維章抬頭看著他，滿臉壓抑不住的興奮道：「不吃了，快去請！」老平不敢怠慢，立刻出了門。

苗文鄉和苗象天趕到盧維章書房時，盧維章、盧豫川和盧豫海已經在座了，正談著最近的家事。盧豫川自離開生意以後，變得沉默寡言，整天怔怔地對著天空發呆，誰也不清楚他心裡究竟在想些什麼。今晚他看見苗文鄉父子連袂而至，知道他們要談生意，便起身淡淡道：「叔父先忙吧，豫川告退。」這樣冷冰冰的場面誰看了心裡都不舒服，苗文鄉一腳還踏在門外，表情尷尬不已。盧維章搖頭道：「你是少東家，今天要談的事情關乎盧家日後的大計，你雖然不能出面主事，運籌帷幄還是少不了的。你且坐下吧。」盧豫川皺眉思索了一下，才重新落坐。不多時楊建凡也到了，盧維章見人都到齊，便道：「今天在座的，都是盧家中興的幹將。盧家自大難以來，沉寂了快一年，我一直在家休養生息，爲的就是如今這個局面！各位在盧家遭難之際不離不棄，維章萬分感激，請先受我一拜！」

盧維章起身離座，朝苗家父子和楊建凡深深一揖。三人趕忙起身還禮。盧維章親手扶他們坐下，自己在房中緩緩踱步，道：「鈞興堂被封的時候，我留了伏筆。這伏筆就是放手傾銷宋鈞！眼下不但宋鈞市價大跌，就連粗瓷的市價也一落千丈。各大窯場自顧不暇，正是我們重整旗鼓的大好時機！楊哥，窯工那邊你聯繫得如何？」

楊建凡道：「按大東家的吩咐，這些日子老漢跟不少以前鈞興堂的同仁聯繫，他們一聽說大東家要重建窯場，無不歡欣鼓舞。梁少寧那個敗家子根本不是做宋鈞生意的材料，除了窯工，掌窯相公、大相公差不多全換成了他的人，這些人哪裡懂得燒窯？好端端的窯場給他糟蹋得烏煙瘴氣！我聽說董家老窯要出面救市，但這市救得著實奇怪，一個是減產，一個是降薪！這下又把窯工給全得罪了。老漢估計，只要大東家宣布重新建窯，絕對不愁沒人！」

盧維章笑道：「想不到董振魁居然走了這一步臭棋！他本來是想教唆窯工，把怨氣都出在盧家身上，可他沒想到，我等的就是他這一手！楊哥，明天你就放話出去，盧家將以『盧瓷正宗』的名號重建窯場，名字就叫留世場，接下來還要建餘世場，取的就是豫商『留餘』二字！凡是來盧家留世場做工的，大小掌窯相公的薪俸和燒窯夥計的窯餉，一律提高一成！苗老相公，各地分號的情況如何？」

苗文鄉聽了盧維章的話，心中暗暗嘆服，聽見他問自己，忙道：「回大東家，鈞興堂被封之際，老漢讓各地分號按兵不動，朝廷的旨意也只有封鈞興堂在神垕的窯場，各地分號大體都保存下來了。洛陽分號的李龍斌、汴號的高維權等大股東都來了信，說是誓死與盧家共進退，絕不跟梁少寧的鈞興堂打交道。如此一來，最重要的兩個分號全都毫髮無損。大東家傾銷宋鈞以來，讓各地分號整整抽了三成銀子，每個月的月錢不降反升，這幫子駐外的相公夥計無不感激涕零，一再來信表示忠心。請大東家放心，只要盧瓷正宗的牌子一打出去，原來鈞興堂的分號立時就能改頭換面，還是盧家的生意！」

盧維章滿意地點頭。這些情況他都了然於胸，今天故意要他們再說一遍，一則是要他們互相鼓舞，二則是有心消弭盧豫川不得參與生意的低落，讓他感受到盧家暗中勃發的澎湃生機。盧維章看了眼盧豫川，見他果然攥緊了拳頭，全神貫注地聽著，心裡不由得放鬆了許多，寬慰道：「老相公，盧家這幾個月養活這些人，想來花了不少銀子，但人心都保住了，這筆銀子花得實在不冤。象天，帳上還有多少銀子？」

苗象天老練地翻出隨身的小帳本，遞給盧維章道：「大東家，變賣各大窯場股份，一共得了二十萬兩銀子，傾銷宋鈞又有三十萬兩銀子入帳，除去各類開銷、分號月錢，如今還有三十八萬兩銀子可用！」

盧豫川聽了半晌，心裡一陣感嘆：難怪各地分號對叔父忠心耿耿，難怪這些日子盧家都是粗茶淡飯，原來光是養他們就花了十多萬兩銀子！傾銷宋鈞抽的三成也是十多萬兩，這些駐外的人真是一夜暴富啊。他兀自想著，臉上微微露出一絲不安的神情。

盧維章沒注意到他態度的變化，點頭道：「眼下各大窯場嘗到了咱們傾銷宋鈞的苦頭，就算有心排擠咱們，怕也是有心無力。他們都以爲盧家沒了鈞興堂，從此一敗塗地，但財散人聚，只要咱們肯花錢，建窯的、燒窯的、駐外的人根本不用愁！但我覺得光靠一時的高薪留不住人，也不是長久之計。我還有個想法，大家一起商量商量。效仿晉商推行身股制，是我和苗老相公籌畫已久的，如今盧家從頭開始，不妨就把身股制建立起來，讓來投奔的人想走也走不了，心甘情願地爲盧家做事！不知各位有何見解？」

盧豫海第一個發言道：「我贊成！」苗文鄉道：「二少爺說得對，老漢也覺得現在推行身股制，正是時候。按照擬就的章程，凡是燒窯夥計，一律頂一毫的身股，掌窯小相公是一釐，相公是三釐，大相公是五釐，此後按勞績逐年增加，幹到一俸身股的，無論是窯工還是相公，榮休後每月還有榮休銀子！如此一來，出不了十日，神垕鎮上但凡有點本事的人都會聞風而動，擠破腦袋也要到盧家窯場做工！」

盧豫海笑道：「我看是不是再加上一條，就是這輩子幹不到一俸，得不了榮休銀子的，可以把身股當遺產傳給子孫，什麼時候幹到一俸，盧家照樣給他榮休銀子！這樣的話，窯工、相公的子子孫孫都能爲我所用，豈不更好？」盧維章大笑道：「那就加上這一條！有了身股制，盧家就如虎添翼了！」他看見楊建凡沒出聲，便道：「楊哥，身股制是大事，你有什麼想法？」

楊建凡皺眉聽他們議論了半天，一直沉默不語。他以前在董家老窯理和場做工的時候，跟盧維義兄弟關係最好，是看著盧豫川長大的，盧豫川後來進場見習燒窯，也是他親自言傳身教，對盧豫川的感情異常深厚。這次盧豫川犯錯，盧維章罰他不許再做生意，楊建凡多少有些不解。但這是馬千山圈禁盧豫川十年的鈞令所致，他也挑不出什麼毛病。今天他見到盧豫川憔悴不堪的模樣，心裡難過得不得了，當年跟盧維義情同手足的往事一股腦兒湧上心頭，只顧著心裡感嘆，盧維章和苗文鄉滔滔不絕的言詞沒聽進去幾句。驀地聽見盧維章問他，倉促之間只得道：「這個……我多少明白大東家的意思。

大東家是看如今重建窯場缺乏人手，想廣招賢才，這是應該的。可我覺得高薪已然足夠，若實在是不可多得的人才，再破格提拔就是。身股制這樣的章程，是他們晉商票號的做法，在豫商瓷業裡能行得通嗎？何況過去並無先例，大張旗鼓地說出去，在豫商裡難免會有非議。盧家傾銷宋鈞已經得罪了不少瓷業同行，若是把豫省商幫都得罪了，今後還怎麼做生意？」

他這麼一說，書房裡的氣氛頓時冷了下來。苗文鄉搖著頭剛想反駁，被盧維章一個眼色按住了。他微笑道：「看來楊哥心裡有別的想法，這也好，今天本就是求各家之言，都是一面之詞能成什麼大事？豫川，你覺得這身股制如何？」

盧維章看似不經意地詢問，卻在這幾個人心中激起一陣波瀾。苗文鄉和苗象天互相看了一眼。盧豫川已是不問生意的閒散之人了，盧維章拿身股制這樣的根本之策問他，難道又要重新起用盧豫川不成？苗家跟盧豫川有心結，倘若盧豫川重新得勢，苗家還能得到重用嗎？他們父子心裡頓時七上八下起來。盧豫海卻是一臉興奮，迫不及待地看著盧豫川。就連盧豫川本人也深感意外，他根本沒想到叔父會問自己的意思，略一思索，淡淡道：「叔父勒令姪兒脫離生意，這些日子裡姪兒嚴守本分，從來沒過問生意上的事，一時半刻也沒什麼見解。還是請叔父英明決斷吧。」

盧維章焉能聽不出這話裡的怨意？也不理會，笑道：「我讓你脫離生意，只是不許你露面而已，今天是關起門來商議大事，你就算不問生意，也總是盧家子孫吧？有什麼想法但說無妨。」

楊建凡明白剛才的話實在欠考慮，又見盧豫川張口閉口不乏抱怨的意味，暗自替他擔心，當下著急道：「老漢只懂得燒窯，生意上的事一竅不通，大少爺有話就直說吧！大東家對你的器重眾人皆知，千萬別耍小孩子脾氣！」

盧豫川看著他炯炯的目光，自失地一笑。楊建凡在場面上尊稱他大少爺，背地裡訓斥起他來就跟老子訓斥兒子一樣，從來不講情面。盧豫川對他也一向敬如父輩，見他都上了火，拳拳期待之情溢於言表，再不說話就太不識趣了。當下只好道：「既然叔父和楊大相公都發話了，豫川就說幾句。身股制的事情，我聽豫海提起過，剛才苗老相公和楊大相公的話我也聽了。好處就不說了，反對的理由有兩條：第一、給窯工頂身股在豫商裡沒有先例；第二、楊大相公擔心夥計都頂了身股，相公們就失了威信，管理起來多有不便。敢問楊大相公，是不是這個意思？」

楊建凡連連點頭稱是。盧豫川繼續道：「要說沒有先例，那倒是沒什麼大礙，天底下沒有先例的事情多了，凡事都得有人第一個去做，關鍵在於這事有沒有道理，值不值得去做。我在駐外分號做過一段日子，親眼見到別的商號來鈞興堂挖人才，也見過自己的夥計一有點出息就另攀高枝。給夥計頂身股，是爲了留住人才。人才是什麼？人才是生意的根本！沒了夥計燒窯，沒了相公掌窯，沒了駐外的人開通商路，盧家還有什麼？只要能把人才吸引到盧家來，爲什麼不能開這個先例？至於豫商裡的不滿，我看也大可一笑置之。我敢說，不出一年，這身股制定然風行豫商！到時候不但沒有人埋怨盧家壞了規矩，反倒羨慕盧家高瞻遠矚！」

盧豫海點頭叫好。盧豫川微微笑道：「這是其一。其二，夥計頂了身股後不好管理，這也不是理由。身股制和管理制不可相提並論，夥計再大也是夥計，相公再小也是相公，夥計不服管理，就是不服規矩，相公一句話就能辭他出號！相反，夥計們頂了身股，還能傳給子孫，誰又會爲了逞一時之快，把以前的身股都廢掉呢？照這麼說，夥計頂了身股後，反而會加倍珍惜眼前所得，哪裡還有心驕縱犯上？」

楊建凡見自己的想法被盧豫川一一反駁，不但不覺困窘，反倒覺得給了盧豫川一個出頭的機會，讓眾人看到盧豫川的見識抱負，這比什麼都讓他高興。他立刻拊掌笑道：「還是大少爺說得好！這番話把老漢心裡的疙瘩都解開了。老漢這下子沒有二話，舉雙手贊同這身股制！」

盧維章重重點頭，「豫川分析得精采之至！豫海，你在家要勤向你大哥討教，生意上的事情也多跟他切磋。豫川，我知道你心裡對叔父頗有怨言，這也無可厚非，連我自己靜下來想想，都覺得讓你從此離開生意太過殘酷。那天是我一時氣急，說得重了，你莫要放在心上……」說到這裡，盧維章仰天一嘆，「我這些日子仔細想了想，的確是對不起你。你跟蘇文娟的事，我也不該橫加阻撓，既然你們兩情相悅，我做長輩的還能怎樣？今天你回去，代我向大少奶奶賠個不是吧。今後請安、家宴之類的禮節，該有的還是得有……我看今後就這樣吧，出頭露面的事情，就讓豫海替你去做。他一個毛頭小子懂什麼？旁人都知道是你在背後幫他！你還是跟往常一樣在家裡參贊生意，等到官府規定的十年期限一到，你依然是風風光光的盧家少東家！」

盧豫川木然地看著他，又逐一掃過眾人，似有滿腔的驚駭，說不盡的委屈。楊建凡瞪了盧豫川一眼道：「大少爺，你還不謝過大東家！」盧豫川臉上掠過一絲苦笑，按住心中洶湧澎湃的巨瀾，起身一揖到地，「豫川謝過叔父！」盧維章心中大悅道：「時間不等人！我看五月端午就是好日子，又是夫人生日。就定在端午節，留世場正式開工建窯！」

豫商自古以「每臨大事有靜氣，一逢惡戰自壯然」為訓。盧家這次捲土重來，周圍強敵環伺，董家老窯、梁家鈞興堂、鎮上各大窯場哪個肯心平氣和地看待盧家重新崛起？一場惡戰在所難免。因此眾人從書房裡走出來的時候，無不一副大戰在即、渾身鬥志的架勢。唯獨盧豫川神色有些恍惚，步履維艱地跟在眾人身後。夜色正深，盧豫川送走了苗家父子和楊建凡，和盧豫海並肩站在門口。盧豫川看著弟弟，他臉上的興奮之情如此鮮明，如此堅定，就像當年初出茅廬的自己。時過境遷，弟弟已然長大，而自己卻沒有了當年的豪情和膽識。盧豫海還沉浸在喜悅之中，道：「大哥，爹准許你參贊生意了，今後咱們兄弟倆攜手作戰，早晚替你報仇！」

盧豫川艱澀地一笑，拍了拍兄弟的肩頭，心中一股哀怨氾濫開來：叔叔既有此意，爲何不早說！可嘆如今大錯已然鑄成，你還會再一次原諒我嗎？

GOBOOKS
& SITAK
GROUP©